O SEGREDO DO ABSOLUTO

ALEX PORTAPILA

O SEGREDO DO ABSOLUTO

E se o maior mistério do Universo fosse revelado para o mundo?

Copyright © 2023 Alex Portapila
Copyright © 2023 INSIGNIA EDITORIAL LTDA

Todos os direitos reservados. Nenhuma parte desta publicação pode ser reproduzida ou transmitida de qualquer forma ou por qualquer meio — gráfico, eletrônico ou mecânico, incluindo fotocópia, gravação ou outros — sem o consentimento prévio por escrito da editora.

EDITOR: Felipe Colbert

ILUSTRAÇÕES INTERNAS: Alex Portapila

REVISÃO, CAPA E DIAGRAMAÇÃO: Equipe Insígnia

Publicado por Insígnia Editorial
www.insigniaeditorial.com.br
Instagram: @insigniaeditorial
Facebook: facebook.com/insigniaeditorial
E-mail: contato@insigniaeditorial.com.br

Impresso no Brasil.

```
Dados Internacionais de Catalogação na Publicação (CIP)
            (Câmara Brasileira do Livro, SP, Brasil)

    Portapila, Alex
        O segredo do absoluto / Alex Portapila. --
    1. ed. -- São Paulo : Insignia Editorial, 2023.

        ISBN 978-65-84839-16-8

        1. Ficção policial e de mistério (Literatura
    brasileira) I. Titulo.

23-145498                                    CDD-B869.93
                Índices para catálogo sistemático:

    1. Ficção policial e de mistério : Literatura
        brasileira    B869.93

    Henrique Ribeiro Soares - Bibliotecário - CRB-8/9314
```

Dedicado à Carol, que me incentivou a concluir este livro, pois viu o quanto eu estava apaixonado por ele. A cada palavra escrita ou revisada, esta paixão pelo livro se convertia em ainda mais amor a ela.

Meus agradecimentos à Ademir Portapila, Adriana Chaves, Aline Servilha, André Coutinho, Andreza Ferreira, Arliete Alves, Ashok Kumar Reddy, Barbara Parente, Capo Preto, Carol Alves, Daniel Portapila, Daniel Siqueira, Eduardo Barros, Eduardo Bigi, Felipe Colbert, Flávia Moreira, Juan José Benitez, João Scortecci, José Roberto Pedroso Alves, Katia Portapila, Leferluz, Luisa Sabino, Luiz Pacola, Marcelo Bicudo, Maria Clara Ribeiro Alves, Melissa Portapila, Monalisa Nasser (em memória), Nancy Nasser, Osvaldo Port, Renato Carnaúba, Rodrigo Trunquim, Scott Alexander Hess, Silze Portapila, Wagner Veneziani Costa (em memória).

Gosta de ler ouvindo música?

Escaneie o QR Code e ouça uma playlist especial para te inspirar.

CAPÍTULO 1

Martin abandonou o metrô algumas estações antes do previsto. O homem de sobretudo cinza com o rosto escondido por detrás do jornal no fundo do vagão o seguia desde que ele havia saído da Grande Loja Maçônica e entrado na estação da 23ª com a 6ª avenida. Já era quase meia-noite e um homem vestido impecavelmente, lendo um jornal numa esquina escura, não era algo tão comum, ainda mais no frio de janeiro, que cobria as ruas de neve. Aliás, os últimos dias não estavam sendo nada comuns. Por isso, Martin ficava o tempo todo atento.

O aviso tocou anunciando que o trem fecharia as portas. Martin aproveitou para sair rapidamente pela fresta enquanto elas terminavam de se fechar. O sujeito por detrás do jornal tentou fazer o mesmo, porém deu de cara com a porta e não conseguiu sair. Por um segundo, Martin cruzou o olhar com o do homem irritado enquanto o trem partia e o levava embora.

Martin disparou escadaria acima, batendo sua maleta contra as pessoas que desciam lamentando que o trem havia acabado de partir. Quase sem fôlego, chegou na rua desviando dos civis totalmente alheios ao segredo que ele carregava consigo. Buscou o lugar mais movimentado e, alguns minutos depois, cruzou a Times Square tomada por turistas deslumbrados com o mar de luzes e propagandas. Mas Martin só via o perigo. Pensou em fugir, mas sua família estava em casa. Se quem o estava perseguindo fosse realmente quem ele pensava que era, sabia onde encontrá-los. O melhor era ir para casa e se assegurar que todos estavam bem, e que o manuscrito ainda estava escondido onde deveria estar. Entrou na 48ª avenida e quase no meio da rua pegou o primeiro táxi que conseguiu parar. Mandou que o motorista o levasse para Nova Jersey. O taxista, um homem de cabelos grisalhos que dirigia despreocupado e cantarolando, baixou o volume do som e partiu.

— Jazz? — perguntou o motorista.

— Não precisa. Assim está bom. Obrigado — respondeu Martin sem ouvir o que estava tocando.

O que ele tinha de fazer, deveria fazer rápido. Martin conhecia a Lei do Absoluto há mais de uma década. Meio que sem querer, tinha recebido as informações do Projeto Swivel e então, tudo se conectara. As provas científicas estavam em suas mãos. Agora, tudo fazia sentido com o que aprendera no Oriente Médio. Quem tivesse aquela informação, teria o controle de tudo. E aquilo não poderia ficar nas mãos dos militares. Tudo era nobre e grandioso demais para que ficasse nas mãos de alguns, os quais duvidava da intenção de usá-los para o bem.

O motorista retomou a conversa alguns minutos depois, já em Nova Jersey:

— O senhor é militar? Força Aérea?
— Como sabe? — Martin ficou em alerta.
— Pelo corte de cabelo. Meu filho usa um igual.
— Qual a patente dele? Também é tenente? — perguntou tentando disfarçar, rebaixando seu próprio posto.
— Não. Ele é sargento, mas logo chega lá. Diz que corta o cabelo assim para que não tenha que se preocupar em arrumá-lo.
— Ah, sim! É mais prático — suspirou Martin, aliviado enquanto esfregava as mãos para que o frio não as congelasse.
— Estamos com dez graus negativos e vai piorar! Já estamos chegando. Faltam apenas algumas quadras — disse o taxista enquanto ligava a seta para sair da avenida principal e entrar numa rua mais estreita. — Logo estará em casa descansando e bem quentinho debaixo dos cobertores.

Martin imaginava se sua esposa e seus filhos, Lala e Martin Júnior, estavam bem. Ouviu um barulho de algo se aproximando pela esquerda. Uma moto japonesa vermelha com duas pessoas emparelhou com o táxi na rua escura. O garupa da moto sacou uma pistola, bateu com o cabo da arma no vidro do lado do motorista e apontou mandando que parasse o carro. O táxi parou no meio da rua. O pistoleiro desceu e abriu a porta de trás, onde estava o major. Martin estava indefeso. Nunca saía armado quando ia para as reuniões da maçonaria.

— Dê-me o que tem, Martin. Onde está escondido o que roubou de nós?
— Não roubei nada. Vocês estão enganados.
— Está guardado na maçonaria, não é? É lá que acha que se esconde, "Mestre" Martin? — O pistoleiro colocou a ponta do cano da arma gelada na testa do major.
— Não tenho nada que seja de vocês. Nada do Projeto saiu da Força Aérea.
— Dê-me isto aqui, major! — O pistoleiro tomou a pasta de paramentos maçônicos das mãos de Martin enquanto o taxista tremia e começava a rezar.

Martin pensou em resistir, mas achou que os pistoleiros não compreenderiam nada do que estava escrito nos manuais de instruções maçônicas dentro da pasta. "Estão escritos em códigos para que os curiosos não os entendam", refletiu.

O piloto desceu da moto e sacou sua arma.

O taxista viu a oportunidade de fugir. Acelerou o carro amarelo e derrubou a moto. Quase atropelou o piloto, que conseguiu escapar por alguns milímetros. Um tiro saiu da arma do pistoleiro e atingiu o taxista na nuca. O carro, desgovernado, acelerou e avançou pela rua escura por quase umas dezenas de metros, ricocheteando nos carros que estavam estacionados cobertos de neve, jogando o táxi de um lado para outro. Bateu no último carro estacionado antes do cruzamento, que lançou o táxi em direão a um ônibus que vinha na direção contrária.

Martin saltou para o banco da frente e puxou o volante para desviar do ônibus, que já deslizava na rua, tentando frear. O táxi acertou o poste da esquina em cheio. O major voou, estourando o vidro da frente. E caiu morto sobre o capô do carro.

CAPÍTULO 2

Consegui me manter forte por dois dias inteiros. E quase me convenci de que eu realmente era. Perdido no umbral de meus pensamentos, só conseguia ver e rever a cena do general Curtiss batendo à porta e avisando minha mãe sobre o assalto que tinha matado o meu pai. Aquilo só poderia ser uma brincadeira de mau gosto, e muito mal planejada. Como um assalto a dois quarteirões de casa mata um militar?

Minha mãe, que chorava desde que havia recebido a notícia, era mil vezes mais honesta consigo mesma do que eu. Minha irmã Lala também tentava se manter forte, mas teve o mínimo de humanidade para ficar ao lado de nossa mãe, o que eu não tive.

Quando o general Curtiss e o tio George retiraram o caixão branco do carro funerário, realmente percebi a miséria da situação. Meu pai tinha partido para sempre. A fortaleza que resistira e manteve minha aparência intacta, quase gélida, tinha sido implodida. Desabei em um choro que não consegui controlar. Senti-me vestindo a carapuça dos covardes por não ter dado vazão à dor que rasgava meu peito. Naquele momento, percebi que dali em diante eu estaria sozinho e vulnerável.

A neve começou a cair naquele janeiro frio de 1996 em Nova York quando a tampa do esquife foi coberta pela bandeira americana, como se fosse um sinal do Universo que daquele momento em diante as sombras e o frio reinariam sobre a Terra. Possivelmente era isso mesmo, pois os segredos que meu pai levava consigo para o outro lado da vida eram valiosos demais para se perder, e eu nem desconfiava disso. O resto do mundo, miserável, desconfiava menos ainda.

Conforme desejo do meu velho, o caixão foi carregado de um lado pelos familiares mais próximos, dos quais eu não fazia parte por pura incompetência de coordenar um simples movimento, e do outro lado pelos companheiros de Força Aérea. Dois generais e um homem de terno preto e luvas brancas que eu nunca vi antes se juntaram aos meus tios e carregaram o esquife com esforço, desviando das árvores completamente sem folhas, por cerca de vinte ou trinta metros, até chegarem à sepultura, que estava aberta e nos esperando no Long Island

National Cemetery. Deixaram o caixão sobre os trilhos enquanto as pessoas se aproximavam.

Um soldado se apresentou e fez um breve discurso do qual não me lembro, e então entregou a bandeira americana dobrada à minha mãe. Se o meu mundo ruiu quando o caixão saiu do carro funerário, o da minha mãe entrou em completo colapso quando aquela bandeira dobrada chegou às suas mãos. Parecia que tinha acabado de receber o próprio cadáver do meu pai, a única parte dele que ela poderia tocar, cheirar e acariciar. E foi isso mesmo o que ela fez. Cheirou e acariciou a bandeira como se ali ainda existisse uma parte da essência etérea do velho Martin.

Aquele homem de terno preto e luvas brancas também fez um breve discurso sobre o trabalho do meu querido velho à comunidade, à nação e ao conhecimento. Não entendi o que era aquilo. Ele entregou uma placa à minha irmã e falou sobre o pioneirismo do meu pai na Ordem enquanto o mundo dela terminava de ruir naquele momento.

Soltaram as cordas vagarosamente até que meu pai, entrando em sua última morada, tocou a terra, seguido por uma chuva de flores que se misturavam à neve que ainda caia leve.

As pessoas partiram, mas eu fiquei ali, parado, perplexo, esperando que aquele pesadelo acabasse e que meu pai levasse meu coração junto com ele, fazendo enterrar também minha dor. Não sei por quanto tempo fiquei ali, talvez meia hora, pois os coveiros chegaram e começaram a cobrir meu pai com terra. Não queria deixar meu velho sozinho. Novamente me senti envergonhado por não ter chorado antes.

Tudo que eu, adolescente durão, não chorei durante a vida, despejei diante da cova enquanto ela era coberta. Toda minha trajetória, os momentos que meu pai participou, as histórias que ele leu sentado na beira da cama, os projetos de ciências da escola que construímos juntos, as noites que colocamos o telescópio no quintal para observar as estrelas e falarmos sobre os mistérios do Universo passou diante de mim várias vezes. Me vi pensando na vulnerabilidade da condição humana, em como nada aqui vale coisa alguma. O que fica? Fica apenas o que você plantou no coração dos outros. Valem apenas as emoções que você deixou, e essas, meu pai deixou em todos que o cercavam. Não poderia haver pai melhor, mais companheiro, amigo e amável.

Os militares se aproximaram e, quebrando o protocolo, me deram leves e desajeitados tapas nos ombros. General Curtiss, o único amigo de meu pai da Força Aérea que eu conhecia, ficou ao meu lado por alguns minutos, também vigiando o trabalho dos coveiros.

— Martin Júnior — disse Curtiss —, seu pai não poderia ter partido mais satisfeito, acredite em mim. Fique contente, meu jovem. Ele cumpriu sua missão. Além de um excelente pai, foi um excelente companheiro de Força Aérea. Ele é um verdadeiro herói. Jamais fizeram o que ele fez. Jamais chegaram tão longe quanto ele. Ele descobriu coisas que ninguém poderia imaginar que existiam.

Olhei para o general agradecendo as doces palavras, mas não consegui disfarçar o desdém quanto às glórias de meu pai na Força Aérea. De que isso importava agora? Curtiss percebeu que eu não entendi a dimensão do que ele disse. Mas como um jovem de dezesseis anos entenderia algo que o mundo mal desconfiava que existia? Me deu um outro tapa no ombro, fazendo a neve voar até meu rosto, e saiu. Contornou a cova e parou apoiando suas mãos sobre a lápide. Escorregou o dedo indicador com leveza sobre a aresta de cima, retirando a neve acumulada, como se quisesse ler algo escrito, e depois esfregou as mãos, limpando-as.

— Seu pai chegou onde ninguém jamais esteve, Martin — disse Curtiss, com aqueles olhos azuis espremidos sob as sobrancelhas grossas, como se revelasse o maior segredo da humanidade. Por um momento, de tão fulminante o olhar, senti como se toda a neve ao redor tivesse derretido. — Se pudesse saber o que seu pai descobriu, ficaria orgulhoso.

Meu pai era engenheiro da Força Aérea dos Estados Unidos, então imaginei uma super aeronave, dessas que a Força Aérea desenvolve em segredo por vinte anos, que em um dia, de repente, aparece num conflito num país que eu só conhecia de ver nos mapas, destruindo o quartel general de um inimigo. A partir de então, passava toda semana na televisão num documentário sobre armas mortíferas do exército norte-americano.

O general baixou o olhar e se virou para ir embora. Mas fincou os passos no chão de neve misturado com folhas amareladas pisoteadas por seu coturno preto.

— Mas nunca se meta com eles — falou apontando para alguns homens vestidos de preto dos pés à cabeça que estavam já a algumas dezenas de metros de distância, parados ao lado de um carro preto. — Eles são malignos.

O trabalho dos coveiros acabou e eles deixaram o local carregando suas pás com pressa, certamente sedentos por um café quente e fugir da friagem. Não havia mais ninguém ali, exceto meu primo Dane, que me aguardava imerso numa nuvem de fumaça branca dentro do velho Cadillac azul, com motor ligado e ar quente no último. Fui até ele sem vontade de chegar. Quando puxei a maçaneta, minha mão quase grudou de tão gelada. Puxei com tanta pressa que meu casaco se abriu. Parei para fechar e vi dois daqueles homens de preto de volta ao cemitério, e de volta à sepultura do meu pai. Um deles tentava ler a mesma aresta da lápide que Curtiss havia limpado com o dedo.

— Vamos lá, cara! Já estou sem cigarros! Entre e feche esta porta, por favor. Estou quase congelando — disse Dane, abanando os braços tentando desfazer a nuvem de fumaça que quase me impedia de ver seu rosto.

Entrei no carro, que saiu cortando o frio rumo à nossa casa.

— Calma, Dane. Pressa para quê? — perguntei.

— Sua mãe e sua irmã já saíram daqui faz tempo, panaca — disse lembrando que eu era um inútil que ele tentava trazer de volta ao mundo real. — Elas precisam de você, está bem? Agora você é o homem da casa — comentou meio afobado, mas revelando a verdade mais óbvia do mundo: "Agora eu era tudo o que elas tinham".

CAPÍTULO 3

Uma hora depois eu estava em casa, em Nova Jersey. Dane parou o Cadillac do outro lado da rua. A casa estava cheia e não havia outra vaga livre. Nunca entendi isso de ter um buffet depois de um sepultamento. As pessoas não poderiam simplesmente ir para suas casas e deixar a família em paz? Porque tinham que ficar ali, tentando ressuscitar as memórias? Eu não via a hora de todo mundo ir embora para poder me enfiar debaixo dos cobertores e talvez chorar mais um pouco, tocar algo no violão, montar o cubo mágico que meu pai havia deixado pela metade ou assistir uma comédia bem idiota que me provasse que a felicidade é algo fútil para um coração estilhaçado.

Bati a porta do Cadillac azul e vi Lauren, minha irmã mais nova, sozinha no balanço, olhando para seus pés, que flutuavam perdidos. Isso era estranho. Além do frio, Lala não gostava mais do balanço. Ela havia quebrado o braço quando uma das cordas se soltou do gancho que o prendia ao teto da varanda. Isso já fazia três ou quatro anos, ela ainda era bem criança. Mas ela nunca se esqueceu, mesmo agora com seus quase treze anos. Então, entendi o que acontecia. Papai sempre dizia para ela aproveitar o balanço que ele fez, mas ela nunca queria. Isso deixava o velho Martin frustrado. Só não reclamava mais porque sentia-se culpado pela queda da caçula. "Se eu tivesse amarrado o balanço com um nó militar, não teria se soltado" — dizia ele, arrependido. Acho que ela estava ali finalmente fazendo a vontade do pai, tentando deixá-lo feliz por usar seu balanço. Assim, ela se sentia junto dele.

Parei ao lado de Lauren. Dane passou por mim e entrou em casa apressado, tirando o casaco como se ele fosse uma manta congelante. Lala ignorou meu primo, ergueu o rosto me encarando, pedindo um pouco de vida com o olhar. Alguns filetes de lágrimas escorriam de seus olhos vermelhos. Então os filetes viraram corredeiras e ela perdeu o sustento do sorriso que segurava com tanto esforço.

— O que vamos fazer agora, Martin? O papai se foi.

— Daremos um jeito, Lala. Tudo ficará bem. Não se preocupe, ok?

Lauren sorriu forçadamente e balançou a cabeça em afirmação. Acho que aquilo significava "tudo bem". Levantou-se e me abraçou por longos trinta segundos. Não pela perda do papai, mas a nossa relação estava melhorando com o tempo. As brigas de adolescente, aos poucos, haviam dado lugar a uma cumplicidade de irmãos que percebiam que trabalhar juntos era melhor que trabalhar separados, ou pior ainda, dedurando um ao outro. Guardávamos segredos sobre coisas que tínhamos quebrado na casa, pequenos atrasos e alguns fatos na escola que não se costuma contar à família sob a pena de um castigo descomunal, como ficar três dias sem televisão ou uma semana sem sobremesa.

— Vamos entrar. Está muito frio aqui — eu disse. — Não queremos a mamãe tendo que cuidar de nós doentes justo agora, não é?

Nos entreolhamos. Mamãe precisava de nós.

∴

A bandeira dobrada estava sobre a lareira, ao lado do porta-retratos da família. Era uma foto embaçada e já meio desbotada, com meu pai vestindo uma camiseta vermelha do Mickey, e minha mãe com orelhas da Minnie e uma margarida (a flor) em uma das mãos enquanto espremia Lala e eu — abraçava, ela dizia — com o outro braço, tirada durante as férias na casa da tia Sally em Clearwater, em 1990. Eu tinha vergonha daquela foto, pois fora pego em um sorriso quando me faltava um dos dentes da frente. Mas minha mãe a achava a mais linda do mundo. Um pouco por causa de nossas caretas felizes e constrangidas, mas o que ela realmente amava era a flagrada gargalhada do velho, que parecia ter vivido o dia mais feliz de sua vida logo após chegar de Orlando. Somente agora entendia o sentido oculto daquela foto mal tirada. Ela iluminava a casa vinte e quatro horas por dia, com a leveza que tinha nossa família.

Não encontrei mamãe. Provavelmente estava sendo chateada por algum dos parentes que só apareciam nessas ocasiões. Ao menos o buffet tinha algo de bom, e que eu precisava muito naquele momento: comida. Parei na cozinha para montar um lanche sob os olhares piedosos dos parentes e amigos. Se eles queriam me fazer sentir a pessoa mais infortunada do mundo, estavam conseguindo.

— Mamãe está lá fora, Martin — Lala me chamou a atenção enquanto abria o canto da cortina xadrez da janela da cozinha que dava vista para o pátio.

Passei a cabeça por cima da de Lala e olhei pela fresta da cortina. Mamãe conversava com o general Curtiss, sentados nos bancos colocados em "L" no pátio lateral da casa. Minha mãe reclamava bastante. Logo depois, ele terminou a conversa e veio em direção à cozinha. Largamos a cortina antes que ele nos pegasse espiando. Mas, antes de soltá-la, consegui ver que mamãe chorava. O general entrou na cozinha, me olhou como se quisesse dizer mais alguma coisa, mas acho que pensou que o que havia dito no cemitério era suficiente. Balançando as mãos e acenando negativamente com a cabeça, deixou para depois. Deu um sinal para seu companheiro de Força Aérea lhe acompanhar e foram embora.

Fui até mamãe, sem saber o que falar, mas ela já estava conversando com aquele homem de luvas brancas da tal Ordem. Me aproximei por detrás dele. Quando cheguei, eles pararam a conversa, mas ainda consegui ouvir o homem dizendo:

— Sra. King, depois podemos passar aqui para tentar achar o manuscrito? Desculpe-me incomodá-la neste momento de tanta dor, mas o material é muito importante para a Ordem. Precisamos dele urgentemente, senão um trabalho de décadas estará perdido. Além disso, não podemos correr o risco de pessoas erradas o encontrem antes de nós.

Minha mãe me puxou pelo braço e me abraçou enquanto o homem passava a mão em minha cabeça, bagunçando meu cabelo, como se eu fosse um garotinho de oito anos de idade. Minha mãe era assim, quem mais precisava de apoio era ela, mas ela sempre pensava em nós primeiro.

O homem sorriu sem graça, despediu-se e partiu.

— Já comeu, querido?

— Sim, já comi. O buffet está bom. Foi Curtiss quem o contratou?

— Sim, ele cuidou de tudo.

— Ele disse se sabe o que houve com o papai? Sabe quem o matou? Ele estava com muito dinheiro?

— Disse que foi uma tentativa de assalto, que levaram apenas sua carteira e uns papéis, mas que ainda não pegaram quem foi.

— Será que ele sabe e não quer nos contar? Ele é da Força Aérea, mãe. Eles sabem de tudo.

— Ele não tem por que esconder nada de nós, está bem? Não se preocupe. Eles estão fazendo o melhor que podem. Curtiss é — era — o melhor amigo de seu pai, Júnior.

— Eu sei. Ele gostava muito de Curtiss. Dizia que Curtiss era muito inteligente, mas ele era mais — sorri amargurado.

Vi minha mãe esboçar um sorriso pela primeira vez em dois dias.

— Sua irmã já comeu alguma coisa?

Sem saber, dei de ombros.

— Quem era aquele homem de luvas brancas, mãe? O que ele quer procurar aqui em casa?

— Uma papelada qualquer que seu pai deixou, querido. Nada importante. Não se preocupe.

— Mas ele disse que era importante.

— Talvez seja, para ele. Não para nós. Depois ele volta aqui e procura.

— Que Ordem é essa?
— É aquela que seu pai participa. Participava — corrigiu.
— Ah, a maçonaria? Não sabia que chamava "Ordem".
— Nem eu sei muita coisa também, meu querido. Acho que é um mistério para todos os que não são maçons.
— Um mistério como a morte do papai e esse manuscrito?
Minha mãe me olhou apavorada.
— Não gosto desses assuntos, Júnior. Prefiro não saber, está bem? E nem adianta nos preocuparmos. Jamais saberemos o que se passa na Força Aérea. Nem na maçonaria.
— Mas, mãe... E se isso tiver algo a ver com a morte do papai? Não temos de saber?
A Sra. Agatha me olhou firme no fundo dos olhos, exatamente da mesma maneira que fazia quando me dava uma bronca, e decretou seu veredicto final:
— Seu pai dizia que era melhor para nós que não soubéssemos de nada. Os segredos são naturais da profissão dele. E é assim que eu quero que fique. Entendeu, Júnior?
Maneei a cabeça afirmativamente.
— Diga que entendeu, Júnior — insistiu minha mãe. — E prometa que não vai tocar neste assunto novamente.
— Está bem, mãe. Eu prometo — concordei contrariado, com um nó na garganta que queria dizer outra coisa.
— E prometa também que não vai ficar falando nada por aí sobre este assunto, principalmente com sua irmã. Tire isto da cabeça. Promete?
Olhei para o chão.
— Promete? — ela insistiu, me segurando com firmeza.
— Prometo, mãe — respondi não acreditando na promessa sem nexo que ela me obrigara a fazer. Nada em minha alma concordava com aquilo. Foi apenas a minha língua que repetiu as palavras.

CAPÍTULO 4

O inverno de 1996 foi rigoroso. Ficamos os três praticamente um mês dentro de casa, saindo apenas para o essencial. Se fosse possível receber pizzas por debaixo da porta e não ver o rosto de ninguém, acho que o teríamos feito todos os dias. As lembranças de papai trazidas por tudo o que havia na casa eram de dilacerar o coração. A angústia de nada poder fazer não dava trégua um segundo sequer. Era cruel. Flagrei mamãe virando as fotos sobre a lareira um pouco para o lado da parede, para que não as víssemos a todo momento. Todos sentíamos falta de papai, mas não falávamos nada. A lembrança do velho Martin era nosso elo, nosso código secreto.

    Numa tarde de clausura dessas qualquer, motivada por algo súbito que partira do intangível, mamãe se levantou do sofá e decidiu preparar o jantar, seu irresistível pato com laranja. Esse prato só era preparado em ocasiões especiais e com o claro objetivo de impressionar os convidados, deixá-los empanturrados e ainda sim pedirem mais. Era infalível. Arrancava uma enxurrada de elogios não só de quem o provava, mas também de quem passava por perto e sentia seu cheiro de assado misturado com o perfume doce da fruta. Lala e eu, sentados à mesa, acompanhávamos a Sra. Agatha cozinhando. À medida que ela separava os ingredientes, cortava as batatas, temperava a ave, acendia o fogo e fazia essas coisas que só as mães magas da cozinha sabem fazer, ela ia nos hipnotizando. Mamãe estava realmente entregue à sua tarefa de cozinhar, como se nada no mundo mais importasse. As panelas e talheres batendo, depois de muitas semanas comendo somente comida entregue por alguém, soavam como uma sinfonia, tocada por uma pessoa que começava a vasculhar no fundo de sua alma as fagulhas de prazer pelas simples atividades cotidianas.

    Mamãe empacotou o pato em papel alumínio com tanto cuidado que parecia um embrulho de presente. Lala e eu nos entreolhamos. A caçula esboçou um sorriso boquiaberto e aplaudiu mamãe quando a maestra finalmente deslizou a forma com o pato para dentro do forno quente.

    Mamãe nos olhou séria, totalmente alheia aos aplausos à sua performance de cozinheira.

    — Crianças — ela sempre nos chamava assim —, estava pensando aqui... O que acham de nos mudarmos para Clearwater, perto da tia Sally e do tio George? Vocês gostam da Flórida, não gostam?

    Me imaginei vivendo em férias eternas. Vi no sorriso e nos olhos de Lala que ela pensava o mesmo. Todas as nossas lembranças da Flórida eram felizes. Nada poderia dar errado naquele lugar ensolarado.

    — Pois bem, então iremos para a Flórida, crianças! Vou pedir para a tia Sally encontrar uma casa para nós. Podem começar a encaixotar a mudança, mas só depois de tomar banho e jantar.

    — Temos dinheiro para isso? — perguntou Lala, imaginando que o preço das casas era proporcional ao tempo de sol que as iluminava e à proximidade com a Disney.

    — Temos sim, a pensão do seu pai. Não se preocupe. Alugamos algo enquanto vendemos esta casa e procuramos outra por lá.

    Subimos eufóricos as escadas rumo ao banho enquanto mamãe pegava a caderneta de números de telefone e ligava para o maçom, pedindo que ele viesse procurar o tal manuscrito o mais rápido possível, porque logo iríamos nos mudar.

∴

Os maçons chegaram no dia seguinte pela manhã. Muito cordiais e discretos, ficaram algumas horas procurando o tal manuscrito, mas nada encontraram. Um deles, acho que o chefe, que era chamado de "33" e dava ordens para os outros, voltou no meio da tarde. Foi direto para o escritório e ficou algumas horas procurando no meio dos livros e das faturas de cartão de crédito que meu pai guardava na caixa do tênis que comprara para correr. Eu apenas o observava escorado no batente da porta, esperando o que de tão sério ele poderia encontrar ali, no meio daquele monte de papéis.

Já desanimado e com poucas esperanças de encontrar algo, o Sr. Anderson — este era o nome do maçom "33" — encontrou um caderno de anotações no meio dos livros. Não sei como não o tinham encontrado na visita da manhã. Estava bem na cara deles. "Se fosse uma cobra, o teria mordido" — diria minha mãe. Pelo tamanho do sorriso que abriu, o Sr. Anderson ficou bastante feliz. Sentou-se no sofá e folheou o caderno por alguns minutos enquanto seu semblante murchava, indo da plena felicidade na primeira página até chegar à decepção total na última. Ainda na última página, encontrou uma folha de sulfite amarelada dobrada ao meio. Abriu-a e leu com calma. Chegando ao final, olhou para mim, varrendo vagarosamente minha pessoa dos pés até os olhos, e neles fixou, incrédulo, seu olhar por alguns intermináveis segundos. Gelei. Senti como se algo na carta me condenasse à morte.

— Temo que os segredos que seu pai desvendou foram condenados ao silêncio para sempre, meu jovem — disse ele enquanto deixava seus braços desabarem desanimados sobre as coxas.

— Por quê, Sr. Anderson? Diz aí que ele jogou fora?

— Não, jovem Martin. Imagino que, por tradição da Ordem, ele não deixou nenhum conhecimento escrito. Mas estava preparando uma pessoa de sua inteira confiança para transmitir o segredo, uma pessoa que poderia manter o segredo por mais alguns anos antes que chegasse o momento de ser revelado para a maçonaria. Infelizmente, parece que ele não teve tempo para isso. Teve?

— Por que pergunta para mim?

O maçom não esboçou reação alguma.

— Que pena — eu disse, retomando a conversa, tentando animá-lo. — Espero que não seja algo muito importante. Era?

— Se for verdade, é um segredo tão importante que nações entrariam em guerra para tê-lo. Quem tiver este segredo, terá a chave mestra para decodificar todos os segredos do Universo.

— Nossa, mas então é algo como a localização de um portal para uma dimensão secreta?

O Sr. Anderson gargalhou deliciosamente com minha mente moldada por anos assistindo filmes de ficção científica.

— Na verdade, jovem Martin, o que ele disse ter encontrado é a chave para o conhecimento mais fundamental que a humanidade já chegou, a lei de todas as coisas, a Lei do Absoluto. Com isso em mãos talvez fosse possível criar os portais, quem sabe?

— Bom, nunca vi meu pai criando portal algum, Sr. Anderson. Tem certeza de que meu pai sabia desse segredo mesmo? — perguntei com algum deboche do maçom. Ele certamente estava procurando essas informações na casa errada.

— Absoluta. Ele estava nos ensinando o que podia, mas não teve tempo para avançar muito. Imagino se sua morte não foi um castigo dos deuses por tocar em um assunto tão obscuro, diria até, divino.

Ele percebeu a falha e se desculpou:

— Perdão, Martin. Não quis dizer isso. Seu pai era um homem de alto valor e caráter. Tudo o que fez — e certamente não fez nada de errado — foi pensando no bem-estar das pessoas e em tornar a humanidade melhor.

— Tudo bem… — respondi sem me importar de verdade com a frase mal colocada. A partida súbita do velho Martin pesava tão forte que eu ainda estava imune a qualquer outra dor. — Espero que achem essa pessoa de confiança que ele estava preparando. Quem sabe ela pode ajudar, não é?

— Isso é você quem me diz, Martin. Pois esta pessoa é você!

Perdi o chão. Me senti com um "X" marcado nas costas. Mas, ao mesmo tempo, estranhamente, senti a vibração de meu pai. Embora ele tivesse partido, algo dele ainda vivia.

— Eu? Como assim?

— Está escrito aqui — disse o maçom enquanto balançava a carta amarelada. — Ele só estava esperando você completar a idade mínima para ingressá-lo na Ordem, e então passaria o conhecimento por completo para você.

— Ordem? Eu?

— Sim, meu jovem. Seu pai tinha planos especiais para você. Você seria seu sucessor. Te ingressaria na Ordem, transmitiria o segredo e só então passaria o conhecimento para todos os outros maçons. Não sei o porquê, mas este era seu plano. Por algum motivo que ainda desconheço, ele não queria que ninguém soubesse antes de você.

Fiquei em choque. Meu pai nunca me falou nada sobre maçonaria. Não imaginava que ele queria que eu me tornasse um maçom. Na verdade, eu nem sabia o que se fazia na maçonaria. No fundo, sempre tive medo de saber.

— O que se faz na maçonaria, Sr. Anderson? Por que ficam guardando estes segredos? De onde vem isso? Eles são perigosos? Alguém poderia tentar roubá-los? Ou vocês roubam de alguém? Se alguém tentar fugir com eles, vocês o matam? — descarreguei as perguntas tentando deixar o maçom confuso e esperando que minha mãe não ouvisse nada.

O Sr. Anderson entendeu minha estratégia. Fechou o caderno, respirou fundo e respondeu:

— A Ordem foi feita para o homem se aperfeiçoar, Sr. Martin Júnior. Lá, temos interesse por todo tipo de conhecimento. Temos interesse por tudo o que nos ajuda a compreender a natureza e o homem. Filosofia, artes, retórica, direito, metafísica, ciências, por exemplo, além da prática do amor ao próximo através da filantropia. Tudo o que é para o bem do homem e da sociedade, nos interessa. Nosso objetivo é libertar o homem de seus vícios através do conhecimento para que ele consiga sua verdadeira emancipação espiritual, independente da religião ou crença que tenha. Este é o verdadeiro propósito. Mas, de fato, os segredos maçônicos só são acessíveis aos maçons, e são revelados de acordo com sua evolução espiritual.

— Evolução espiritual? Vocês fazem magia por lá?

— Magia? — O maçom sorriu, deliciado. Ele estava tranquilo. Imaginei que era a milésima vez que ouvia esta pergunta.

— Sim, magia — insisti. — Por que então se reúnem em segredo?

— Só te conto se me disser o que sua mãe te disse assim que saí da sua casa no dia do velório de seu pai.

Desencostei do batente da porta e cruzei os braços. Aquele homem estava dentro da minha casa, olhando todos os documentos do meu pai, debochando de minhas perguntas e ainda querendo saber o que acontecia dentro da minha família?

— Não. Não conto.

— Por que não?

— Porque não é da conta de ninguém. Não interessa aos outros. Nem à maçonaria.

— Por isso também não falamos o que fazemos lá dentro, Martin. Não é da conta de ninguém o que acontece dentro da nossa casa, certo? No que isso pode contribuir com a maçonaria? Temos um elo. Temos de confiar uns nos outros e saber que nada do que passa lá dentro vai ser falado fora das paredes do Templo. Isso ajuda muito a sermos abertos uns com os outros.

— É verdade. Mas não me respondeu sobre a magia. Vocês fazem?

— Seu pai não te ensinou nada?

Olhei incrédulo. Fechei a porta, esperando ouvir um segredo. O maçom se animou.

— Mas é claro que fazemos! Alquimia! A alquimia de transformar metal em ouro, de transformar um homem num homem melhor! A magia de transformar uma pedra bruta em uma pedra polida de medidas justas e perfeitas. A magia de lapidar um ser áspero de sentidos brutos em um ser espiritualizado, de dar forma à obra de arte que é o ser humano. A magia que evolui o espírito! Certamente iria gostar, Júnior. Seria muito benéfico para você. Já deu para perceber que é inteligente, honesto e bondoso. Não esperava nada diferente sendo filho de quem é.

— Mas meu pai era tão importante assim? O que ele fazia lá?

— Seu pai é uma das pessoas mais admiradas da Ordem, Martin.

Ouvir isso me encheu de orgulho. A ideia de me tornar um maçom já não soava tão tola assim.

— Estes segredos que seu pai disse ter desvendado — retomou o Sr. Anderson enquanto se levantava do sofá — são procurados pela Ordem há milhares de anos, desde quando tínhamos outros nomes. Ele pode ser a chave que conecta tudo, o conhecimento místico que guardamos há milhares de anos ao científico que temos hoje. Na verdade, sabemos parte do segredo, por isso você precisava entrar na Ordem para saber. Mas a chave final, a corda que une todos os segredos que sabemos isoladamente, a que seu pai disse ter encontrado, ainda não conhecemos. Esse conhecimento é a busca de todo maçom. Infelizmente o conhecimento está perdido e depositado no interior da Terra junto com seu pai. Sinto muito.

O silêncio dominou o escritório enquanto minha mente girava perdida dentro de um tornado. Magia? Misticismo? Ciência? Maçonaria? Meu pai era assim? No fundo eu sempre desconfiei que tinha muito mais nele do que ele nos mostrava. Não era só a grandeza de princípios que os militares carregam consigo. O velho Martin era uma receita com muitos outros ingredientes. Ser pai e militar eram só alguns deles. Havia uma grandeza oculta que às vezes ele deixava exalar por seus poros. E pela primeira vez depois da morte do velho, senti uma parte dele viva novamente. "Eu sabia!" — vibrei para mim mesmo. "Há um velho Martin que eu ainda não conheço."

— Bem, tenho de ir — disse o Sr. Anderson. — Acho que não tenho mais nada para fazer aqui, meu jovem.

Eu precisava pensar em algo para manter o Sr. Anderson ali. Havia tanto que eu queria saber sobre este novo Martin Sênior que estava diante de mim. Mas, por um segundo, titubeei. E se meu pai havia sido assassinado por perguntar demais?

— Ah, já ia me esquecendo — disse o Sr. Anderson, balançando a carta amarelada. — Nesta carta seu pai manifestou o desejo de iniciá-lo na Ordem. Embora ele tenha partido, se quiser ingressar na Ordem, o convite está aberto, a partir dos seus vinte e um anos até o último de seus dias na Terra. Esta carta será guardada na Grande Loja Maçônica do Estado de Nova York. Poderá recorrer a ela a qualquer momento.

Acho que ele se sentiu envergonhado por mencionar, novamente, a morte do meu pai. Mas desta vez apenas baixou a cabeça e saiu resignado, levando a carta e deixando o caderno sobre o sofá.

Esperei ele sair e folheei o caderno por alguns minutos. Como bom engenheiro, meu pai anotava várias fórmulas e gráficos, e a caderneta estava cheia deles. Nada que eu pudesse entender. Alguns números malucos, coisas sobre a velocidade da luz, luz versus tempo, algumas fórmulas químicas etc. Se o Sr. Anderson não havia se interessado por aquilo, não seria eu quem iria encontrar um segredo ali. Guardei o caderno novamente e fui pegar algo para comer na cozinha.

Desci as escadas e minha mãe ainda conversava com o Sr. Anderson próximo à porta, já com a mão na maçaneta, esperando ansiosamente a hora de abri-la para que ele finalmente fosse embora. Percebi que o maçom frequentemente olhava pela janela e observava um carro preto parado do outro lado da rua. Ela tentou terminar a conversa algumas vezes, mas o Sr. Anderson insistia em falar algo inútil para continuar. Minha mãe estava visivelmente irritada, erguendo as sobrancelhas, exatamente como fazia quando Lala ou eu tentávamos enganá-la. Meio que desistindo de mandar o visitante embora, ofereceu uma xícara de chocolate quente. Mas o carro preto partiu e o Sr Anderson negou a xícara e foi embora.

∴

Na semana seguinte, enquanto os carregadores levavam as caixas de dentro de casa para o caminhão de mudança, Lala estava novamente triste no balanço.

— Quer levar o balanço? — perguntei.

— Posso? Não é da casa?

— É seu. Eu te ajudo. — Pisquei um olho e comecei a desatar a corda enquanto ela buscava algo para embrulhá-lo. Por trás da árvore vi o carro preto, o mesmo da semana anterior, parado depois da esquina, com um homem dentro e outro do lado de fora conversando com o motorista do caminhão de mudanças. Ao me ver, o homem no interior do carro deu um sinal para o de fora, que dispensou o motorista do caminhão e entrou no carro. Ligou e partiu.

O motorista voltou para o caminhão de mudanças.

Abandonei o balanço pendurado por uma só corda, contornei o jardim e fui até o motorista que esperava sentado atrás do volante com um mapa aberto nas mãos.

— Ei, cara. Tudo bem?

— Oi, garoto. Tudo bem, e com você? Animado para sair desse frio e encontrar o sol da Flórida? Eu estou — gargalhou. — Não vejo a hora de cair na estrada e sair deste freezer.

— Sim, estou animado também. Quem eram aqueles homens que estavam na esquina? Eram amigos do meu pai?

— Não sei quem é seu pai, garoto. Eles só queriam o telefone do gerente da empresa, só isso. Também vão se mudar em breve daqui para a Flórida e querem um orçamento.

Eu sabia que os homens haviam mentido para o motorista. E sabia que eles não eram maçons. Também não pareciam militares. Lala já estava atrás de mim, me chamando para ajudar com o balanço. Sem perguntar nada, ela ficou me olhando nos olhos, tentando desvendar alguns de meus pensamentos. Mas apenas cumpri a tarefa de tirar o balanço das cordas e entregá-lo para que ela o embrulhasse.

Poucas horas depois já estávamos na estrada, com minha mãe dirigindo, rumo à Clearwater. Enquanto minha mãe e Lala cantavam animadas ao som do *Creedence* — que minha mãe jurava que eram de Clearwater e que se tivéssemos sorte encontraríamos com eles em alguma sorveteria —, eu só pensava no que meu pai poderia ter descoberto e por que alguém iria querer roubá-lo. Lembrei-me dos homens de preto que foram até o túmulo de meu pai enquanto eu entrava no Cadillac esfumaçado do Dane. Talvez o carro preto de mais cedo fosse o mesmo carro que eles usavam no cemitério. Senti calafrios pensando que algo sórdido poderia ser o motivo da morte do meu pai e não acompanhei Lala e mamãe na cantoria. "Malignos" — foi assim que Curtiss havia se referido aos homens de preto.

CAPÍTULO 5

Era a última semana de aulas antes do Natal. Estacionei meu carro em frente à faculdade. Era cedo e o estacionamento estava praticamente vazio. Abri o porta-luvas para guardar os óculos de sol. O cubo mágico que meu colega de quarto estava me ensinando a montar caiu no assoalho do carro. Finalmente tinha aprendido a montá-lo depois de todos estes anos, desde quando comecei a aprender com o velho Martin algumas semanas antes de sua partida.

"Meu Deus" — pensei. "Já se passaram quase seis anos desde que saí de Nova York. Como tudo mudou. Quem diria que eu viria parar aqui?"

O servente varria a calçada. Estava feliz, cantarolando, fazendo uma dança quase imperceptível enquanto varria as folhas para perto da parede para que a brisa leve da manhã não as levasse embora. Quando me viu observando de dentro do carro, fez um aceno e abriu um sorriso desinibido. Acho que não me julguei à altura de tanta felicidade e leveza, então retribuí o aceno sem jeito. Por que aquele homem estava tão feliz e tranquilo? Será que ele não tinha problemas? Será que ele nunca tinha perdido alguém? Impossível que não. Talvez a vida fosse doce para quem decidisse vivê-la. Simples assim. Todos nós temos coisas boas e ruins na vida, e eu tinha de aprender a lidar com as minhas. Tinha de aprender a lidar com as perdas, saber morrer e renascer todos os dias. Talvez o segredo da felicidade fosse dar valor ao que é bom e apenas saber lidar com o que é ruim. Eu tinha que prestar atenção "na parte cheia do copo" — como dizia meu colega de quarto. Mas muitas vezes a metade vazia doía no peito.

Talvez o que doesse mais fosse a impotência. Eu simplesmente não sabia a quem recorrer. Não sabia o que fazer. Nestes mais de cinco anos vivi no mais completo silêncio sobre o que realmente aconteceu com meu pai, sem sinal dos homens de negro, dos maçons ou dos militares, exceto quando apareciam em algum pesadelo. Pensei algumas dezenas de vezes em recorrer à carta convite que me esperava na Grande Loja de Nova York. Mas o que aquilo me traria? Os próprios maçons não tinham resposta, então o que eu conseguiria ali? Pedir ajuda de Curtiss? Sem chances. Embora desconfiasse que o general tinha mais a dizer do que realmente havia dito, com certeza não contaria nada para mim. Se meu pai nunca dissera nada sobre a Força Aérea, não seria o general quem abriria a boca. Minha mãe sentia calafrios ao falar sobre o que havia ocorrido com papai e, segundo ela, Lala era nova demais para se preocupar. Era melhor simplesmente deixar passar. Eu prometi para mamãe. Promessa que me sufocou.

Mas a parte cheia do copo era que eu gostava da vida da universidade. Sempre tinha algo acontecendo e muito o que estudar. Muitas vezes fiquei empolgado com a ciência. Ela exala uma confiança tão grande que eu achava que conseguiria todas as respostas do mundo mergulhando minha mente naqueles livros indecifráveis. A diversão era justamente essa, pegar um livro que parecia ter sido escrito por um ser alienígena, devorá-lo, e um semestre depois saber tudo o que estava ali de trás para frente. Era como resolver um grande mistério do Universo. Isso alimentava a minha alma. Mas depois de um tempo, essa vontade estava se perdendo. A engenharia me trazia algumas verdades, mas a grandiosidade das possibilidades da "Grande Verdade" da Lei do Absoluto encontrada pelo velho Martin fazia as verdades da ciência ficarem menores. Comecei a desconfiar que não encontraria as respostas finais naqueles livros. O que no início era apenas uma leve desconfiança fora crescendo e começou a tomar conta de mim. Senti que a carreira na engenharia não supriria minhas expectativas. Para um jovem, escolher uma carreira e uma universidade parece ser um tiro único para a vida, ou você acerta ou está perdido. Comecei a desconfiar que havia atirado minha bala de prata na direção errada. Havia algo mágico na verdade do meu pai, algo transcendental, talvez até místico, mas que eu frustradamente não conseguia encontrar.

"Tudo mudou, mas eu não mudei" — pensei comigo enquanto guardava o cubo mágico de volta no porta-luvas. — "A metade vazia do meu copo só poderia ser preenchida pelo velho Martin."

— Vamos, saia daí! A noite foi boa, não foi? — perguntou meu colega de quarto, batendo no vidro do carro.

Saí do carro e me coloquei em direção à sala de aula junto com ele.

— E aí, cara. Me conta! Como foi com a Sarah? Passou a noite com ela?

Sorri encabulado enquanto passava pelo servente que ainda varria a calçada feliz e tranquilo.

— Claro que passou! — ele mesmo respondeu já nos corredores enquanto caminhávamos rumo à aula desviando dos outros alunos.

Sorri novamente.

— É isso aí, meu herói! Passou a noite na casa da gata! E aí? Curtiu?

Entrei na sala de aula sem responder. Nem precisava. Meu colega de quarto era um brasileiro, nerd e bem esperto. Seu nome era Cleber, mas a turma o chamava de "Clever"[1] por motivos óbvios. Além de saber resolver cubos mágicos em poucos segundos, ele também gostava de deixar os professores de Física e Química em apuros com perguntas que só os cientistas da NASA saberiam responder. Talvez, nem eles.

O Professor Johnson já disferia sua aula de eletromagnetismo sem a menor piedade. Enquanto meus pensamentos estavam distantes, tentando imaginar como seria a Lei do Absoluto, o resto da turma estava tomada pelo terror, desesperada por descobrir um jeito de sobreviver às provas finais daquela ciência incompreensível e chegar ao último ano.

Quando ouvi a frase "o campo magnético do átomo...", levantei a mão e perguntei:

— Professor Johnson, o que tem dentro do átomo?

Toda a turma me olhou como se eu estivesse louco. Começaram a rir. Cleber escondeu o rosto, afundando-o dentro do caderno. Achou que eu estava zombando do professor. Saber isso era uma coisa que quem entra na faculdade de Engenharia já deveria ter na ponta da língua.

— Prótons, nêutrons e elétrons — respondeu o professor rapidamente, tentando não cair no que eu estivesse planejando fazer para sabotar a aula.

— Eu sei — interrompi novamente. — Mas o que existe dentro dos prótons, nêutrons e elétrons? Do que eles são feitos?

O professor baixou os óculos até a ponta do nariz, apoiou-se na mesa com os punhos fechados, bufou e respondeu:

— Não sabe isso, Senhor King? Fico preocupado se conseguirá passar nos testes. Sabe ao menos o que está fazendo aqui nesta aula?

— Eu sei muito bem — respondi enquanto a classe gargalhava. — Mas o que quero saber é o que existe no fim de tudo? Do que tudo isso é feito? O que tem dentro dos objetos? As moléculas. E o que tem dentro das moléculas? Os átomos. E o que tem dentro dos átomos? Os prótons, nêutrons e elétrons. O que tem dentro deles? E assim vai. Se tudo é formado por alguma coisa, qual é a última coisa? A última coisa não tem que ser formada de outra coisa, e assim deixa de ser a última?

Cleber me olhou aterrorizado. Anotou algo no caderno e virou-o para eu ler: "Você bebeu?"

---

[1] *Clever*, em português, significa "esperto".

Forcei o professor:

— O que tem no final de tudo, Professor Johnson? Sabemos o que tem lá?

A sala ficou em silêncio. Embora fosse estranha — e totalmente fora de contexto para quem não estivesse lendo meus pensamentos e hipóteses sobre a Lei do Absoluto —, era uma pergunta interessante.

— Nada! Não há nada, Sr. King. — O professor me fritou com os olhos por alguns segundos e depois virou as costas. Pegou o giz para anotar algo no quadro e retomar a aula enquanto a turma viajava de volta dos risos ao terror dos testes que se aproximavam.

— "Nada? Como assim?" — pensei. — "Claro que existe alguma coisa!" — Esse "nada" soou como meia verdade, o que é uma mentira completa. "Nada não é uma resposta" — meu pai me ensinara.

O professor atirou o giz no cesto de lixo — um tiro certeiro bem no meio do cesto sem bater nas bordas —, tirou os óculos, virou-se para mim e disse:

— Nunca saberemos, Sr. King. Nunca! Mas se um dia descobrir, pode me contar. Por enquanto, prefiro que passe nos testes da próxima semana e tenha um Natal feliz.

CAPÍTULO 6

Como era bom ver minha mãe feliz. Com a pensão de meu pai, ela não precisava trabalhar, mas decidira por isso para continuar a viver. Muito disso foi responsabilidade de Linda, vizinha da frente, uma mulher solteira e um pouco mais nova que minha mãe, muito animada, que se tornou sua amiga quase que imediatamente e convenceu mamãe a ser sua sócia na imobiliária.

Era véspera de Natal e a casa estava impecável, toda enfeitada de luzes, velas e neve artificial, pronta para a chegada dos meus tios e primos. O cheiro de pato assado com molho de laranja já tomava conta da casa, os vinhos lotavam a pequena adega e a árvore de Natal estava quase torta de tantas coisas penduradas. Os presentes estavam perfeitamente empilhados ao pé da árvore como se estivessem esperando a visita de uma revista de decoração para uma sessão de fotos. Eu mesmo peguei a máquina fotográfica e tirei algumas segurando os presentes. Acho que tirei minha primeira *selfie* naquele dia.

Entrei na cozinha e vi minha mãe abrindo e fechando os armários desesperadamente.

— Está caçando um rato? — perguntei tentando colocá-la numa situação ridícula. — O Mickey mora a 100 milhas daqui. Não vai achá-lo aí dentro.

— Filho, seu bobo, estou procurando aquela travessa grande de prata para colocar o pato. Não pode ver se está no sótão, por favor? Talvez esteja no meio daquelas caixas que não abrimos depois da mudança.

Sem pensar duas vezes, fui até o andar de cima. Dei algumas puxadas fortes e a escada para o sótão baixou. Subi devagar... acho que aquelas escadas não eram usadas desde a mudança. A madeira estalava como naquelas pontes nos filmes em que alguém fugindo tem de atravessar e, de repente, estoura no meio deixando todo mundo em apuros. Mas eu só queria a travessa para colocar o pato. Comecei a desempilhar as caixas. Descartei as escritas "banheiro", "lavanderia", mas nenhuma dizia "cozinha". Menos ainda dizia "travessas". Comecei a abrir as caixas uma a uma, e um mar de lembranças saltava à minha mente. Sentei-me num banquinho enquanto vasculhava. Abri um pacote de papel pardo. Dentro dele encontrei a bandeira americana, dobrada exatamente como minha mãe a recebera no enterro de papai. Um nó se fez na minha garganta. Minha mente voou para longe. Especificamente para quando Curtiss havia ameaçado dizer algo, mas desistira. O sol do início da tarde de Clearwater batia de lado e entrava no sótão por uma pequena janela, inundando-o com uma luz amarelada. Minha mente voltou ao sótão e o nó na garganta se desatou e se transformou numa nostalgia tranquila. Estava feliz por ver que tínhamos superado as principais dificuldades e dor. Mas ainda tinha um viés angustiante, porque meu pai não foi testemunha de nossa vitória. Sei que ele estaria orgulhoso e que de algum lugar sempre olhava por nós. Uma pasta recheada de desenhos que eu havia feito na infância que ele guardara com datas anotadas no verso me fez sentir novamente o peso dos anos que se passaram. Uma lágrima escorreu pelo meu rosto e molhou um dos desenhos. Os segundos de felicidade intercalavam novamente com os segundos de dor. Pensei em desistir e declarar a travessa como "não encontrada".

No canto da caixa, já amarelado, encontrei o cubo mágico que meu pai tentou me ensinar a solucionar, mas que eu não consegui decorar os movimentos antes que ele partisse. Ele insistia em me ensinar a resolver e dizia que quem conseguisse resolver um cubo mágico conseguiria resolver qualquer problema do Universo. Tudo funcionava como o cubo, você girava os eixos e as coisas se transformavam no que quisesse. Acho que agora ele ficaria feliz, pois eu tinha aprendido na faculdade com meu colega de quarto. Era o mesmo método que meu pai estava me ensinando, e meu amigo sabia o final. Comecei então a resolver o cubo em homenagem ao velho Martin, criando em minha mente um sorriso de satisfação do major ao me ver conseguindo completar a tarefa. O cubo estava sem uso, um pouco duro e travava em alguns movimentos, mas estava funcionando. Segui o método e depois de alguns minutos parti para o último e glorioso movimento que completaria o cubo e deixaria o velho Martin orgulhoso. E então, após o último movimento que solucionava tudo, o cubo se desmontou em meus dedos e suas peças se espalharam no piso de madeira do sótão como se nada o prendesse por dentro. Então me dei conta que em minha mão havia sobrado uma parte. Não era uma das peças do cubo, mas sim um papel dobrado tantas vezes para ficar pequeno e caber dentro do objeto que ficou difícil desdobrá-lo. Abri com cuidado para não rasgar e de imediato reconheci a caligrafia do meu pai.

— Martin, está tudo bem aí? Encontrou a travessa? — gritou minha mãe do primeiro andar.

— Está tudo bem. Mas não encontrei a travessa — respondi com a voz ainda um pouco embargada.

— Tudo bem. Será que não poderia sair e comprar uma nova? Queria tudo perfeito para hoje à noite.

— Claro, mãe — dobrei a folha e a empurrei para o fundo do bolso da jaqueta. Desci as escadas e a recolhi de volta.

— Sabe, Martin, esta noite sonhei que você estava procurando algo no sótão. Era uma bola de baseball que você pegou num jogo quando era criança. Lembra-se dela? Curioso não? Depois de tanto tempo você subindo no sótão. Por acaso achou alguma bola?

— Não, mãe. Mas achei algumas coisas do papai. Deve ser isso.

Fitei minha mãe nos olhos e ela percebeu que eu tinha saído impactado do sótão. Eu havia visto mais do que estava lhe dizendo.

— Desculpe-me, querido. Mas está tudo bem?

— Está sim. Na verdade, vi alguns objetos do papai e me lembrei de coisas que achei que já tinham ficado para trás.

Me segurei para não pôr a mão no bolso da jaqueta e ver se o papel ainda estava lá.

— Você não precisa deixar nada de seu pai para trás, Martin! Sei que o leva consigo o tempo todo em seu coração. Eu também. Sua irmã também. Não deve se envergonhar disso. Tenha orgulho do rapaz que você se tornou, pois com certeza ele está orgulhoso de você. Pense que onde quer que ele esteja, deve estar sentindo mais a nossa falta do que nós a dele. Afinal, somos três. E temos uns aos outros. Mas ele nos vê de longe.

Fiz que sim com a cabeça enquanto nós dois enxugávamos as lágrimas.

— Vou pegar Sarah no ponto de ônibus, comprar a travessa e ir direto para igreja. Já estou atrasado. Nos encontramos lá. Pode ser?

— Claro, querido. Fico feliz que tenha uma namorada.

— Eu não tenho namorada. Ela é minha amiga da faculdade — respondi um pouco ríspido, tentando encerrar a conversa. A essa altura, eu já queria esganar a linguaruda da Lala.

— Tudo bem, querido. Lala acabou de passar aqui e me contou.

Mamãe segurou minhas mãos.

— Gostaria que deixasse alguém entrar em seu coração.

— Eu também — respondi quase aceitando que eu tinha um coração de pedra.

— Pois então não perca essa, bobão! — intimou a Sra. Agatha King. Peguei as chaves do carro e me coloquei em direção à porta.

— Martin, precisa mesmo dessa jaqueta? — perguntou mamãe, me fazendo dar meia-volta. — Está calor hoje. Você está bem?

— Deve ser o amor, mamãe — disse Lala entrando na cozinha e abrindo a geladeira.

CAPÍTULO 7

Fui me aproximando devagar do ponto de ônibus na Court Street. De longe consegui ver aquela moça loira, sentada sozinha no banco com os braços apoiados sobre a mala preta, batendo repetidamente um dos pés no chão e passando as folhas da revista bem rápido. Não parecia tranquila. Conferi o relógio. Não estava mais que um minuto atrasado. Fui mais devagar, desliguei o rádio, baixei o vidro e parei em frente a ela.

— Sua carona chegou, Srta. Sarah — disse com a voz mais calma e doce que consegui fazer.

Ela fechou a revista, arrastou a mala sem nenhuma delicadeza, abriu a porta e sentou-se ao meu lado puxando a mala para entre as pernas. Encarei-a nos olhos, mas não consegui ver nada por detrás dos óculos escuros.

— Não é nada com você, ok? — ela saiu despejando. — Só marquei com você na hora errada e estou aqui esperando já faz quase duas horas. Meu celular está sem bateria e não sabia seu número de cor. Nem seu endereço para pedir um táxi eu tinha — ela disse cruzando os braços e descruzando em seguida para colocar o cinto se segurança.

— Tudo bem — respondi. Não importava o que ela dissesse. E ela dizia muitas coisas ao mesmo tempo, sem espaço para respirar, mas aqueles cabelos cor de ouro e seu perfume doce me inebriavam na hora. Eu a ouvia entorpecido. — Vou te levar a um lugar onde você poderá se acalmar. E pode aproveitar para pedir perdão dos pecados que está pagando, e quem sabe não precise mais ficar duas horas me esperando na próxima vez.

Ela sorriu.

— Do que está falando, Martin?

— Combinei de encontrar minha mãe e irmã na igreja. Tudo bem? Podemos ir direto para lá?

Ela me deu um beijo quente e molhado no rosto. Percebeu que

tentei puxar um pouco mais de seu perfume quando seu cabelo passou pelo meu nariz, e então sorriu satisfeita. Guardou os óculos, apoiou o cotovelo sobre a porta do carro enquanto contemplava o horizonte aliviada. O que quer que estivesse sentindo antes de entrar no carro já havia se dissipado.

— Está bem — ela respondeu suspirando fundo. — Faz tempo que não vou em uma. Quem sabe consigo me redimir perante Deus de ter me envolvido com alguém como você. Esse deve ser meu maior pecado — ela fez o sinal da cruz e gargalhou.

Pensei em contar sobre o papel que estava no meu bolso, mas resolvi não interromper a paz de Sarah. Era o primeiro Natal dela sem a mãe, que faleceu em janeiro. O pai, ela nunca conheceu. Ela estava reagindo melhor do que eu poderia imaginar. Parei rapidamente na loja e comprei a travessa enquanto Sarah foi ao banheiro retocar a maquiagem.

∴

A igreja estava lotada e chegamos com o culto já iniciado. Era toda branca por fora e por dentro, e naquele dia em especial estava decorada com flores violetas e velas amarelas no altar. Fomos avançando pelo corredor lateral, driblando os fiéis que assistiam ao culto em pé. Conseguimos um lugar bem na frente, encostado na parede e com vista privilegiada para o reverendo. Lala e minha mãe nos cumprimentaram com um breve aceno e um sorriso surpreso, aprovando a beleza de Sarah. Acho que se assustaram com o que eu tinha conseguido. Sarah retribuiu os acenos e os sorrisos. Logo nossa atenção foi tomada pelo Reverendo Nelson.

O reverendo fora afastado da Igreja duas vezes. "Ele fala demais" — dizia minha irmã. "Ele fala a verdade" — dizia minha mãe. O fato é que sem ele a igreja ficava vazia. Quando ele falava não se ouvia um único barulho, exceto quando alguém estava suspirando ou chorando.

— O que faz seu coração vibrar? O que mexe com você? — começou o reverendo subindo ao púlpito e encarando a assembleia com a certeza de que o tema do tão aguardado sermão de Natal pegaria todos de surpresa. — Pois aí está a resposta da sua verdade pessoal. Se você seguir por um caminho que não está de acordo com seu coração, sua inteligência e determinação o ajudarão a percorrê-lo por um tempo, por alguns anos, talvez até algumas décadas, e terá várias conquistas. Mas nunca conseguirá enganar seu coração.

Não sei se foi porque fiquei perto dos bancos da frente, ou se o reverendo percebeu o impacto da sua mensagem em mim. Mas sim, ele falava comigo. Tudo aquilo era para mim. Não havia outra explicação. A cada frase, ele me procurava com o olhar.

— Seu coração está ligado diretamente à sua verdade pessoal, aquela que é só sua, ao alimento que sua alma precisa para vibrar feliz. Como um vulcão, seu coração poderá até parecer quieto por um tempo, mas de vez em quando dará sinais de que está ali, vivo! Às vezes sua vida sofrerá alguns terremotos. Suas atitudes e pensamentos fora do padrão que sua mente tentou te condicionar, por menores que sejam, revelarão a verdade do que seu coração quer para você. E então um dia o vulcão explode, sua vida entra em colapso, desmorona, e você terá que reconstruir tudo de novo. A voz do coração não pode ser silenciada, pois é ela quem diz o caminho para a sua verdade. Quantas promoções você vai buscar pensando exclusivamente no quanto de dinheiro vai ganhar até perceber que investiu sua energia vital em algo que não trouxe nada para sua alma? Quantos relacionamentos ruins não consomem as pessoas pois elas acham que devem continuar nele pensando no que os filhos, família, amigos, a sociedade ou a igreja vão pensar se ele terminar? Ou no dinheiro que vão ter de dividir? E se isso acontecer perto do final de sua vida? Qual será o tamanho do seu desespero ao ver que viveu em vão, que não foi feliz, e que talvez não haja mais tempo? Ficará em paz sabendo que desperdiçou sua fortuna de tempo em algo que não trouxe nada para sua alma? Ficará em paz sabendo que foi desonesto com sua verdade, que é tão digna quanto a Verdade das Verdades? Acha que é isso que Deus quer para você? Acha que Ele quer que você fuja de sua verdade? Se chegar nesta situação, eu digo que você não construiu nada que vá levar para o pós-vida. O que você construiu para sua alma? O que vai levar de volta para Deus que te emprestou a vida na Terra? Quanto valem seus imóveis, seus carros na garagem e seus investimentos se seus dias sobre a Terra forem ruins, pesados, escuros e sem paz? Pense naqueles que já partiram deste mundo e que você ainda estima. O que eles te deixaram? Uma conta gorda? Um testamento de vinte páginas com a divisão de bens? Não! Eles deixaram lembranças em seus corações! Eles deixaram sentimentos reais! Eles deixaram verdades! E nada mais importa!

 Ele tinha razão! O que eu estava fazendo com a minha vida? O que eu estava buscando na faculdade? O que eu conseguiria construir enquanto a dúvida sobre o que havia acontecido com meu pai continuasse corroendo meus pensamentos e me triturando de dor? Não importava as boas notas que eu tirava, as festas que eu ia e as garotas que eu conquistava se aquela dor estava dentro de mim o tempo todo. O imponderável tinha um peso impossível de se escapar. O que meu pai tanto buscava? O que ele tinha descoberto? Que conhecimento era esse que ele tinha, que eu seria o herdeiro e que foi tirado de mim? Tirado de nós! Não que eu devesse abandonar a faculdade, mas estava colocando todas as minhas fichas lá, deixando as fichas do meu coração de lado. Eu deveria estar mais atento ao que se passava no meu coração. Não importa quão longe eu chegasse em minha carreira, eu teria uma bola de ferro presa à minha alma, impedindo-a de flutuar. Uma hora meu vulcão explodiria.

Tentei fazer o vulcão explodir e tirei o manuscrito do bolso para ver o que meu pai tinha a me dizer. Até cheguei a abri-lo, mas Sarah me deu um cutucão me pedindo para prestar atenção no reverendo.

— O que Deus quer é que seja honesto consigo mesmo. Coração e mente são amigos. A mente deve ouvir o coração. Se ambos estiverem em acordo você vai, ao mesmo tempo, sentir e ver a sua verdade. A mente por si só é surda, puramente ativa, move-se para qualquer lugar que queira e não mede a salutalidade das consequências. Só o coração sabe o que é saudável para sua alma. Só ele tem a medida justa das coisas e por isso só ele pode te dar o caminho correto. Mas cuidado! Um coração tomado por paixões te leva para outro lugar: para o abismo! Um coração com aspirações pobres e moral fora do prumo te guiarão para uma situação insustentável, pior até do que se você estivesse ignorando seu coração. Mas o coração elevado, honesto, despojado, desinteressado, altruísta e que caminha por linhas retas o fará encontrar o caminho para o mais precioso dos tesouros: a paz de ter vivido sua verdade.

O que me movia não era a raiva, nem alguma vingança pelo que houvera com meu pai. Talvez no início eu carregasse alguma revolta em meu peito. Mas àquela altura não havia mais nada disso. Havia uma frustração por algo supostamente grandioso ter se calado. Não era um vício da minha alma, não era uma sede de punição, mas sim uma vontade de dar voz a algo maior que estava sufocado. Não era só por mim, mas por algo que o velho Martin carregava que eu desconhecia.

— Já ouviram que somente vivendo os fenômenos, sentindo-os, é que eles podem ser entendidos e decifrados? Assim é também a verdade do homem. Ele deve mergulhar de coração em suas buscas, com todos os seus poros e toda sua energia, só assim será digno de ver a verdadeira virtude de sua alma. O homem é uma oficina pronta para o trabalho, que todo dia descobre algo inédito em si mesmo. E cada vez que descobre uma verdade de si mesmo descobre uma verdade de Deus. No fundo, a verdade do homem e de Deus são uma só. O maior é igual ao menor. O que está em cima é igual ao que está embaixo. Tudo, não só o homem, é feito à imagem e semelhança de Deus. Busque a verdade em si mesmo e encontrará por semelhança também a maior verdade de todas as verdades.

Era isso! Se eu soubesse a verdade do meu pai, e então a minha própria verdade, eu estaria em paz, completo, pleno, conectado com a verdade maior que todos nós queremos alcançar um dia. Só assim minha alma poderia andar livre sobre a Terra. Enquanto eu não encontrasse a verdade, minha alma viveria nutrida pela energia e esperança de encontrá-la. E isso teria que ser o suficiente. Meu sangue parecia começar a ferver.

— O que o próximo disse que fez seu coração esquentar? O que o próximo disse que te incomodou? Ao tentar responder estas perguntas, trilhará o caminho da verdade. "Faça o que tu queres, pois é tudo da lei" — não é isso que diz o sábio? Então, ache o seu caminho! Interrogue todas as suas dúvidas! Esprema-las até que elas confessem a verdade. Não desista! Não se limite aos valores morais da sociedade, pois eles são relativos, e mudam o tempo todo. Dê ouvidos à sua verdade mais íntima, porque ela também é a verdade que Deus quer de você. E a verdade de Deus é absoluta, não se mede pela régua dos homens de nenhuma Era ou sociedade.

Não havia outra opção. Eu precisava saber, custasse o que custasse! Ligaria para Curtiss! Falaria com os maçons! Às favas com os perigos! Eu não queria mais aquele peso comigo. Eu tinha de saber!

— Deus e Sua verdade são absolutos. Não tem tempo... Seu tempo é infinito... tenha paciência e benevolência consigo mesmo. Não se sinta pouco por não entender as respostas na hora que buscá-las, pois elas aparecem à medida em que você consegue entendê-las. Deus não é econômico com a verdade. Ele é infinitamente benevolente e vai te mostrar assim que você estiver pronto para vê-la, imediatamente. As maiores verdades estão enterradas no fundo de nossos corações. São difíceis de retirar de lá. Mas quando encontradas, são as que têm o maior valor.

Estava decidido. Eu buscaria a verdade! Não importava o tempo que levasse, nem os riscos que traria. O que eu não podia era ficar parado esperando. Eu tinha de cavar o poço da minha alma até que encontrasse a água. E só eu poderia trilhar este caminho! Era meu destino! Era uma missão que fora carimbada no fundo de minha alma. Não havia opção de ser feliz fora dela.

— Só você vive sua vida e só você é responsável por sua felicidade. Tenho certeza de que quando partir deste mundo e chegar aos céus, a única pergunta que te farão é: "Você foi feliz"? Pois se você foi feliz, quer dizer que foi honesto consigo mesmo e ouviu seu coração. Fazendo isso, foi honesto com Deus.

O reverendo desceu do púlpito e caminhou até o meio da igreja pelo corredor central. Toda a assembleia se levantou.

— Portanto, meus irmãos, se querem algo, mas seu coração não está em paz, não sigam adiante. Se seguirem, mais cedo ou mais tarde, e talvez até tarde demais, terão de voltar. Mas o caminho que avança harmônico entre coração e mente, o que busca te trazer paz, segurança e esperança, este sim é um caminho sobre a rocha e não sobre a lama. E depois de tudo isso, pergunto: o que é importante além de ser feliz, TODOS OS DIAS? A felicidade é a régua que Deus nos deu para medir o sucesso espiritual. A felicidade é a única régua que a alma pode usar!

E então, o reverendo Nelson virou as costas e deu o sinal para a banda tocar a música, encerrando o culto e desaparecendo pela porta dos fundos. A igreja passou instantaneamente do estado de meditação profunda para a euforia. Aplausos e "aleluias" quase encobriram o som da banda, e as pessoas se abraçavam ao deixar a igreja. Muitas vezes o reverendo falava igual ao meu pai, e até usava as mesmas palavras.

Peguei Sarah pela mão e a levei com pressa para fora da igreja, desviando das pessoas da mesma maneira como entramos. Trombei com Linda, sócia da minha mãe, na porta, que estava distraída, falando ao telefone sobre um cavalo que encontrou um tal de "*swivel*". Ela nem percebeu que havia deixado a bolsa cair. Pedi desculpas rapidamente enquanto pegava a bolsa do chão e a colocava de volta em suas mãos. Linda desligou o telefone sem se despedir e tentou puxar conversa, mas respondi qualquer coisa e continuei arrastando Sarah para fora. Levei-a para a praça do outro lado da rua.

Sentei-me no banco branco da praça enquanto esperava minha mãe e Lala saírem. Sarah sentou-se ao meu lado.

— Martin, por que está assim? O que houve? — Ela acariciou meu rosto e tentou fisgar minha atenção com aquele olhar molhado. Ela já tinha ouvido meu coração.

— Estou pensando no que o reverendo disse — parei por alguns segundos e retomei. — Não acho que na faculdade vou encontrar o que quero para a vida. O que eu quero mesmo é ser um homem como o meu pai — parei novamente. — Hoje subi no sótão e encontrei algumas coisas dele, acho que é por isso que estou assim. Encontrei também isso aqui. — E saquei o papel do bolso.

CAPÍTULO 8

Depositei o papel nas mãos de Sarah.

— Resolvi um cubo mágico que meu pai me deu alguns meses antes de morrer, um que ele estava me ensinando a resolver. Quando terminei, o cubo se abriu e tinha isso dentro.

Sarah abriu o papel e examinou-o por alguns segundos. Seu olhar se iluminou.

— Martin, será que não era isso que os maçons foram procurar na sua casa em Nova Jersey quando seu pai morreu?

— Acho que não. Eles procuravam um manuscrito, uma caderneta ou algo assim. Isso é só um desenho sem muito sentido.

— Acorda, Martin! Você é tão distraído que não entendo como consegue ir tão bem na faculdade. Por que ele esconderia algo sem valor dentro de um cubo mágico? Algo que só você conseguiria encontrar e resolver? Isso é uma mensagem para você!

E então eu "acordei"! Tomei o papel das mãos de Sarah. Estiquei à minha frente e começamos a olhá-lo juntos. Tive a sensação de que alguém poderia estar nos espionando. Olhei para os lados procurando alguém estranho.

— Área limpa, querido. Só temos aqui cristãos pensando no que vão comer na ceia de Natal e nos presentes que vão abrir. Deixe-me ver isso logo! — disse Sarah enquanto tomava o papel de minhas mãos.

Esticamos o papel sobre o banco. Era um desenho impresso em computador. Porém, as letras, números e linhas tracejadas estavam escritas à mão com a caligrafia do meu pai.

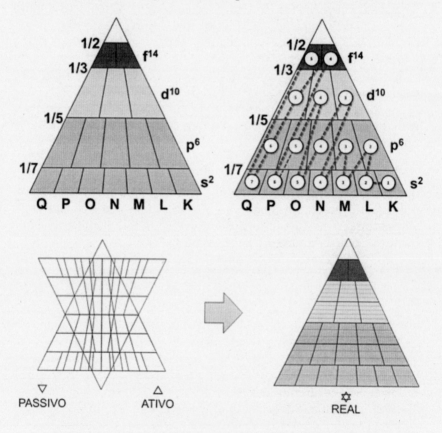

— Entendeu alguma coisa? — perguntou Sarah delegando a responsabilidade do entendimento para mim, o bom aluno.

— Não. Mas estes números, letras e cores me parecem familiares.

— Senti o mesmo. Já vi isso em algum lugar, mas não sei onde.

Levantei um pouco o papel para vê-lo e, contra a luz, percebi que havia algo no verso.

Este é o mapa para sua herança.
Deve buscá-la e trazê-la para a Casa ∴

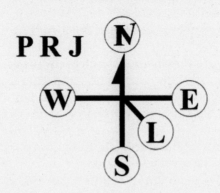

— "Herança"? — perguntou Sarah. — Trazer para a casa? Qual casa?

Abaixo havia um desenho, era uma Rosa dos Ventos bem simples, com os eixos Norte-Sul, Leste-Oeste. Na ponta dos eixos as iniciais N-S-E-W[2]. O "N" de norte estava grafado com uma tipografia diferente, como é de praxe. Tinha também um terceiro eixo partindo do centro indo em direção "às 5 horas" com a letra "L" no final e "às 11 horas" a sigla "PRJ".

— É uma rosa dos ventos — eu disse. — Mas não há nada de especial nela exceto esse eixo diferente com o "L".

— Não pode ser só isso, Martin. O desenho está estranho. Só pode ser proposital.

— Poderia ser um mapa para o tesouro, mas sozinho não diz nada. Tem de ter um ponto de início.

— E esse "PRJ"? Deve ser "*Project*", não? Talvez um projeto militar?

— Deve ser. — O raciocínio de Sarah era plausível, e o aceitei na hora. — Isto deve ser informação de algum projeto da Força Aérea.

— Por que seu pai guardaria isso em casa se fosse militar? E por que queria que você visse isso?

Esta era uma pergunta mais complexa que os próprios desenhos.

— Entregue isso para os militares, Martin.

Nos entreolhamos. Sarah se sentiu com uma bomba-relógio nas mãos. Já eu, senti como se meu pai acabara de renascer.

— Olá, minha querida. Como você é linda! — disse minha mãe, aproximando-se de nós por detrás do banco. — É tão lindo ver vocês dois juntos. Sem pressão — falou sem a menor vergonha enquanto Lala sentava-se ao lado de Sarah e a abraçava. Lala e Agatha estavam tão animadas que nem perceberam a nuvem de pensamentos e mistérios que envolviam Sarah e eu.

---

2 N-S-E-W (iniciais de Norte, Sul, Leste e Oeste em inglês — *North*, *South*, *East* e *West*).

As caixas de plástico de maquiagem começaram a bater umas contra as outras dentro da bolsa de couro vermelha da mamãe.

— Trabalho na véspera do Natal? Só pode ser brincadeira! Ou é o negócio do século! — disse mamãe enquanto enfiava a mão dentro da bolsa vermelha procurando o pager. Por algum motivo que desconheço, quando minha mãe está em algum lugar, ela é o centro das atenções. Ela tem um magnetismo inato, autêntico, envolvente e animador. Tudo isso sempre com um lindo sorriso no rosto e um brilho nos olhos que jamais vi em alguém. Sem percebermos, estávamos hipnotizados por sua performance procurando o pager em uma bolsa que parecia sem fundo.

Ela sacou o pager e leu a mensagem. Pensou por dois ou três segundos, e então abriu um sorriso.

— Tenho ótimas notícias! O general Curtiss, aquele amigo do seu pai da Força Aérea, lembra-se dele? Acabou de mandar uma mensagem avisando que vai se juntar a nós na ceia de Natal! Não é magnífico? Espero que tenha comprado uma travessa bem bonita, Martin!

Sarah arregalou os olhos. Ela entendeu muito bem. Eu também. Não podia ser coincidência.

Sarah dobrou o papel discretamente com as mãos trêmulas e o colocou de volta no bolso da minha jaqueta enquanto varria o perímetro com o olhar. Ela estava verdadeiramente perturbada.

Confirmei que a travessa estava no carro enquanto olhava para Sarah. Lala pescou o olhar.

— Melhor irmos logo, Lauren. Tenho muitas coisas para fazer ainda — disse mamãe, arrastando Lala consigo.

Lala se virou, já caminhando de costas, e perguntou mexendo apenas os lábios, sem emitir som algum:

— O que você aprontou dessa vez? Não estrague o Natal, está bem?

— Estranho — disse mamãe. — Não sabia que Curtiss tinha o número do meu pager.

CAPÍTULO 9

O Pentágono nunca estava vazio, mesmo na véspera de Natal. E naquela tarde em particular, Curtiss era o principal responsável pela movimentação.

O telefone de alarme vermelho tocou no gabinete do general quebrando o quase silêncio daquela tarde castigada pela neve. Do outro lado, uma voz feminina denunciava forte e claro:

— O Cavalo de Tróia encontrou o Swivel.

Curtiss mal ouviu a frase e já bateu o telefone no gancho. Pensou alguns segundos, espremendo seus olhos azuis com visão de águia sob as sobrancelhas grossas.

— Prepare o avião. Estou indo para Clearwater em duas horas — deu o aviso para o suboficial que trabalhava com ele no gabinete.

Pegou o telefone e discou um novo número, que não demorou para atender:

— Quero enviar uma mensagem. O código é 11235813. "Estou chegando para a ceia de Natal. Levo um vinho. Curtiss."

Curtiss acendeu o charuto satisfeito, agradecendo a si mesmo pela ideia de colocar uma de suas agentes como sócia de Agatha, mantendo os King sob vigilância vinte e quatro horas por dia nos últimos anos.

CAPÍTULO 10

Era a terceira e última noite de retiro espiritual no acampamento do deserto após as cerimônias de solstício de inverno. Hassan se preparava para dormir. Prendeu seus longos cabelos negros com um elástico, fechou o Alcorão e apagou a lamparina. Viu uma sombra passar apressada por detrás da tenda balançando o pano grosso que a muito custo protegia Hassan do frio do deserto. Um homem entrou e, sem fazer qualquer tipo de cerimônia, anunciou quase sem fôlego:

— *As-Salamu Alaikum*[3] — disse o mensageiro.
— *Wa Alaikum As-Salaam*[4] — respondeu o Mestre.
— Grande Mestre, Sua voz foi ouvida — ele parou para respirar. — Disse que um profano encontrou o segredo primo — disse o mensageiro, abandonando a tenda logo em seguida.

Hassan demorou para dormir naquela noite. Não eram boas as coisas que aconteciam quando os profanos encontravam o segredo. Hassan pediu luz aos céus, não sem antes repetir o Isha em seus pensamentos, a quinta e última oração do dia.

CAPÍTULO 11

Pode ser no calor da Flórida, com neve de isopor e árvores de plástico, com Papais Noel andando por aí transpirando de tanta roupa, com cerveja gelada ao invés de vinho, mas o clima do Natal desperta emoções em qualquer estação do ano.

O cheiro do pato assando no forno inundava a casa junto com as

---

[3] "*As-Salamu Alaikum*" — cumprimento árabe que significa "Que a paz esteja sobre vós".
[4] "*Wa Alaikum As-Salaam*" — resposta ao cumprimento, que significa "E sobre vós a paz".

músicas de coral natalino que mamãe colocou no *"repeat"* havia mais de duas horas. Eu estava na sala lendo e pendurando na árvore os cartões de Natal recebidos no dia, sob os olhares vigilantes de Sarah e Lala, sentadas no sofá.

— O que vocês estão aprontando? Não podem me contar? — perguntou Lala ajeitando os óculos, empurrando-o com o dedo da ponta ao topo do nariz.

Sarah me procurou com os olhos, mas não encontrou meu olhar de volta.

— Nada — Sarah respondeu.

— Esse seu "nada" significa "tudo". Vamos, pode me contar! — Lala se colocou ao lado de Sarah pronta para ouvir um segredo como se a conhecesse há décadas. Depois de esperar longos três segundos, insistiu:

— Vamos, mulher! Conte-me logo!

A campainha tocou.

Sarah se levantou apressada e foi até a porta fugindo de Lala. Abriu-a rápido com um sorriso artificial esticado no rosto.

— Boa noite, tudo bem? — disse um homem alto, completamente careca, de olhos penetrantes e sobrancelhas grossas. — Sou Curtiss, amigo da família. Você deve ser Sarah, não?

— Como sabe meu nome? — foi a única coisa que ela soube dizer.

Curtiss estendeu a mão para cumprimentar Sarah, mas Sarah não respondeu. Estava quase paralisada.

— Eu contei — mamãe passou à frente de Sarah e abraçou Curtiss. — Vamos, entre. Não faça cerimônias. Sinta-se em casa. A ceia está quase pronta.

Curtiss entregou o vinho para mamãe.

— Espero que goste. Está há muitos anos na minha adega pessoal.

— Obrigada. Vamos beber hoje mesmo! — mamãe pegou a garrafa e foi até a sala de jantar enquanto Curtiss me encarava com o olhar como um tubarão que fareja sua presa a quilômetros de distância e encontra seu jantar. E o jantar de Curtiss, naquela noite, provavelmente seria eu.

Curtiss saiu de seu estado hipnótico e foi sorridente em minha direção. Com os braços abertos, me engoliu com um abraço de urso.

— Quanto tempo, Martin! Pessoalmente você está ficando mais a cara de seu pai do que nas fotos. Impressionante!

Sorri sem graça.

— Ah, Lauren! Já está uma adulta. Olha só! — E Curtiss abraçou Lala também.

Curtiss se virou novamente para Sarah:

— Ainda está com medo de mim? Venha aqui! — E o general foi até Sarah e a abraçou também. Enquanto ela parecia petrificada, Curtiss navegava à vontade no mar de sangue do medo. Mas eu descobrira que sabia navegar um pouco também.

— O senhor está diferente sem o uniforme de general! Esta camisa florida não combina com o senhor — eu disse fitando Curtiss nos olhos, tentando hipnotizá-lo de volta. Ele entendeu o jogo. Sarah e Lala também.

— Martin, meu querido... Aqui na sua casa não sou da Força Aérea. Acha que eu perderia a chance de passar um Natal na Flórida sem usar uma camisa como essas? Hoje é um dia de festa, não é? Faz tempo que não os vejo... mas não vamos perder tempo com estas conversas. Vamos, me conte! O que tem feito além de encontrar essa linda jovem? — Olhou para Sarah e piscou. — Como está a faculdade? O que tem "estudado"? — E com o "estudado", veio um aperto em seu olhar de águia. — Tem lido muito? Tem decifrado muitas teorias?

Sarah gelou enquanto Lala tentava entender o que acontecia. A campainha tocou novamente. Nos entreolhamos.

— Lala, querida. Abra a porta. São os seus tios — mamãe gritou lá da cozinha.

CAPÍTULO 12

Era pouco mais de dez da noite quando nos sentamos à mesa para a ceia.

— Vamos deixar o senhor Curtiss fazer a oração hoje. O senhor é cristão, não é? — perguntou mamãe um pouco sem graça depois de colocar o visitante em situação desconfortável.

— Sou sim, mas depois de tantos anos viajando o mundo, aprendemos a ser outras coisas também.

O general inclinou a cabeça, fechou os olhos e agradeceu a oportunidade de estar com uma família tão unida, já que não podia mais estar com a sua. Senti um pequeno remorso por ser duro demais com o general, mas o sentimento foi embora quando ele anunciou o "Amém!", seguido por um "Vamos comer!" animado de mamãe.

A beleza organizada da mesa cheia de comida era destruída em poucos segundos pelos convidados famintos.

— Tomou uma boa decisão ao voltar para cá, Agatha.

— É verdade. Mas eu só queria fugir dos fantasmas. Mas que bela surpresa o tê-lo aqui, Curtiss. O que o fez decidir vir de repente? — quis saber mamãe, interrompendo o volume de gargalhadas que crescia.

— Tenho de resolver um assunto em Tampa na próxima semana, então lembrei do seu convite do ano passado, o qual infelizmente não pude atender, e resolvi adiantar a viagem. Desde minha juventude não vinha até Clearwater. Estava com saudades do lugar. Foi aqui onde tudo começou, onde conheci Martin, quando ingressamos na Academia da Força Aérea.

— Vocês eram amigos aqui em Clearwater? — perguntou Lala.

— Sim. Muito amigos. Fizemos amizade logo no primeiro dia de serviço. Ficamos no mesmo beliche. Ele na cama de cima e eu na debaixo. Além disso, nós dois éramos de Nova Jersey e viajávamos juntos para casa nas folgas... mas só no primeiro ano. Depois disso, ele começou a passar as folgas por aqui, não é, Agatha?

Mamãe sorriu satisfeita e quase se engasgou com o vinho.

— Essas mulheres da Flórida são incríveis, não é, Martin? — perguntou Curtiss fitando Sarah, que parou de engolir o que estava tentando comer no momento.

— Sabia que foi o general quem fez eu conhecer seu pai, Lala?

— Sim, mamãe. Eu sei — disse Lala, desprezando a história que iria ouvir pela centésima vez.

— Mas nos conte sua versão, general! — desafiei-o, tentando mover o general de sua postura confiante.

— Mas é claro. Não é uma história longa. É bem curta, na verdade.

— É uma história idiota — disse Lala.

— Lala! — repreendeu mamãe.

— Tudo bem, Agatha. É idiota mesmo — confirmou o general, dobrando o guardanapo, colocando-o sobre o colo e abrindo um sorriso branco que era encantador para todos, exceto para mim e Sarah.

— Tivemos uma tarde de folga depois de um dia intenso de treinamento tentando dominar aquele terrível F-14. Era uma máquina formidável! Vocês não podem imaginar! Seu pai era o piloto, e eu, o copiloto. Martin queria ir a um bar ouvir um pouco de música. Ele gostava de rock. Mas para mim, tanto fazia a música. Eu só queria tomar uma cerveja. Paramos para abastecer e Martin foi até a loja de conveniência buscar uma cerveja para mim. Ele não bebia, mas foi buscar uma cerveja para acalmar minha ansiedade. Ele disse que era para eu "calar a boca no caminho" enquanto ele dirigia até o bar. Eu estava esperando no carro. Quando vi seu pai saindo da loja, ele estava olhando para mim, e então ele fez que tocava um violão imaginário. Sua mãe parou o carro ao lado do nosso. Ouvi ela comentando com a garota ao lado enquanto olhava para seu pai dançando como um bobo na porta da loja: "Olha só! Já está bêbado a esta hora da tarde! Esse pessoal do quartel, são um bando de imbecis mesmo". E a outra garota no carro garota respondeu: "E nossas vidas estão nas mãos desses idiotas. Estamos perdidas!" E gargalhou.

— Não sabia dessa parte — interrompeu Lala.

— Você não sabe de muitas coisas, Lauren — disse Curtiss enquanto mamãe dava um sorriso encabulado.

— "Ele não bebeu", respondi para sua mãe abrindo a janela do carro. Ela ficou envergonhada, mas a amiga começou a rir sem parar. Então ela aumentou o volume do rádio, que tocava *I'm Not in Love* do 10cc, saiu do carro e começou a dançar. Seu pai foi até sua direção para puxá-la para a dança, e então a sorte sorriu para nós quatro. Sua mãe saiu do carro para tentar empurrar a amiga dela de volta para dentro, mas trombou com Martin, que derrubou a cerveja em sua blusa de lã novinha. Depois de alguns insultos de sua mãe e pedidos de desculpas de seu pai, e para encurtar a história, acompanhamos as moças até a casa da sua mãe para elas se trocarem e fomos juntos em um único carro para o bar.

— Mãe, você nem conhecia o papai e saiu com ele! — disse Lala. — É muito bom saber disso! Nunca mais quero ouvir sermões!

— Ele era bonitão — justificou a Sra. Agatha, sem conseguir conter o riso de satisfação.

— Bom, para encerrar — continuou Curtiss —, dois anos depois, sua mãe e Martin estavam casados. E mais dois anos depois, Agatha já estava grávida de Martin Jr. enquanto eu entrava na igreja para me casar com a amiga dela.

— Ao som da mesma música, diga-se de passagem — disse mamãe enquanto sua mente viajava para um passado feliz, distante e impossível de ser vivido novamente. — Seu pai dizia que se casou comigo só porque estava com pena de ter estragado minha blusa, e sempre repetia a música.

Fez-se um silêncio na sala. Em um único instante, a expressão de minha mãe havia passado de feliz para melancólica. Curtiss parecia acompanhá-la na melancolia. Uma súbita energia escura tomou conta do lugar. Todos podiam sentir.

— Bem, quem se foi, já se foi — disse minha mãe. — Onde quer que estejam, Martin e Anne devem estar felizes por estarmos todos juntos, celebrando suas memórias.

— Certamente, Agatha. Eram pessoas incríveis — disse o general, sepultando o assunto.

Senti pena de Curtiss naquele momento. Consegui ver uma rachadura no coração do general.

Foi o tio George quem tratou de fazer evaporar a nuvem escura que pairava na mesa:

— Diga-me, general Curtiss.

— Me chame de John, por favor.

— Claro, John. Como seguiu sua carreira até virar um general? Tem muitos segredos guardados? Planos secretos? Tecnologia extraterrestre? Conseguem viajar no tempo? Martin nunca abriu a boca sobre nada! Quem sabe consigo extrair algo do senhor?

A nuvem negra tinha desaparecido. Todos voltaram a comer felizes, e a conversa era interessante, especialmente para mim.

— Nada tão glorioso como nos filmes. Basicamente, responsabilidades, papelada, burocracia, noites mal dormidas, pessoas reclamando. Nada tão excitante.

— O senhor também era da maçonaria como o papai? — perguntou Lala.

— Se for, ele não pode nos contar, já que é uma sociedade secreta — disse o tio George.

— Não é secreta — respondeu mamãe. — É discreta, o que é diferente.

— É verdade que vocês têm apertos de mão secretos? — perguntou Lala tentando puxar o toque dos superamigos com Sarah, que respondeu meio descoordenada.

Algo naquela conversa tirou Curtiss do eixo, que respondeu imediatamente, para encerrá-la de vez:

— Não sei nada sobre maçonaria. Depois que Martin entrou para "eles", começou a fazer uns amigos diferentes, e como eu também não ficava mais na mesma base que ele, e com a morte de Anne, acabamos nos afastando um pouco. Mal falávamos sobre outras coisas que não fossem de trabalho. Como ele respondia para mim no Projeto Swivel, tentava não o tratá-lo diferente dos outros.

Sarah e eu nos entreolhamos. Swivel não era uma palavra estranha. Lala, como sempre, pescou a troca de olhares. Só que dessa vez, Curtiss também pescou.

— Conhece o Projeto Swivel, Martin?

Olhei novamente para Sarah. O tubarão farejou a incerteza e atacou:

— Talvez seu pai tenha falado algo sobre ele.

Ele só podia estar falando sobre o manuscrito. O que aqueles desenhos tinham a ver com esse projeto? Que projeto?

— Não sei nada sobre esse projeto, general. O que é?

— Que bom, Martin! Que bom que não sabe de nada! Senão eu teria que matá-lo!

Tio George foi o primeiro que gargalhou da "piada" de Curtiss. Até se engasgou. A ceia estava tão boa que todos estavam alheios à tensão da conversa. Todos, exceto Sarah, Lala e eu, riram também.

E então, lembrei-me das palavras do Sr. Anderson: "É um segredo tão importante que nações entrariam em guerra para tê-lo". Senti borboletas geladas voando em meu estômago.

CAPÍTULO 13

Fui até a varanda respirar ar fresco e tentar reorganizar meus pensamentos. Aparentemente eu tinha em mãos as informações de um projeto secreto, que poderia me matar e eu nem sabia o porquê. Meu pai havia deixado escondido de um jeito que só eu encontraria. O que ele queria com tudo aquilo? Por que ele arriscaria assim minha vida? E por que eu tinha algo para buscar? Agora um general da USAF[5] sabia que eu tinha algo e estava na minha casa.

Curtiss apareceu na varanda e sentou-se ao meu lado. Me encarou, quase que pedindo para eu contar o que tinha encontrado. Ele olhou para os lados, apontou para a rua.

— Que tal darmos uma volta, garoto?

Curtiss se levantou e me deu um leve empurrão nas costas, me ajudando a levantar do banco. Caminhamos no máximo uns trinta metros pelo meio da rua vazia e então o Universo pareceu "congelar". Quase que ouvi um "clic" seco vindo de todos os lados. A leve brisa quente que passava entre nós desapareceu. O ar estava parado. Os grilos pararam de tritrilar e as folhas das árvores pararam de se mexer. Talvez até as luzes de Natal tenham parado de piscar. A frieza do olhar de águia do general me cortou ao meio. Ele despejou as palavras como jamais o imaginei fazendo. Ele era tão centrado, articulado, político e metódico. Mas, naquele momento, o "clic" pareceu afetar Curtiss.

— Martin, por favor. Não se envolva com aquelas pessoas.

Eu não entendi o que Curtiss disse. Ele percebeu.

— A maçonaria, Martin. O que quer que seu pai tenha deixado, gostaria que entregasse para mim, não para eles. Você não sabe o que está em jogo. Você não tem ideia do perigo que está correndo.

Por um milésimo de segundo, a verdade esteve na ponta de minha língua, pronta para saltar até os ouvidos de Curtiss. Porém, algo me segurou. Subitamente algo me moveu do estado de terror para o da esperança. Aquele tempo-espaço congelado ao meu redor fez a paz tomar conta de mim. Acho que foi o amor de meu pai. Senti ele ali. Ele tinha me reservado algo grande, só para mim, e eu não podia jogar fora. E com a maior naturalidade do mundo, neguei com o olhar que soubesse do que Curtiss estava falando. E depois, neguei com as palavras:

— Meu pai não me deixou nada.

Curtiss colocou as mãos na cintura, baixou a cabeça e a maneou, reprovando minha resposta.

— Não vai adiantar, não é? — disse ele para si mesmo. — Muito bem! Muito bem! — resmungava Curtiss enquanto andava em círculos no meio da rua ainda olhando para baixo. — O que você acha que de fato aconteceu com o seu pai? Por que acha que ele morreu? Acha que foi um acidente?

O terror voltou a tomar conta do meu espírito.

— Um assalto. Foi isso o que o senhor nos disse. Não foi, general? — respondi desafiando-o. Ele sorriu irônico.

— Não, Martin. Não foi um assalto. Você não é bobo. Foi a

---
5 USAF — *United States Air Force* (Força Aérea dos Estados Unidos).

maçonaria. Foram eles que acabaram com a vida do seu pai antes que ele pudesse terminar o Projeto Swivel. Não sei o que eles fazem, mas eles não são pessoas boas. Eles adoram coisas estranhas, trabalham em segredo, e querem dominar o mundo. Seu pai descobriu alguma coisa lá. Desde então os maçons ficaram atrás dele. Suponho que eles queriam algum segredo do Projeto. Justamente quando o Projeto estava prestes a ser finalizado, seu pai se foi.

O terror tomou conta também do meu corpo. Comecei a tremer. Curtiss me abraçou com força no meio da rua.

— Calma, garoto! Estou aqui para te ajudar e te proteger. Se quer saber o que realmente aconteceu com seu pai, terá que ir atrás dos maçons. Sabe onde encontrá-los?

— Sim. Em Nova York.

— Acho que não, Martin. Seu pai estava indo para outro lugar. — Curtiss olhou para os lados, certificando-se que não havia mais ninguém ali.

Ele andou mais alguns metros até uma caminhonete preta. Destrancou a porta e pegou uma pasta de couro com o logotipo da USAF. Procurou um pouco no meio de alguns papéis e tirou um envelope fechado sem nada escrito. Deixou a pasta no carro e caminhou até mim, balançando o envelope. Parou a poucos centímetros do meu rosto e colocou o envelope no bolso de trás da minha calça.

— Aqui você tem informações de como chegar até os maçons e então descobrir o que houve com seu pai. Não posso te acompanhar nessa, Martin. Terá que descobrir sozinho. Cuidado com eles, garoto. Boa sorte!

O "clic" pareceu se desfazer... senti novamente o orvalho de Clearwater e ouvi o tritrilar dos grilos. Puxei o ar com tanta força que só então percebi que tinha ficado sem respirar. Minha visão ficou turva por alguns segundos e então ouvi o barulho da caminhonete de Curtiss partindo, me deixando ali, plantado no meio da rua, debaixo da luz do poste, com aquela carta no bolso da calça.

Abri o envelope com pressa, mas com certo cuidado para não rasgar o seu interior. Vi alguns pedaços do que tinha nele quando os pisca-piscas de Natal acendiam. Quando apagavam, tentava adivinhar o resto.

— Martin, o que faz aí? Já é quase meia-noite! — gritou mamãe da varanda. — Onde está Curtiss? Achei que estava com você.

Entrei em casa à meia-noite em ponto enquanto as pessoas voavam para cima da árvore de Natal para abrir os presentes. Era uma tradição da família desde a época do meu avô. Já que ele trabalhava na manhã de Natal e não conseguia acompanhar a abertura dos presentes na manhã seguinte, as crianças poderiam abrir logo depois da meia-noite. E já que meu avô era amigo do Papai Noel, ele havia concordado em nos entregar os presentes um dia antes, sem problema algum.

Enquanto eu abria os presentes e agradecia sistematicamente, o que queria mesmo era ter mais tempo e decifrar o envelope. Mas os olhares de Sarah e Lala não paravam de me perseguir. Diferente de minha mãe, que em um minuto pareceu esquecer a partida antecipada de Curtiss, as duas sabiam que algo acontecia.

Aproveitei a confusão dos presentes e subi para meu quarto. Tranquei a porta, saquei o envelope e consegui lê-lo com calma. O que eu vi naquele papel timbrado da USAF tinha muita informação para ser decifrada em apenas uma noite. Mas uma coisa estava bem clara: o que eu tinha de fazer para encontrar os maçons era difícil de explicar. Aquela era minha missão e de mais ninguém. Era meu caminho, minha verdade. Dali em diante, eu seguiria sozinho. Ninguém saberia do envelope de Curtiss, incluindo Lala e Sarah. Escondi o envelope debaixo do colchão e desci as escadas.

— Você está bem, Martin? Onde está o general? — perguntou Sarah enquanto Lala me observava, esperando a resposta.

— Ele foi embora. Disse que tinha que acordar cedo amanhã.

Sarah percebeu Lala observando e encerrou a conversa.

Consegui me safar das duas naquela noite. Mas não me livrei de meus pensamentos. Para quem nunca saiu do eixo Nova York-Flórida, o que tinha na carta do general era um grande problema.

∴

No dia seguinte, após uma noite praticamente em claro e depois de fazer a primeira oração obrigatória da manhã, Hassan foi até a varanda e pediu a presença de seu mensageiro. Poucos minutos depois, ele chegou.

— *Salaam Aleikum* — cumprimentou o mensageiro.

— *Waalaikum As-Salaam* — respondeu o Mestre Hassan. — Façam o profano chegar até aqui o mais rápido possível. E cuidem para que ele não seja seguido.

∴

Em sua sala no Pentágono, Curtiss recebeu a primeira visita do dia, em pleno 25 de dezembro.

— Solicitou minha presença, general?

— Sim, major Jefferson. Fique de olho no garoto. Não o perca de vista, nem mesmo dentro do avião — ordenou o general Curtiss. — Mandei o garoto como Cavalo de Tróia direto ao covil!

Jefferson bateu continência e saiu. Em seguida, colocou imediatamente seus agentes especiais na missão.

CAPÍTULO 14

Acordei cedo, fiz as malas e tomei o café da manhã com Sarah. Ela estava sonolenta, mas no caminho para a casa da tia em Tampa, começou a fazer perguntas sobre o que houve com Curtiss que eu não poderia responder. Ela tinha certeza de que eu planejava algo, e era por isso que eu queria ir direto para Miami, negando o convite para almoçar na casa da sua tia. Disse que precisava fazer as malas para a viagem de ano novo com Cleber, o que era mentira, já que o embarque para o México era só dali três dias.

Deixei-a em Tampa e dirigi até Miami com o cérebro fritando, pensando no manuscrito e na carta de Curtiss. Às vezes parava no acostamento para tentar confirmar alguma ideia mirabolante que decifrasse o manuscrito, mas sempre falhava. Tudo era familiar, mas ainda não se conectava. Me senti a pessoa mais estúpida do mundo. Tinha a nítida sensação de que em um único instante de iluminação, tudo se juntaria. Abri a janela para tomar um ar e os papéis que estavam no banco do carona começaram a voar. Fechei a janela apressado, peguei um livro pesado na minha bolsa que estava no banco de trás e coloquei os papéis dentro. Cheguei no meu quarto na república da faculdade, larguei as malas sobre a cama, peguei o livro e tirei os papéis. Mergulhei neles por quase uma hora e nada. Fui então até o café tentar achar alguma pista na internet. Depois de horas de pesquisa frustradas, desisti e escrevi um e-mail para Sarah.

"Sarah, não se preocupe. Está tudo bem. Ainda não sei o que significa o manuscrito. Quando tiver pistas te falo. Beijos. Tenha uma boa semana."

Cliquei em "Enviar". Terminei o meu café e parti de volta para o quarto, pensando em como me sentia mal em não ser honesto com ela. Mas era para sua própria proteção. Não só dela, mas também da minha família.

Voltei para o quarto, abri a porta e ele estava lá, sentado à mesa, lendo tudo!

— O que está fazendo? — perguntei voando para cima dele para arrancar o manuscrito e a carta de Curtiss de suas mãos.

— Calma, cara! Eu estou só olhando. O que é isso?

— Não interessa.

— Se não me interessasse, não estaria perguntando — disse Cleber enquanto fechava o livro usando a carta de Curtiss e o manuscrito para marcar a página. Essas frases infantis e sinceras vindas do Brasil me deixavam muito irritado. Mas ao mesmo tempo, eram geniais.

— Pergunta porque é intrometido. — Voei novamente sobre ele, só que dessa vez meu movimento foi certeiro, e tomei o livro de suas mãos.

— Está bem. Se quer ficar brincando de redesenhar a Tabela Periódica dos Elementos e não quer que seu *"brother"* nerd gênio da ciência participe disso, tudo bem! Fica sozinho com isso aí, espertão!

Clic!

— O que disse?

— Disse que se quer se divertir sozinho, fique à vontade. Problema seu.

— Não, idiota! O que disse antes? Tabela Periódica?

— É, não é isso que está estudando? — falou enquanto apontava para o livro que eu abraçava contra meu peito. Virei-o e estava escrito "Química" na capa.

— Cara, me ajuda com isso! — eu disse sem mesmo pedir desculpas. Fechei as cortinas, acendi a luz e abri o livro tirando os papéis.

— O que entendeu disso aqui? — perguntei.

— É a Tabela Periódica dos Elementos, não é? — ele pegou o manuscrito com as pirâmides e começou a explicar o porquê. — Olha aqui... as camadas de energia "KLMNOPQ", os subníveis de energia "spdf". Mas está estranho... por que estas formas de pirâmide? E esta pirâmide invertida? E esses divisores em números primos?

Eu mal tinha descoberto que o manuscrito era uma Tabela Periódica dos Elementos, mesmo tendo acabado de estudá-la no semestre anterior, e ele já falava de números primos. Eu não conseguia ligar o ponto "A" ao ponto "B", enquanto Cleber parecia conseguir ir de "A a Z" direto sem passar por nenhuma outra letra no caminho. Deixei-o falar.

— Olha só, todas estas divisões, e as divisões dentro das divisões. Todas feitas em números primos: 2, 3, 5 e 7. Está colorida como a Tabela Periódica dos Elementos. E esta segunda pirâmide é o Diagrama de Pauling, só que escrito somente com números primos.

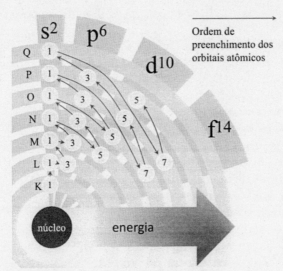

Diagrama usado para representar a distribuição dos elétrons nos níveis e subníveis de energia do átomo. Publicado por Linus Pauling, em 1947.

Eu não conseguia acompanhar seu raciocínio. Ele percebeu. Parou, colocou a ponta da caneta na boca. Olhou para mim, pensou mais um pouco...

— Eu não conhecia estes formatos da Tabela Periódica e do Diagrama de Pauling feitos só com números primos. Achei bem interessante. Onde conseguiu? — perguntou, fechando o livro.

Eu travei. Só consegui pensar na resposta mais estúpida que existia.

— Na internet.

— Ah, tudo bem. — Cleber ficou um pouco desapontado. — Semana que vem perguntamos para o professor Johnson, aquele que disse que não tem nada dentro do átomo. Acho que ele vai gostar de ver isso aqui — gargalhou.

Eu não achei graça. As coisas estavam começando a ficar fora de controle. Depois de Sarah, Cleber também tinha visto o manuscrito. Colocar Johnson na jogada era inaceitável.

— Pode deixar este desenho comigo para eu estudá-lo? Gostei dele.

— Foi difícil conseguir essa cópia — respondi. — Depois te passo o link do site e você pesquisa.

Pensando melhor, talvez fosse bom deixá-lo pesquisar um pouco a respeito. Poderia me ajudar. Foi o que fiz.

CAPÍTULO 15

Voltamos para o cybercafé para pesquisar mais sobre os números primos e a Tabela Periódica na internet. Foi difícil escapar das perguntas. Ele queria saber em qual site eu tinha encontrado aqueles diagramas, já que não os achava em lugar algum. Fui salvo pelo gongo quando a atendente nos avisou que o café iria fechar em cinco minutos.

Meu celular vibrou e tinha uma mensagem de Lala. "A maçonaria está aqui em casa atrás de você." E depois, outra mensagem: "O que você aprontou?"

— Vamos para a biblioteca? — perguntou Cleber. — Ela fica aberta por mais uma hora.

Aceitei. Naquele momento, com a maçonaria atrás de mim, a última coisa que eu queria era ficar sozinho.

Entramos na biblioteca. Cleber foi procurar uns livros enquanto eu fiquei sentado numa mesa no canto olhando para o celular, sem saber o que responder para Lala. E se eles estivessem me vigiando naquele momento? E se fossem atrás de Sarah? O celular vibrou com outra mensagem de Lala. "Você achou aquele manuscrito do papai, não foi?" E em seguida, mais outra: "Quando foi no sótão pegar a travessa".

Olhei para os lados e estava praticamente sozinho. Havia apenas a bibliotecária, com a cara cansada, organizando as coisas para encerrar o expediente. Cleber tinha desaparecido no meio dos corredores de livros. Pensei em responder para Lala, mas nem sabia se era minha irmã mesmo quem estava mandando a mensagem. E se fossem os maçons? O celular vibrou novamente. Mensagem do celular de Sarah: "Você está bem? Lala perguntou do papel. Os maçons foram na sua casa. Estou com medo".

Cleber chegou despejando uma pilha de livros sobre a mesa.

— Vamos! Achei esses aqui. Já dá para passarmos a noite. Podemos pedir umas pizzas? Marguerita?

Fizemos o registro de saída dos livros. O telefone da biblioteca tocou. Saí rapidamente para não ser encontrado por sei lá quem que hipoteticamente estava ligando para a biblioteca me procurando. Cleber percebeu a pressa e veio logo atrás.

— Não vai me ajudar a carregar? Está fugindo de quem?

Peguei metade da pilha de livros que ele tentava equilibrar enquanto ele fazia um raio-x no meu cérebro.

— Não foi na internet, não é? Onde você conseguiu isso?

Olhei para os lados, verificando se estávamos sozinhos.

— Quem você está procurando, cara? Pode me explicar o que está acontecendo? Está me deixando nervoso.

Empurrei meu amigo, colocando-o no caminho de volta para o quarto. Ele entendeu e em silêncio apressou os passos. Entramos no quarto e ele trancou a porta enquanto eu fechava a cortina.

— Ok, me conta o que está acontecendo.

Não poupei nenhum detalhe.

∴

— Então isso é militar? Ou maçônico? Ou os dois? Cara, estamos ferrados!

— Eu sei. E o pior é que nem sei o que isso significa.

— Cara, você tem que pegar um avião e ver o que aconteceu com seu pai.

— Curtiss disse que eles eram perigosos.

— Então entrega logo para o Curtiss.

— Não posso. Meu pai deixou para mim, por algum motivo.

— Então se mata, cara! Você vai ter de escolher! Olha... — tentou retomar a conversa com serenidade — se o seu pai era maçom e militar, de certo nenhum dos dois eram ameaças graves. Fique tranquilo.

Mas certamente eram ameaças.

— Estava pensando... — retomou Cleber — essas pirâmides invertidas no manuscrito... não são o logotipo da maçonaria? Não sabia que os maçons gostavam de física ou química.

Maçonaria

— Eles estudam sobre todos os assuntos, segundo o Sr. Anderson.
— Será que eles desvendaram o padrão da Tabela Periódica dos Elementos?
— Pode ser. Mas tem mais que isso. Se fosse só isso, Curtiss não teria tanto interesse. Disso ele já deve saber.

E dormimos com o peso da dúvida... ao menos, tentamos.

CAPÍTULO 16

Três batidas fortes e ritmadas fizeram a porta do quarto tremer e nos acordar no meio da madrugada silenciosa. Ouvi alguns passos se afastando rapidamente. Cleber sentou-se na cama assustado e ficou me encarando em meio ao escuro. Praticamente só consegui ver o branco dos seus olhos estalados no meio da penumbra.

Fui até a porta. Cleber pegou o taco de baseball e ficou pronto para o ataque. Abri a porta devagar. A luz do corredor acendeu. Olhei para os lados e não havia ninguém. Voltei para o quarto e, antes de fechar a porta, meu colega alertou:

— No chão, Martin! Olha lá!

Um envelope preto repousava no piso. Lembrei-me de quando recebi a carta dizendo que fui aceito na faculdade. A carta era para mim, mas não estava certo se era uma boa ideia saber o que tinha dentro dela.

— Vamos logo, pegue essa coisa e entre! — disse Cleber girando o taco.

Peguei a carta. Cleber correu, fechou a porta e a trancou. Pegou uma lanterna e apontou para a carta.

— Por que não acendemos a luz? — perguntei.

— Está louco? Com certeza tem alguém lá fora esperando para ver se a acendemos.

Olhei pela fresta da cortina. Uma caminhonete preta de vidros escuros estava parada do outro lado da rua. Certamente não se encontrava ali quando voltamos da biblioteca.

— Ou você abre, ou vai ficar na dúvida para sempre — disse meu colega.

Abri.

Um único parágrafo datilografado:

"*Não encontrará a verdade que busca nestas terras. Você já sabe onde encontrá-la. Se é mero curioso, afaste-se. Se vier, pensa no próximo antes de pensar em ti. Se queres a vida, pensa antes na morte. Beba um licor de alcaçuz do dono da casa, mas só um terço do copo.*"

Cleber tomou a carta de minhas mãos e a leu enquanto eu refletia. Conectando o sentido das palavras, algumas partes me tocaram: "verdade" e "morte".

— Cara, isso é mais forte que "macumba" — disse Cleber em português, assustado enquanto sentava-se na cama.

— Mais forte que o quê?

— Nada. Deixa para lá. Um dia eu explico.

Foi então que percebi que estava dentro do "clic", porque naquele exato momento eu comecei a ouvir o vento balançando as árvores e a caminhonete partindo. E então, pela primeira vez na vida, ouvi meu coração e soube exatamente o que fazer.

Cleber ficou me olhando enquanto eu sentia meu rosto se iluminar, meu espírito ganhar vigor e, principalmente, meu coração começar a esquentar. "Siga seu coração" havia dito o reverendo, e eu sabia agora exatamente para onde ele mandava eu ir. Ao contrário do insucesso com o manuscrito, dessa vez eu consegui juntar as cartas de Curtis e a da porta, e sabia exatamente o que fazer.

— Ajude-me com as malas! Você vai me levar para o aeroporto. Agora mesmo!

Mandei uma mensagem para Sarah, uma para minha mãe e outra para Lala dizendo que meu celular ficaria em manutenção enquanto eu viajava para o México no Ano Novo. Desliguei-o e o guardei na gaveta.

Cleber me deixou no aeroporto, não acreditando no que eu estava fazendo. Trocar uma viagem de Ano Novo para o México por aquela loucura? Se eu tivesse parado um único minuto para pensar, talvez tivesse dado meia-volta. E se soubesse o que me esperava em seguida, certamente teria voltado.

CAPÍTULO 17

Munido de uma mala pesada com roupas espremidas quase estourando o zíper, de um guia de viagem bem generoso que comprei no aeroporto de Miami, de um pouco mais de dois mil dólares que tinha guardado dos cortes de grama, da carta de Curtiss, da carta preta e, é claro, do manuscrito no bolso do casaco, depois de várias escalas e conexões que duraram dezenas de horas, aterrissei em Tel-Aviv, Israel.

Passei pela alfândega depois de dizer que estava ali por turismo. Troquei um pouco de dinheiro e procurei um táxi para me levar até Nazaré. Alguns motoristas hesitaram. Era dia de Shabat, ou seja, dia de descanso, e teriam que voltar à Tel-Aviv antes do anoitecer. Por fim, encontrei um sujeito muçulmano de barbas longas, ghtrah — uma espécie de turbante branco — e que falava árabe e um pouco de inglês, que aceitou pegar duas horas de estrada e me levar, mas não sem antes ver o endereço.

— Ah, sim! Um bairro árabe. Muito bom! Muito bom! Vamos! Entre! — Pegou minha mala e a trancou com a chave no porta-malas do sedan. Entrei e me sentei no banco de trás.

— Não, não, "*americani*". Sente-se aqui na frente. Vamos conversar.

Tentou dar a partida duas vezes, mas o carro só pegou na terceira. Ele pareceu surpreso por ver o carro funcionar tão rápido.

— O que um "*americani*" vai fazer em Nazaré? — perguntou empolgado e sem cerimônias.

— Sou um turista.

— Ah... sim. Um turista. Quer dar uma volta pela cidade antes de ir para Nazaré?

A ideia me pareceu tentadora. O guia de viagens não poupava elogios à Tel-Aviv. Mas não me pareceu uma boa ideia ficar de bobeira por ali. Eu estava determinado a resolver tudo muito rápido.

— Não precisa descer do carro se não quiser — insistiu o taxista.

— Tudo bem — respondi um pouco receoso, mas satisfeito pela oportunidade de ver a cidade.

O taxista sorriu e foi em direção à região do Porto de Jafa. Em meio aos prédios modernos e espelhados, as construções de pedra branca ganhavam espaço. Ao me aproximar do litoral, as casas ficavam cada vez mais espremidas e o comércio mais quente. A praia estava bem movimentada, embora não estivesse muito calor. Era muito parecida com as praias da Flórida, com areias brancas, soltas e mar claro. Para minha surpresa, as pessoas usavam menos roupas do que nos Estados Unidos. Imaginei as mulheres com roupas compridas até os pés e os homens andando de terno pelas ruas. Israel era uma terra mítica e constantemente envolvida em conflitos com os vizinhos. Em minha cabeça, tudo seria muito sério. Mas a maioria das pessoas parecia bem à vontade. Tudo se confirmou quando o táxi mergulhou nas ruas estreitas da zona comercial. O comércio era vibrante. As pessoas andavam nas ruas por entre os carros. Os comerciantes ficavam nas calçadas, falando alto, gesticulando, anunciando as ofertas, convidando as pessoas para entrar nas lojas e comprar algo. As pessoas abriam suas carteiras para pagar as compras na frente de todos, sem preocupação. Eu ainda estava um pouco tímido, o que me impediu de saltar do carro ao passar por algumas lanchonetes que vendiam algo feito de carne assada num espeto gigante cujo cheiro era quase irresistível.

— Um turista tem um endereço tão exato de onde ir? Por que vem de tão longe para ir a um bar na periferia? — o taxista interrompeu meus pensamentos.

— Tem um amigo que vou encontrar lá.

— Ah, vem visitar um amigo então! Um amigo árabe?

Parecia que, sem querer, havia entrado em algum tipo de disputa religiosa, étnica ou sei lá o quê. Deveria ser mais cuidadoso. Era a minha primeira vez fora da América e não podia ter problemas.

— Não sei. Não o conheço. Um amigo que me indicou — respondi um pouco rude.

— Ok. Está bem, *"americani"* — respondeu o motorista, calando-se em seguida e tomando a direção da estrada para Nazaré.

Passei quase uma hora viajando naquele táxi contemplando a paisagem que variava os tons de árido, sempre acompanhadas por placas e propagandas em hebreu, com letras incompreensíveis, mas ao mesmo tempo com traços bem desenhados como se fossem uma obra de arte. Me senti em outro planeta. Não entendia como uma sociedade inteira poderia funcionar em um idioma escrito com letras tão diferentes, onde eu não conseguiria nem procurar o texto para traduzir. Eles conseguiam entender meu idioma, mas eu não conseguia entendê-los. Eu era um completo analfabeto naquele país. Ele percebeu.

— Não entende nada, não é, *"americani"*?

— Não. Só entendo as que tem a tradução embaixo — respondi sem graça.

— Não é difícil, embora o árabe seja melhor. As curvas são mais bonitas. Não só na escrita, mas em tudo. Sabia que fomos nós, árabes, que inventamos a matemática que você usa hoje?

Eu soube em algum momento da vida, mas já tinha me esquecido. Pensei que se o manuscrito tivesse sido escrito em alguma daquelas línguas indecifráveis, eu jamais conseguiria — nem Cleber — entender o que tinha ali. Agradeci a Deus pela sorte.

À medida que avançávamos em direção à Nazaré, as placas iam ficando mais espaçadas e com menos frases em inglês. Mas pelos nomes das cidades que passávamos, eu conseguia mais ou menos me localizar no mapa do guia de viagens.

— Está com fome? Quer comer?

Na verdade, eu estava. Assenti com a cabeça. Ele acenou e saiu da estrada um ou dois quilômetros à frente. Percorreu mais alguns quarteirões e parou num pequeno restaurante de paredes rústicas brancas, bem limpo e arrumado. Entramos e ele cumprimentou algumas pessoas como se fossem conhecidos. Sentamos à mesa. Uma música de tambores tocava leve ao fundo num rádio que soava um pouco fora de estação. Peguei o cardápio e não entendi nada. Embora meu guia de viagens dedicasse quase uma dezena de páginas repetindo que não era um problema comer em Israel, fiquei com medo do que poderia ter de provar. Mas o cheiro era simplesmente irresistível.

— Come carne? Pão?

— Sim, com certeza — respondi aliviado. — Do que é este cheiro?

Ele pediu esfihas, falaféis e húmus, que demoraram um pouco para chegar, mas estavam deliciosos.

— Sabe que aquele bairro é meio perigoso, não sabe?

— Não é onde Jesus viveu? Achei que era um lugar bem pacífico.

— Por isso mesmo. Todos querem o lugar. Mas o bairro que você vai, especificamente, é um pouco afastado. Na verdade, é um bairro bem pobre e só tem árabes por lá. Ainda me pergunto o que você, vindo de tão longe, poderia querer por aqueles lados. Veio comprar alguma coisa? Ou entregar algo?

— Já te disse, vou encontrar um amigo — respondi irritado.

Ele percebeu o incômodo e fez sinal, sorrindo, para que eu continuasse com a refeição.

CAPÍTULO 18

No meio da tarde, chegamos à Nazaré. Circulamos a cidade pela periferia para evitar o trânsito e localizamos o endereço da carta de Curtiss.

Paguei a viagem. Kawkab — esse era o nome do motorista — desceu do carro e pegou a mala no porta-malas. Ficou olhando para dentro do bar tentando encontrar algo que explicasse minha visita de outro continente, mas acabou desistindo. Disse alguma coisa em árabe que não entendi.

— Eu disse: "Boa sorte, que a paz esteja com você" — traduziu Kawkab. Ele tentou dar a partida no velho sedan umas quatro ou cinco vezes até que conseguiu ligá-lo. E partiu.

Entrei no bar. Era na verdade um minúsculo restaurante. Bem simples, com apenas quatro ou cinco mesas espremidas entre as geladeiras de bebidas e o freezer de sorvetes, sem decoração alguma, exceto pelas propagandas de refrigerante surradas, já amareladas e com os preços modificados algumas vezes nas paredes. Estava praticamente vazio. Somente uma mesa ocupada com três pessoas conversando e ninguém mais. Sentei-me à mesa do canto, como instruía a carta de Curtiss. Aguardei alguns minutos e um rapaz — que tinha no máximo uns dezesseis anos — perguntou algo em árabe.

— Em inglês? Por favor? — pedi.

— O que quer, senhor?

— "Um licor de alcaçuz do dono da casa, mas só um terço da taça" — pedi exatamente como estava na carta preta. O rapaz saiu sem dizer nada. Fiquei sozinho na mesa por uns quinze minutos temendo o que poderia me acontecer dali em diante. A cada segundo de espera, meu espírito tremia um pouco mais. Verifiquei uma centena de vezes se as malas ainda estavam próximas a mim. Um homem mais velho saiu de dentro da cozinha. Era muito parecido com o menino. Devia ser seu pai.

— O que o senhor pediu?

Repeti o pedido.

— Não servimos álcool por aqui, garoto. Melhor tomar cuidado com o que diz. Pode ter problemas. Deixou meu filho assustado.

Ele me entregou um papel dobrado e continuou falando antes mesmo que eu pensasse em abri-lo:

— Essa bebida que quer será servida neste endereço, amanhã, às vinte horas. É servida somente para pessoas desacompanhadas. O senhor quer mais alguma coisa?

— Não, obrigado — respondi com medo.

Ele retirou o cardápio de minhas mãos.

— Não é bom o senhor ficar andando por aí com esta mala. Pode chamar atenção. Pela bebida que quer experimentar, imagino que queira passar despercebido por estas terras. Tem uma hospedaria na rua de trás, em frente à escola. Sempre há vagas lá. Agora pode ir.

Agradeci a informação e comecei a puxar a mala de rodinhas até a hospedaria. Fui andando pela calçada, mas tive que descer dela algumas vezes para desviar dos carros que estavam estacionados sobre ela. Depois de subir e descer a calçada mais algumas vezes para desviar de alguns buracos e das caçambas de lixo, decidi continuar pelo meio da rua. Debaixo dos olhares de alguns curiosos parados em frente de suas casas amontoadas umas sobre as outras, enfrentei uma pequena subida enquanto o sol começava a castigar minha pele. Quanto mais eu andava, parecia que mais pessoas saiam para ver o turista que provavelmente não sabia onde estava se metendo. Não sabia o que me aguardava depois que dobrasse a esquina. Para não deixar o medo se aproximar, tentei me concentrar na sombra projetada pelo fio de eletricidade que tinha no máximo um dedo de largura e se desenhava no chão quase paralelo à calçada.

Passei pela hospedaria sem perceber, voltei alguns metros, entrei e pedi um quarto que me foi entregue mediante um depósito adiantado e a assinatura no registro de entrada, no qual, não sei o porquê, só coloquei o primeiro nome e menti no segundo.

Tomei um banho, deitei-me e dormi por algumas horas. Acordei no início da noite. Sem controle, comecei a chorar.

CAPÍTULO 19

Onde eu tinha me metido? Não queria encrencas. Queria apenas saber do meu pai, o que significava o manuscrito que ele deixou e porque ele o deixou para mim. E se tudo aquilo fosse um grande teatro, uma grande farsa? E se simplesmente não tivesse ninguém me esperando no dia e hora marcados? Que bebida era aquela? Se eu realmente tivesse, naquele momento, dimensão do que poderia dar errado, teria voltado. Mas minha única opção era secar as lágrimas e continuar.

Estava com fome e me lembrei do bilhete do dono do restaurante. Me pareceu uma boa ideia passar lá um dia antes para reconhecer o lugar. Quem sabe eu teria alguma vantagem sobre o sei-lá-o-quê que seria servido dentro daquele licor. Desci para o saguão e pedi instruções de como chegar ao endereço. A atendente chamou um táxi que em menos de dez minutos me levou até o local.

Entrei no restaurante, que era muito maior e mais animado que os anteriores. Dessa vez percebi os traços arquitetônicos hebreus mais retos ao invés dos árabes mais curvados. Era um local bem sofisticado, com janelas de vidros grandes e batentes pretos, com véus vermelhos pendurados do teto às paredes como se fossem barracas e velas laranjas acesas sobre as mesas dando um clima íntimo. As conversas eram bem animadas entre os casais e grupos.

— Está sozinho? — perguntou o maître em inglês.

— Sim, estou.

Ele me olhou por um segundo, mas não disse nada. Talvez eu fosse o único desacompanhado no local.

— Tudo bem. Siga-me, por favor.

Ele me levou até uma mesa de canto, somente para duas pessoas, no fim do corredor depois do bar. Depositou o cardápio em minhas mãos e eu comecei a ler procurando o tal licor. Encontrei outros tipos de licores. Nada parecido com o que deveria pedir.

Pedi um hambúrguer do cardápio e o tal licor.

— Não temos isso aqui, senhor. Somente o que está no cardápio — disse a garçonete.

— Não poderia perguntar ao dono da casa? — falei como se o conhecesse.

— Ele não está hoje, senhor. Se voltar amanhã, vai encontrá-lo. Não gostaria de um refrigerante americano?

Sem opção, eu aceitei.

Poucos minutos depois, a garçonete voltou com um licor diferente do que pedi.

— Oferta do senhor de camisa branca no fundo do bar.

Procurei o homem com o olhar e o encontrei erguendo uma taça semelhante à minha, propondo um brinde. Aceitei o brinde erguendo a minha taça sem graça. Baixei a cabeça para comer meu hambúrguer. Alguns segundos depois, o homem de camisa branca puxou a cadeira e sentou-se à minha mesa. Ficou me encarando com um leve sorriso como se me conhecesse, esperando que eu lembrasse quem ele era.

Congelei.

— O que o faz vir de tão longe para pedir este licor, meu jovem estrangeiro?

Diante da minha falta de reação — e de qualquer pensamento —, ele retomou a fala.

— Não deveria ficar pedindo estes licores nas horas erradas, meu jovem. Não sabe quem pode estar por aqui te vigiando.

Ainda congelado, e provavelmente com o hambúrguer entalado na garganta, continuei sem esboçar reação.

— Por sorte, sou seu amigo. Sabe que deve vir sozinho, não sabe?

— Eu estou sozinho.

— Não é o que parece. Trouxe os amigos de seu pai junto.

Mais uma vez, fiquei sem reação. Ele correu em meu socorro e colocou a conversa em andamento novamente:

— Tome cuidado, garoto. Você está sendo seguido. Não conseguirá ir aonde pretende se tiver alguém perto de você. Este caminho não é para curiosos. Caso consiga encontrá-lo, deverá segui-lo só. Não apenas sozinho, mas livre de preconceitos e ideias antigas. Aproveite seu drinque e seu lanche, e volte amanhã. Sozinho.

Do mesmo jeito súbito que chegou, ele partiu.

A garçonete se aproximou e perguntou se estava tudo bem com a comida. Respondi que sim. Tentei retomar a refeição enquanto procurava alguém me seguindo. Não encontrei nada. Devorei o hambúrguer e o refrigerante tão rápido que não senti o sabor. Só percebi que comi porque bateu pesado no estômago. Pedi outro refrigerante. Mesmo diante do turbilhão de ideias, consegui pensar em duas coisas meio óbvias: primeiro, não tinha o que fazer naquele momento. Quem me seguia provavelmente sabia onde eu estava hospedado. Não adiantava voltar para outro lugar que não fosse o hotel; segundo, eles poderiam também estar revirando minhas malas no hotel. Pedi ajuda à garçonete para chamar um táxi. Ela me informou que dobrando a esquina poderia encontrar alguns, e que ali era uma região com muitos turistas, a maioria dos motoristas falava inglês. Deixei o dinheiro na mesa e fui sem demora em direção ao ponto de táxi. Dobrei a esquina e não havia nada ali.

"Provavelmente era a esquina para o outro lado" — pensei. Dei meia-volta, dobrei a esquina e dei de frente com dois homens que se assustaram ao me ver. Pedi desculpas. Eles não falaram nada e continuaram a andar. Tentei encontrar o homem de camisa branca enquanto passava novamente em frente ao bar. Nada. Dobrei a esquina e peguei o táxi. Mostrei o endereço do hotel no cartão que peguei na recepção e partimos sem demora. Passamos novamente em frente ao bar e vi os dois homens indo em direção à outra esquina. Sim! Eram eles que me seguiam!

Passei pela recepção do hotel. Um aceno preguiçoso do vigia foi o único sinal de vida. Entrei no quarto com cuidado, acendi a luz e não tinha nada fora do lugar. E este era justamente o problema. A cama estava totalmente esticada. Diferente de como a deixei.

"Há... deve ter sido a camareira" — pensei.

Abri a mala para pegar uma roupa para dormir, e ela estava toda revirada, com as roupas amassadas e com os bolsos no avesso.

— Eles estiveram aqui — falei em voz alta sem querer.

Felizmente o monte de papéis com os manuscritos e as cartas estavam seguros durante toda a noite no bolso da minha jaqueta. Certifiquei-me de que a porta estava trancada, a janela bem fechada e comecei a pensar nos planos do dia seguinte.

Abri o guia de viagens no mapa de Nazaré e tentei pensar em algum lugar para estar durante o dia que pudesse tirar a atenção dos meus perseguidores, seja lá quem eles eram. Eu tinha de sair para algum lugar. Não poderia ficar trancado no quarto a quinta-feira toda.

Enfim, fiz meus planos.

CAPÍTULO 20

Foi bem difícil conseguir um tour no Shabat. Somente empresas árabes operam neste dia, além de que muitas atrações não estariam abertas. A procura era baixa e as ofertas também. Sorte que eu estava num bairro árabe e a recepcionista conseguiu ajeitar as coisas para mim.

Subi no ônibus com a mochila nas costas. Depois de algumas paradas para pegar outros turistas, chegamos à Basílica da Anunciação, um dos poucos lugares que estavam abertos. Supostamente era onde Gabriel anunciou para Maria que ela daria à luz a um bebê, que este seria o messias de Israel, e que seu nome deveria ser Jesus.

Os turistas começaram a se juntar para tirar fotos. Eu ajudei alguns deles, que estranharam quando eu disse que não tinha câmera para que tirassem fotos minhas.

— Nossa, mãe. Que sorte! Ele deve vir sempre aqui! — disse uma menina em espanhol, assumindo que eu havia entendido corretamente o que ela disse.

O guia pediu para que entrássemos na igreja. Colocou-se ao meu lado na caminhada e perguntou:

— Você não é cristão?

— Sim, eu sou — respondi um pouco incomodado.

— Ah, ok. Então não é a primeira vez que vem, não é? Não parece emocionado.

Soaria ofensivo dizer que o menor dos meus interesses naquela tarde era Jesus. O guia não esperou minha resposta e foi falar com os outros turistas. Tentei tirar a cabeça do encontro das vinte horas. Acho que consegui em parte. Pelo menos o suficiente para pensar no que realmente as pessoas queriam quando iam até Nazaré. Qual a verdade que buscavam? E qual a verdade que encontravam? Ali estavam pessoas que acreditavam na história de Jesus, diferente de mim, que as ouvia na igreja mais como um conto de fadas com uma lição de moral embutida. Talvez eu estivesse errado este tempo todo. Todos saíram tocados da Basílica, resignados e pensando em quem tinha dado a vida por eles.

Foi somente algumas horas depois, quando chegamos na segunda atração do dia, a igreja de São José, onde hipoteticamente era a carpintaria de José, pai de Jesus, que comecei a ser tocado pelo lugar e sentir onde eu realmente estava. Ali era Nazaré, cidade Natal de Jesus! Aquele mesmo que havia ouvido na igreja durante toda minha infância e adolescência. Mas o que tudo isso tinha a ver com o meu pai e com a maçonaria? Comecei a olhar mais intrigado os sinais nas paredes e os nomes das coisas. Procurava em especial os números primos e alguma rosa dos ventos, como a que estava anotada nas costas do manuscrito. Mas não encontrei nada promissor.

Depois da visita à igreja, caminhamos pelas ruas estreitas com paredes cor de areia até a sinagoga onde Jesus estudou e pregou. Por mais que me esforçasse, não conseguia fazer conexão alguma com os símbolos.

Entramos no ônibus para poucos minutos de viagem e chegamos em outro ponto turístico, a Vila de Nazaré, que reproduzia a Nazaré da época de Jesus. O guia nos conduziu pelas pequenas colinas em meio às oliveiras enquanto explicava os costumes da época. Entramos em algumas casas que o guia jurou que eram idênticas às da época de Jesus, Maria e José.

— Casa muito pobre para um Rei — disse uma senhora coberta de bijuterias douradas e batom forte.

— Embora não fosse um Rei, Jesus é descendente direto do Rei Davi — respondeu o guia. — Descendente do Rei Davi e de Salomão, seu filho. Inclusive a bandeira de Israel tem a Estrela de Davi — apontou para a bandeira de Israel que estava estampada em sua blusa de moletom da empresa de turismo.

Bandeira de Israel

Quando ele colocou o indicador sobre a bandeira de Israel, algo se conectou. Vi claramente o esquadro e compasso maçônicos. Vi também as pirâmides do manuscrito na Estrela de Davi. Acho que fiquei paralisado e hipnotizado por alguns segundos, ou minutos, pois todos estavam olhando para mim, provavelmente esperando a resposta para alguma pergunta que o guia havia me feito, mas que eu simplesmente não ouvi. O guia fez um sinal de "deixa para lá" com as mãos e partiu. Alguns riram e começamos a seguir o guia novamente.

"Isso é coisa mais antiga do que Jesus" — pensei. — "É sobre o Rei Davi! Jesus não tem nada a ver com isso!"

— Onde viveu o Rei Davi? — perguntei ao guia.

— Foi isso que te perguntei, meu amigo. Ele nasceu em Belém, e reinou em Jerusalém.

Aproveitei o almoço para buscar as cidades no mapa. Eram bem longe. Nada tinham a ver com Nazaré. Nada de informação sobre o Rei David no guia de viagens. Nada ainda fazia muito sentido.

Terminei o almoço e avisei o guia que não estaria mais com eles durante a tarde. Fiz o pagamento com uma boa gorjeta, pedindo informação de onde conseguiria acesso à internet. Andei algumas quadras sem ser seguido — verifiquei várias vezes — e cheguei à uma loja na Rua Al-Bishara, atrás da Basílica da Anunciação, onde em meio às letras em hebreu li claramente "internet" e "coffee shop". Entrei e pedi uma máquina até o fim da tarde.

— A última máquina da fileira está com o sistema em inglês. Pode usá-la — respondeu o senhor idoso de camisa colorida e óculos fundos, apoiado sobre uma bengala novinha. — Vai beber alguma coisa?

— Mais tarde — respondi.

Vaguei nas pesquisas por algumas horas em meio a sites com muitos detalhes, mas com fontes duvidosas. Saí com algumas respostas e muito mais dúvidas. Descobri que a maçonaria era bem mais recente que Davi, Salomão e Jesus. Era do século XVIII, enquanto Jesus, o mais recente dos três, era do século I. Mas tudo ainda era muito vago e nebuloso para um aspirante a engenheiro. Nada daquilo era científico. Era religioso, esotérico, místico, obscuro ou algo assim. O esoterismo era um terreno onde eu não me atrevia a entrar.

— Vamos fechar a loja em quinze minutos — disse o senhor.

Pedi o primeiro e último café e fui até o banheiro enquanto ele era preparado. Vi meu reflexo no espelho e não reconheci mais o rapaz que veio de Jersey. Nele refletia um adulto que, embora não soubesse o que estava fazendo, sentia em seu coração que por ali passava seu destino. Por mais que temesse o que poderia acontecer, finalmente, pela primeira vez na vida, sentia-me plenamente vivo, completamente entregue de mente, corpo e alma naquele tempo e lugar. Sentia-me conectado com um propósito maior, talvez até divino.

Saí antes que a loja fechasse às 19 horas. Fui até a avenida principal, parei um táxi que passava vazio pela avenida que me levou até perto do restaurante dos véus vermelhos. Fiquei andando pela vizinhança e entrei no restaurante pontualmente às vinte horas.

CAPÍTULO 21

— O senhor tem reserva? — perguntou o maître, que não era o mesmo do dia anterior.

— Não fiz. Precisava?

— Aos sábados, o restaurante costuma encher. Temos uma espera de trinta a quarenta minutos.

— Sem problemas. Eu aguardo.

Ele anotou meu nome numa lista.

— Quantas pessoas?

— Somente eu.

— Claro. Sem problemas. — Baixou a cabeça e anotou mais alguma coisa. — O senhor pode aguardar no bar. Os assentos em volta do balcão são livres.

Agradeci e fui até o bar. Sentei-me no canto oposto à entrada para ver quem entrava e saía. Depois pensei que se alguém me seguia, provavelmente já estava me esperando. Fiz uma varredura rápida e só havia casais. Eu era o único solitário. "Talvez eu esteja livre" — pensei.

— O que vai beber, senhor? — perguntou o barman de cabelos grisalhos e nariz longo.

— Um licor de alcaçuz do dono da casa, mas só um terço da taça — repeti o pedido que já sabia de cor.

O barman travou seu olhar em mim por um longo segundo e depois respondeu:

— Mas é claro. Vou prepará-lo.

— "Fácil assim?" — pensei ao mesmo tempo em que comecei a

sentir calafrios. Durante os aproximadamente dez minutos que aguardei, varri o local com o olhar centenas de vezes procurando perseguidores, mas novamente não encontrei nada suspeito.

— O dono lhe aguarda com o licor na última sala no fim do corredor, depois da cozinha — disse o barman enxugando as mãos e apontando para os fundos do restaurante.

Deixei cinco dólares no balcão. O garçom me mediu de cima a baixo, pegou o dinheiro e agradeceu ironicamente. "Este não deve ser um restaurante de menos de vinte dólares a gorjeta" — imaginei.

Fui até o fim do corredor e bati na porta. Ninguém respondeu. Bati novamente e a abri devagar. Enquanto a porta rangia, coloquei a cabeça para dentro para anunciar a minha chegada. Era um escritório pequeno, com uma mesa com alguns papéis, um telefone com fax, uma estante de livros e duas cadeiras. Ambas vazias.

Voltei devagar, fechando a porta, e fui agarrado por trás. Duas mãos negras e fortes seguraram meus ombros e me arrastaram de costas para a porta que dava para a rua dos fundos.

— Por aqui, americano. Sem barulho e não olhe para trás — disse o homem com sotaque árabe me arrastando mais forte para me fazer ir mais rápido.

CAPÍTULO 22

O homem chutou a porta dos fundos do restaurante com violência e me arrastou para fora. Na rua escura e estreita, um carro me esperava ligado e com a porta aberta. Fui jogado para dentro. O motorista e o carona, que usavam óculos escuros, nem olharam para trás. O homem que me empurrou entrou no carro e fechou a porta. O carro partiu imediatamente.

— Fique calado! Não tente fugir! — disse o árabe ao meu lado enquanto o carona entregava um pano negro para ele. O homem abriu o pano — era um capuz — e cobriu meu rosto. Mal conseguia respirar.

Eles começaram a conversar em árabe. O carona me cutucou enquanto falava algo como "ah?", mas eu não reagi. Acho que perguntou se eu entendi o que diziam. O que obviamente não entendi, deixando-os satisfeitos.

O carro começou a fazer curvas mais rápido e a passar em menos buracos. Imagino que estava andando pelas avenidas principais de Nazaré. Às vezes as guinadas eram tão fortes que eu batia com os ombros na porta do carro ou no homem ao lado. Me segurei no banco da frente. Começamos a acelerar. Os três homens começaram a ficar agitados e a falar mais rápido. O carro fez algumas curvas cantando pneus. Logo depois ouvi mais um ou dois carros cantando pneus logo atrás do nosso. Estávamos sendo perseguidos. Alguém recebeu uma ligação no celular e começou a discutir. O carro começou a ir mais rápido e eu a bater mais na lateral e no meu vizinho, que parecia não se importar. Alguns buracos me faziam chocar com a cabeça no teto. Talvez já estivéssemos em fuga há uns quinze ou vinte minutos. O som da rodagem dos pneus mudou. Parecia estar numa estrada de cascalho.

Os homens começaram a discutir novamente, só que dessa vez bem alto. Eles concordaram com algo.

— Oh, Senhor, Meu Deus! — eu gritei. Não consegui segurar.

— Jamais diga isso, americano. Não sabe o que significa — disse outro homem.

— O carro entrou numa curva puxada e longa... demorou tanto na curva que percebi que estávamos correndo em círculos.

Paramos de repente com o carro derrapando sobre o cascalho.

— Saia agora — disse o homem abrindo a porta do meu lado e me empurrando para fora.

Saí do carro ainda meio tonto com as curvas. Caí de joelhos sobre o cascalho e depois meus ombros bateram e se arrastaram pelo chão. Não conseguia respirar. Ouvi alguns passos de gente correndo se aproximando. Estavam tossindo. A corrida em círculos levantou muita poeira. Fui pego pelo braço e levantado. Devia haver três ou quatro carros no local, pois ouvi vários deles correndo nos circulando, e alguns indo embora.

Sem dizer nada, me colocaram em um outro carro. Fecharam a porta e partiram. Nem tentei falar. Estava sufocado.

— Não abra seus olhos, garoto — disse um homem com sotaque britânico, que retirou meu capuz. Enfim, respirei. Demorei alguns minutos para recuperar o fôlego. Assim que consegui, me colocaram outro capuz, só que desta vez com buracos abertos no nariz e boca.

— Continue com os olhos fechados — disse o britânico.

Andamos talvez mais uns quarenta minutos, sem nenhum tipo de desespero aparente, mas também sem demora. Seja lá o que estivesse nos perseguindo, foi deixado para trás na troca de carros. Passamos por estradas rápidas e asfaltadas, estradas de terra e algumas vilas que faziam o carro praticamente parar para vencer os obstáculos. Por fim, chegamos. Eu não tinha a menor ideia de onde estava, se era perto de Nazaré, ou se ainda era Israel.

CAPÍTULO 23

— *As-Salamu Alaikum* — ouvi à distância.

Fui retirado do carro e levado por uma pequena escada.

— Quando eu fechar a porta, pode tirar o capuz — disse o britânico. — Depois trazemos algo para você comer. Tem um banheiro aí dentro que pode usar, e uma cama para descansar. Nem pense em tentar sair. Nem gritar. Nem fazer qualquer outra coisa estúpida.

Ele fechou a porta e eu tirei o capuz. O local estava escuro, mas consegui ver o interruptor. Acendi a luz, que feriu meus olhos depois que passei algumas horas na escuridão. Sentei-me na cama até conseguir ver onde estava. Era um quarto pequeno com uma cama, uma cadeira, um banheiro com chuveiro e, pasme, a minha mala que estava no hotel!

Procurei uma roupa e fui tomar banho. "O manuscrito! As cartas!" — lembrei. Procurei no bolso da jaqueta, na mala, no quarto, mas nada. Eu estava sem eles. Não me lembrava de terem tirado nada da minha jaqueta. E se tivessem caído quando me trocaram de carro? Ruína completa e total!

Entrei no banho tentando algum tipo de alívio, mas só consegui chorar pelo segundo dia seguido. Quando saí, havia um prato com um sanduíche, uma fruta e um suco de laranja sobre a cadeira. Devorei tudo, deitei-me na cama e sob o som dos grilos — e do mar (?) — dormi antes do que poderia imaginar enquanto dois homens conversavam do lado de fora do quarto montando guarda durante a noite para que eu não fugisse.

CAPÍTULO 24

Minha mente mergulhada em um sono profundo revia nos meus sonhos a estúpida ida ao restaurante e depois, quando fui jogado para dentro do carro e para fora, além da perseguição e o capuz na minha cabeça. Nos últimos instantes de sono ainda vi as imagens da Virgem Maria, José e do Menino Jesus sorrindo inocentes dentro da Capela da Anunciação, iluminados por um sol deslumbrante em uma igreja que não tinha mais teto.

Bateram à porta enquanto eu despertava. O sol já estava firme no céu. Uma abertura de vidro perto do teto fazia a luz entrar forte e iluminar todo o quarto.

— Vá para o banheiro e feche a porta — pediu uma voz masculina com sotaque árabe.

Obedeci.

Alguém entrou no quarto e mexeu em algumas coisas. Mandou que eu contasse um minuto e só então saísse do banheiro. Para garantir, contei dois e saí devagar. Um prato com o café da manhã me esperava ao lado de uma garrafa de água e um livro. Tomei o café da manhã sentado na cama e deitei-me novamente. Depois de algum tempo, que podem ter sido até algumas horas, entendi a sugestão do livro. Eu ficaria ali um bom tempo. E talvez dentro do livro houvesse alguma instrução ou dica de como sair daquela situação. Sem opção, li o livro quase sem interrupções, parando apenas quando bateram à porta me mandando ir para o banheiro novamente para que entrassem com a refeição seguinte. E assim foi com o almoço, café da tarde, jantar e lanche da noite. O livro era bem bom, na verdade. Falava sobre um rapaz que fez um caminho místico pela Espanha na década de 1980 e descobriu a sua verdade pessoal. Semelhanças à parte, não encontrei nada muito claro que pudesse ser uma pista para eu ser libertado daquele lugar. Passei a noite dormindo e acordando. Quando acordava, não abria os olhos nem me mexia, forçando meu corpo a entender que eu deveria dormir.

O sol nasceu novamente. Estava na dúvida se levantava ou não, até que alguém bateu na porta com pressa e me assustou:

— Vamos, garoto. Esteja pronto para sair em cinco minutos.

Qualquer dia de vida pode ser o último dia. Aquele, em especial, tinha grandes chances de ser o dia final. Eu simplesmente não tinha a quem recorrer senão aos Mui Altos. Me arrumei e aguardei sentado na cama enquanto, ainda tocado pelo sonho, fazia uma oração à São Jorge, como meu pai me ensinou, pedindo proteção. Desde que ele partira, não tinha mais rezado. Acho que desacreditei do poder e da justiça dos céus. Depois orei à Virgem Maria para que, em sua misericórdia, olhasse por mim.

— Pode vir — disse o homem com sotaque britânico.

Ele abriu a porta e deixou o caminho livre. Percebeu minha hesitação.

— Sem capuz desta vez, garoto. Cuidado com os degraus.

Passei por ele e desci a pequena escada a céu aberto de frente para o quarto. Era um quarto nos fundos de uma casa maior. No final das escadas havia um estacionamento de terra e cascalho onde dois carros estavam estacionados, cobertos de poeira. O britânico fez sinal para que eu seguisse em frente pelo meio das palmeiras e subisse uma outra escada até uma varanda. Passei as palmeiras e subi a escada enquanto ele me seguia.

— O Mestre lhe aguarda — disse o britânico parado no último degrau da escada e descendo-a de volta logo em seguida, deixando-me sozinho ali.

Segui em frente em direção a um homem vestido de kandora absolutamente negra, com uma das mãos apoiada sobre o balaústre da varanda e segurando uma xícara com bebida quente com a outra. Ele olhava o horizonte montanhoso atrás de um lago onde o sol nascia. Ao me aproximar, comecei a ir mais devagar sem saber como chamá-lo. Ele se virou de repente e ficou à frente do sol. Sob o brilho da estrela, não conseguia ver seu rosto. Ele caminhou em minha direção, parou e colocou a mão direita sobre o meu ombro.

— Seja bem-vindo, Martin. Ou melhor, Martin Júnior.

Aqueles olhos negros me capturaram imediatamente. Pareciam ler minha alma. O rosto magro e de pele madura, cobertos por um par de sobrancelhas e barba negras como os olhos, denunciavam talvez uns sessenta ou setenta anos de idade.

— Sou Hassan, responsável por este lugar e pelas pessoas que o trouxeram até aqui. Você agora está sob meus cuidados.

Ainda continuava sem saber o que dizer.

— Conseguiu descansar? — retomou a conversa. A pergunta não me pareceu irônica. Ele realmente parecia se importar com o meu bem-estar. — Peço desculpas pelo modo como te trouxemos até aqui — continuou. — Você estava sendo seguido e precisávamos mandá-los em outra direção. O capuz foi para sua própria proteção, para que caso fosse pego não soubesse para onde estava indo. Mas agora fique tranquilo, está seguro conosco aqui em Mikha'el.

— Mikha'el? Ainda é Israel?

— Sim, é Israel — disse com um sorriso leve. — Venha até aqui — fez sinal para que eu o acompanhasse de volta até a balaustrada da varanda. — Este grande lago à frente é o Mar da Galileia. Já ouviu falar sobre este lugar?

— Conheço de ouvir falar na igreja.

— Interessante, Martin. Durante os últimos dias fiquei me perguntando o que o seu pai teria dito sobre nós. Não me surpreende que ele tenha guardado o mais absoluto silêncio, mesmo para você, que é seu herdeiro.

— Conheceu meu pai? — perguntei tão afobado que quase me enrolei com as palavras.

— Sim, claro que o conheci. O conheci muito bem, na verdade. Mas isso é assunto para outro momento. Por favor, tome seu café da manhã agora. Está seguro. Mais tarde conversamos.

— Mas o que é isso aqui? Este lugar? Por que estou aqui?

— O que é este lugar poderá descobrir por si só. Sobre o porquê de estar aqui, achei que queria informações sobre seu pai, não é isso? Não foi por isso que seguiu a pista que deixamos na porta do seu quarto?

— Sim — respondi encabulado.

— Fique tranquilo. Vamos cuidar bem de você. Meu filho, Sayid, vai ajudá-lo.

Um rapaz jovem, aproximadamente da minha idade, talvez uns dois anos a menos, e com as vestes brancas, saiu de uma porta ao lado da varanda e me convidou para entrar. Hassan desceu as escadas por onde cheguei e desapareceu em meio às palmeiras.

∴

Sentei-me à mesa que tinha pão, café quente, manteiga, um bolo já cortado em cubos quase perfeitos e uma bandeja com alguns cachos de uva. Sayid sentou-se à minha frente e me convidou a me servir. Ele começou a comer sem parar.

— Então você é filho do Martin? Você é o Martin Júnior? — perguntou enquanto passava a manteiga no pão com uma pequena faca sem ponta.

— Sim, eu sou. Conheceu meu pai?

— Sim, é claro. Ele ficou muito tempo aqui. — Ele engoliu quase que o pão todo sem mastigar.

— Sayid! — gritou uma senhora de dentro da cozinha, seguido de algo que não entendi.

— Pode ficar em pé? — perguntou Sayid.

Ele se levantou, bateu as migalhas da kandora e se colocou ao meu lado vendo que tínhamos a mesma altura. Respondeu algo de volta à senhora.

— Precisamos de roupas para você. Melhor não ficar andando por aí com essas roupas e tênis coloridos. Nada de chamar a atenção.

— O que é este lugar? Por que temos de ficar escondidos?

Sayid pensou por alguns segundos enquanto rodava o olhar pela mesa.

— Hum... Melhor terminar seu café da manhã. Falamos sobre isso depois, está certo?

Eu estava faminto. Foi o que fiz.

CAPÍTULO 25

Voltei para o quarto e tentei vestir a roupa que foi deixada dobrada sobre a cama, uma kandora branca igual à de Sayid. Percebendo a demora, Sayid foi ao meu socorro. Puxou as mangas, os ombros e colocou tudo no lugar. Acostumado com minhas roupas ocidentais, eu me sentia fantasiado para o Halloween. Era óbvio que não comentei com Sayid, mas acho que ele percebeu meu incômodo e sorriu.

Saímos da casa, viramos à esquerda.

— Marque bem o portão da casa e o número, caso queira sair sozinho. É permitido, mas não é recomendado. Uma vez ficamos procurando um americano a noite toda porque ele saiu para ir até a Igreja de São Pedro e não conseguiu mais voltar. Por favor, não dê vexame.

Sayid tinha muito bom humor, que ficava bem engraçado com o sotaque árabe. Me lembrou Cleber falando.

— Eu costumo usar isso aqui. Dá para ver de longe. — Apontou para uma árvore em frente à casa.

A árvore tinha o tronco retorcido, formando um desenho que parecia um rosto barbudo.

— É a Árvore de Salomão — explicou.

— Filho de Davi — respondi.

— Ah, você conhece a história — confirmou, feliz. — Bom que não precisa aprender tudo do início, como seu pai.

Sayid fechou o semblante.

— Sinto muito pela sua perda. Todos aqui gostavam muito dele. Era um membro muito respeitado da Sociedade.

— Sociedade? Qual sociedade? Vocês?

— Sim. Nós. Somos a Sociedade de Salomão.

— Não sabia que se chamavam assim... Aliás, o que vocês fazem aqui?

Algo saltou à memória de Sayid, que voltou a sorrir.

— Nós guardamos o mais fundamental, e provavelmente também o maior conhecimento que a humanidade possui. Isso já faz milhares de anos. Mas, por favor, não fique falando isso por aí, tudo bem? Acho que meu pai ia te contar isso, mas eu acabei estragando a surpresa. Enfim, depois eu o aviso. Não se preocupe.

— Achei que a maçonaria era mais nova. Não sabia que vocês eram tão antigos.

— Maçonaria? — Sayid gargalhou tão forte que demorou para conseguir parar e respirar. — Seu pai era da maçonaria. Mas nós não somos nada disso. Talvez sejamos primos. Às vezes alguns maçons são escolhidos para vir aqui, mas não temos nada a ver com eles além da nossa amizade e respeito.

— Meu pai foi um desses escolhidos então, certo?

— Não. Não. Seu pai chegou de outro jeito. Mas acho que meu pai vai querer contar a história para você. Não quero tirar o prazer do velho. Ele se diverte bastante com essa história. E eu não tinha nem nascido quando ele chegou. Meu pai pode contar melhor.

Continuamos caminhando, descendo as ruas em direção ao Mar da Galileia. A kandora não era um traje muito comum na região, mas era aceitável. Se minha própria mãe me visse vestindo um, provavelmente demoraria para me reconhecer. Ademais, me sentia seguro. À nossa direita uma linda e alta montanha. Chegamos até o fim da rua.

— Bem, Martin. Este lugar onde estamos é a Vila de Mikha'el. À sua frente temos o Mar da Galileia. O Rio Jordão desemboca no Mar da Galileia ao Norte e continua em direção ao Sul. Na prática, o Mar da Galileia é um grande lago que é enchido e esvaziado pelo Rio Jordão. À sua direita, o Monte Arbel. Se seguir pela estrada, à sua esquerda, encontrará a Igreja de São Pedro, que é o lugar perfeito para os americanos se perderem. Se pegar a estrada para o outro lado, chegará até Tiberíades. Se quiser fugir — mas nos avise antes, está bem? — é só vir até esta estrada e pedir uma carona para Tel-Aviv, e pegar o avião direto para a América. Os ônibus para Nazaré passam de hora em hora, e lá consegue pegar um ônibus ou táxi até Tel-Aviv. Mas nunca atravesse para o lado leste do lago. Pode ter problemas por ser americano. Em Israel, está seguro.

Fiquei contemplando o Mar da Galileia por alguns minutos, tentando imaginar o quanto de história se passou naquela terra, naquele Mar. Pensando em como pequenos barcos de pescadores, iguais àqueles que estavam parados na beira do Mar, participaram de algumas das mais lindas histórias da humanidade. Era incrível como tudo aquilo, mesmo tão distante no tempo e no espaço, ainda vibrava no coração dos ocidentais.

— Muita coisa aconteceu aqui, não é? — perguntou Sayid.

— Sim. É verdade.

— Vocês, ocidentais, gostam bastante do Galileu, não é? O Galileu é Jesus... — completou Sayid.

— Sim. Ele é nosso Deus — respondi. — Embora eu nunca tenha prestado muita atenção na igreja, é para ele quem todos rezam. E vocês? Não?

— Sim. Sim! Claro que gostamos, mas para nós há mais coisas além dele. E talvez nem seja o mais importante de todos. Mas cabe a você mesmo julgar e tirar as suas conclusões. O que te peço é que não aceite nada em sua vida, menos ainda um Deus, simplesmente porque foi ensinado a ser assim. Mesmo que seja o Galileu, que seja por seu coração, e não porque te ensinaram. Se é cristão porque não teve outra opção, na verdade, não é cristão. Veja tudo o que está à sua volta, e somente então aceite, e com o coração. Há um passado muito grande antes de Jesus, e vocês, ocidentais, não levam isso em consideração. Com todo respeito, é claro!

De fato, ignorava o passado. Mas sabia um pouquinho:

— Você fala de David e Salomão, não é?

— Sim, também. Mas até antes disso. Falo de Moisés, Abraão, do Egito Antigo e antes, antes e antes. Também de toda a espiritualidade oriental, do islamismo, hinduísmo, budismo, taoísmo. Sem falar também da própria espiritualidade ancestral americana e africana. O mundo não começou faz dois mil anos, Martin. A boa notícia é que muito do que se formou em nosso mundo está, de certa maneira, aqui. Quem sabe um dia tenha oportunidade de aprender. Aliás, se ficar por aqui, vai ter que evoluir muito na sua espiritualidade. Você me parece uma pessoa boa, inteligente, mas ainda não o sinto com os olhos abertos para o espírito.

Sayid estava um pouco ansioso com as palavras. Percebi que quando se animava, não era muito difícil fazê-lo continuar.

— Você é bem diferente do seu pai. Seu pai era um místico de primeira.

— Meu pai? Místico? Você deve estar errado. Ele era um militar, engenheiro e mal ia à igreja. Só falava comigo sobre religião se eu perguntasse algo. Só me ensinou a rezar porque eu insisti que ele me ensinasse, já que eu estava com um problema na escola.

— Está vendo? Ele sabia rezar. E tenho certeza de que não era uma oração comum. Era um Pai Nosso?

— Não. Era... Eram uma oração para a Virgem Maria e outra para São Jorge.

— E já ouviu esta oração de mais alguém?

— Não — sorri envergonhado. Sayid havia me pegado!

— Mas, respondendo sua pergunta: sim, tenho certeza. Ele era totalmente místico. Isso de não impor religião alguma é próprio dos maçons, porque eles acham que todas as religiões têm seu valor e cada um, incluindo seu próprio filho, deve se aproximar daquela que lhe tocar, pois cada um tem um interesse diferente ao se aproximar de Deus, e cada religião mostra uma face diferente Dele.

Sayid percebeu meu espanto e continuou:

— Se quiser saber quem seu pai realmente era, terá que seguir seus passos. Mas, pensando melhor, talvez você não seja tão diferente dele. Pelo que sei, seu pai chegou aqui como um engenheiro descrente da verdade espiritual. Saiu daqui como um guardião dela. Terá que despertar em você uma visão que jamais imaginou. Assim como todas as ciências tentam entender a mesma natureza e todas as religiões tentam entender o mesmo Deus, no fim, as coisas espirituais e físicas se unem, pois elas têm a mesma origem, e no final chegam ao mesmo lugar, mas por caminhos totalmente diferentes. Se puder ver, entenderá do que estou falando.

— E como eu faço para aprender? Meu pai estava me preparando para conhecer este caminho que você diz, eu acho. Disse que era uma herança que eu tinha de vir buscar. Quero seguir seus passos. Por isso estou aqui.

— Sabemos disso, meu amigo. Sabemos que ele te preparava. Mas para saber o que ele sabia, terá de ser aceito entre nós e ser iniciado.

— E como eu faço isso?

— Esse é um assunto do meu pai. Ele deve falar disso com você. Sou apenas um aprendiz aqui. O Mestre é ele.

Sayid ficou mudo por alguns segundos. Pareceu estar pensando em algo que não quis revelar. Mas retomou a conversa:

— Dizem até que aqui, no nome da nossa vila, Mikha'el, está o nome angelical de um dos messias — revelou satisfeito.

Só então percebi o som das palavras. Pareceu realmente um nome angelical.

— Quer caminhar mais um pouco ou quer voltar para casa? — continuou.

— Vamos caminhar — eu disse.
Fomos para o Norte, em direção à Igreja de São Pedro.
— Qual a distância até a Igreja? — perguntei.
— Acho que uma hora e meia até lá... e mais uma e meia para voltar, é claro.
— O que acha? Podemos ir?
Sayid olhou as horas no relógio e no céu. Era cedo e o clima estava bom.
— Claro, podemos ir. Você aproveita e me conta como é a América.
Sayid parecia um bom parceiro.

CAPÍTULO 26

Curtiss andava em círculos em seu escritório no Pentágono enquanto aguardava notícias de Israel. Enfim, o telefone tocou.
— General Curtiss?
— Sim, Jefferson. Qual a situação?
— Perdemos o garoto, general.
— Não é possível, major!
— Eles perceberam que estavam sendo seguidos e entraram numa área de terra. Os veículos começaram a correr em círculos e levantaram poeira. Havia seis veículos, e provavelmente eles trocaram o garoto de carro enquanto a poeira encobria nossa visão. O satélite seguiu um dos veículos e nós seguimos o veículo original por terra, mas nenhum dos dois estava com o garoto.
— Então coloquem rastreadores nos carros. Porque um dia eles vão voltar ao esconderijo para se reencontrar.
— Sim, general! Coloquei pessoalmente no veículo que segui por terra. Estamos seguindo-o e acabamos de cruzar a fronteira com a Jordânia neste momento. Quanto ao outro, o satélite parou de segui-lo, pois foi designado para a missão da Turquia.
— Pois bem, Jefferson. Não perca esse carro desta vez. Encontrar o garoto talvez seja nossa única arma para descobrir o que querem com o Projeto Swivel.

CAPÍTULO 27

Caminhamos à beira da estrada em direção ao Norte. Estava frio, mas o céu limpo fazia a pele queimar. Sayid começou um pouco acelerado, mas seu ritmo foi diminuindo à medida que ia se recordando das histórias da sua infância e dos casos acontecidos à beira daquela estrada. No meio do caminho, quis me mostrar o Mar da Galileia. Saímos da estrada e cruzamos uma vila para chegar à beira do Mar. Sayid sentou-se em um tronco de madeira e ficou me observando enquanto eu me aproximava da água.

Fiz um sinal para Sayid perguntando se poderia entrar. Ele respondeu que sim, mas apontou para as sandálias e levantou a barra da kandora, lembrando que tomasse cuidado para não molhar as roupas. Soltei as sandálias e ergui a kandora. Caminhei para dentro do lago até que a água gelada chegasse à altura dos meus joelhos. Fiquei alguns minutos admirando aquela água calma e azul com as colinas áridas do outro lado do lago. Me sentia abençoado por estar ali. Acho que Sayid me fazia sentir assim por me receber tão bem e por compartilhar sua infância naquela região. Não sei o porquê, mas ele queria realmente me ajudar. Ele era um ser consistente e de inteligência aguçada. Por isso, quando falava, transmitia uma sensação de segurança e paz.

Voltei para a areia. No meio do caminho, peguei uma pedra e atirei no lago rente à superfície, esperando que ela batesse e pulasse algumas vezes antes de afundar. Sayid sorriu um pouco desapontado. Peguei as sandálias e sentei-me ao lado dele no tronco.

— Por que está assim? O que eu fiz de errado? — perguntei sorrindo.

— Só os ocidentais mesmo para atirar uma pedra num lago inofensivo. Atirar pedras aqui tem um significado um pouco grave. Mas como é ocidental, vou te absolver deste pecado — fez um sinal da cruz sobre meu rosto e gargalhou em seguida. — Como é viver na América? Vocês falam sobre o espírito lá?

— Hum... não sei como definir. Esta é a primeira vez que saio de lá. Não sei como comparar. Ou você é uma coisa ou é outra. Ou é cientista ou é místico. Acho que é isso. Há muitos conceitos prontos, há muitas formas para se encaixar, há muitos rótulos para usar. Não tem muito dessa questão universalista que você disse sobre acreditar em Deus, seja lá como Ele for.

— Entendo. Eu sempre quis ir para a América, estudar lá. Seu pai me contava muitas coisas sobre lá, que talvez me levasse um dia. Ele disse que eu iria gostar. E que gostaria de você, da sua irmã e da sua mãe.

— Sério isso? Ele contou sobre nós?

— Sim. — Sayid percebeu que meu pai nunca tinha me dito nada a respeito dele. — Seu pai era um cientista e sempre me interessei muito pela ciência. Ele me ensinou muita coisa sobre isso enquanto nós lhe ensinávamos as nossas. Aqui, vivendo neste vilarejo, as escolas só nos ensinam até um certo ponto, e aprender por livros é mais complicado. Estou pensando em ir para Tel-Aviv fazer a universidade, mas meu pai não gosta da ideia. Ele acha que eu deveria ficar por aqui, sabe... para a Sociedade de Salomão. Ele acha que já está velho, que vai morrer logo e que tenho pouco tempo para aprender com ele.

— Por que ele acha isso? Estar velho não significa muita coisa hoje em dia. Ele está doente?

— Não. Mas ele tem essas coisas de intuição e premonição, e diz que o fim dele não deve estar muito longe, e sente que precisa passar o que sabe para nós.

A voz de Sayid mostrava um certo pesar, mas ao mesmo tempo, ele era otimista.

— Quem sabe não volto com você para a América, para estudar, não é?

— Quem sabe — eu disse. — É engraçado... Há uma semana eu não imaginaria que estaria aqui. Quem sabe o que acontecerá semana que vem?

— Acho melhor continuarmos a caminhada. Ainda falta bastante. Queria estar em casa para o almoço. Minha mãe está caprichando hoje. Se não estivermos lá na hora, ela vai ficar brava.

Coloquei as sandálias e tomamos a direção da estrada, mas a massa de nuvens negras que despontavam no horizonte ao nosso oeste fizeram mudar nossos planos. Era melhor voltar e deixar a igreja para uma oportunidade melhor, talvez de carro.

CAPÍTULO 28

Junto com as nuvens negras que se aproximavam, chegava também o cansaço e a fome. Agradeci aos céus por estarmos voltando. Sayid também parecia estar feliz pela decisão. Por estar tão contente, talvez ele me entregasse mais algumas informações sobre a minha herança.

— Conte-me mais sobre a Sociedade de Salomão. Que segredo espiritual é esse que vocês guardam? — perguntei enquanto o vento do oeste soprava cada vez mais forte e úmido.

— Não sabe absolutamente nada?

— Nada!

— Achei que seu pai tivesse contado tudo.

— Não. Sabia que ele era maçom, mas nada além disso. Quando ele morreu, os maçons acharam uma carta em casa dizendo que era pedido do meu pai que eu ingressasse na Ordem. Ordem, é assim que eles chamam a maçonaria.

— Provavelmente era assim que deveria ter chegado até aqui. Seu pai dizia que um dia você viria e que teríamos que te ensinar tudo o que sabemos para que levasse de volta à América. Talvez estivesse pensando em te iniciar na maçonaria e só depois te trazer até aqui. Mas como ele morreu e você não foi iniciado, as coisas mudaram. Eu achei que você nunca viria. Mas felizmente me enganei. Temos um maçom aqui conosco, Philip, um inglês.

Lembrei-me do homem de sotaque britânico.

— Mas como nos encontrou? Como chegou até aqui? — perguntou enquanto observava as nuvens negras já quase nossas cabeças.

— Meu pai me deixou uma carta, uma espécie de Tabela Periódica dos Elementos Atômicos e um Diagrama de Pauling. Encontrei faz alguns dias.

— Ah. Então ele conseguiu!

— Conseguiu o quê?

— Me conte, como é?

— São quatro pirâmides, uma delas invertida. Dentro destas pirâmides havia algumas divisões, e dentro destas divisões estava distribuída a Tabela Periódica dos Elementos e o Diagrama — tentei explicar sem ser muito técnico, mas Sayid queria mais.

— E como eram essas divisões?

— Eram em números primos — respondi sem muito entusiasmo.

— Perfeito! Então acho que ele conseguiu!

— Conseguiu o quê, Sayid? Me conte!

— Tinha algo mais? — Os olhos de Sayid brilhavam.

— Nada importante.

— Então tinha algo. O que era? — Suas mãos se esfregavam uma contra a outra de tanta empolgação.

— Sayid, por favor, pode me contar o que está acontecendo? — Eu estava começando a ficar irritado. Não entendia a empolgação do meu amigo.

— Antes, me responda. O que tinha? — Sayid parou de caminhar mesmo com o vento pesado e úmido que soprava cada vez mais forte e fazia a poeira levantar do chão.

— Nada demais. Tinha um símbolo, uma Rosa dos Ventos, com Norte, Sul, Leste e Oeste, e uma direção "L".

— Swivel!

— Mas o que isso tem a ver com a história? Como sabe deste Projeto? Não é um projeto militar?

— Projeto militar? Não. Quer dizer, não que eu saiba. Seu pai queria provar que a matéria era, na verdade, bem diferente do que aprendemos sobre ela. Que era um tipo de energia, que possuía eixos intangíveis que podiam ser manipulados. Estes eixos giravam como os de um cubo mágico. Ao manipular estes eixos, os "swivels"[6], ela ganhava as características que conhecemos de tangibilidade, massa, volume etc. Dizia até que se manipularmos o eixo correto conseguiríamos deslocar a matéria no tempo e no espaço!

— Ele me disse algo parecido. Disse que a matéria parecia um cubo

---

6 *Swivels* são eixos que se movimentam de forma independente, onde o movimento de um eixo não implica no movimento do outro, como os de uma cadeira giratória que gira o assento sem girar os pés — e vice-versa — ou eixos de um cubo mágico que podem girar mantendo o restante do cubo imóvel.

mágico, que se girarmos seus eixos, poderia se transformar no que quiséssemos. Inclusive o código que ele me deixou foi dentro de um cubo mágico. Mas meu professor de física, e provavelmente todos os outros cientistas do mundo, não pensam assim. Deve ser uma fantasia.

— Os cientistas civis, talvez. Mas não os cientistas militares como seu pai. Estes já sabem disso há muitas décadas.

— Mas não respondeu minha pergunta, Sayid. Como sabe deste projeto?

— Não sei de projeto algum. Sei dos swivels, que são estes eixos intangíveis que existem na matéria, nos átomos especificamente. Eu estava com ele quando fez este desenho da rosa dos ventos com os eixos da matéria. Não percebeu?

Sayid procurou e encontrou um graveto no meio do cascalho do acostamento.

— Vem aqui — disse enquanto se agachava.

Fiquei ao seu lado e ele começou a desenhar no chão. Fez a cruz da rosa dos ventos. No Sul, colocou um "S"[7]; no Oeste, um "W"; no Norte, um "I" e um "V" aglutinados, simulando um "N"; no Leste, colocou um "E". Fez então uma linha longitudinal e colocou um "L".

— Longitudinal. Entendeu? Não é uma rosa dos ventos com "S-W-N-E" de "Norte, Sul, Leste e Oeste", mas sim "S-W-I-V-E-L".

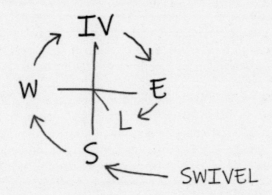

Às vezes a ignorância é um presente. Para minha sorte, eu nem desconfiava da relação do manuscrito com este tal de Projeto Swivel. Caso soubesse, talvez não tivesse conseguido passar no detector de mentiras que era o general Curtiss. Agora as coisas começaram a se encaixar. Que meu pai passou um tempo naquele lugar com Sayid eu tinha mais dúvidas. Mas por que aquilo sobre a matéria era discutido em Israel? Por que estava em um manuscrito deixado por meu pai para mim? E por que Curtiss estava atrás daquilo?

---

[7] Em inglês, idioma original da conversa e dos manuscritos, Sul é "S" (*South*), Oeste é "W" (*West*), Norte é "N" (*North*) e Leste é "E" (*East*).

— Sayid, o que vocês realmente fazem aqui? Quer dizer, que segredo é esse que vocês guardam? Como sabem de tudo isso? E por que os militares me deram uma carta com o endereço de como chegar até o bar em Nazaré?

Sayid olhou assustado no fundo dos meus olhos.

— Militares? Quais militares? Os seus militares? Os americanos?

Fiz que "sim" maneando a cabeça e erguendo as sobrancelhas. Sayid apagou o desenho do SWIVEL com os pés e começou a andar nervoso de um lado para o outro, batendo as mãos em seu kandora e murmurando coisas incompreensíveis.

— Como achou essas informações mesmo? — perguntou Sayid, ainda andando de um lado para outro.

— Dentro do cubo mágico, já disse.

— Mas esse cubo mágico estava junto com aquela carta da maçonaria, certo? Foi entregue por você pelos maçons.

— Não. Na verdade, estava escondida em outro lugar. Os maçons foram em casa para procurá-la, e a Força Aérea também. Mas ninguém a encontrou. Eu só as encontrei faz alguns dias.

Sayid olhou para os céus e disse algo novamente em árabe. Pela sua expressão, deve ter pedido ajuda.

— O que está havendo, Sayid?

— Por acaso como chegou aqui? Quero dizer... como ficou sabendo que nós existimos?

— Os militares me deram o endereço do bar em Nazaré, onde disse o código secreto do "alcaçuz" e fui enviado até o restaurante, onde fui sequestrado, quer dizer, conduzido por vocês até aqui.

Desta vez Sayid disse: "Oh, Senhor, meu Deus!", em inglês.

— Vamos embora! Preciso falar com meu pai. Não diga mais nada.

Ele pôs-se apressado em direção à casa. Às vezes andava acelerado e às vezes trotava. Eu o perseguia perguntando o que estava acontecendo, mas só via Sayid batendo as mãos na kandora pedindo que me calasse.

Já estávamos a poucos metros da casa de Sayid quando pingos pesados de chuva começaram a cair e nos machucar. Começamos a acelerar os passos, mas o peso da chuva acelerava mais rápido, e nos fez começar a correr sem parar. As sandálias se encheram de barro e escorreguei duas ou três vezes. Chegamos à casa de Sayid debaixo de trovões e uma chuva torrencial, com as roupas encharcadas e grudadas no corpo.

Subimos correndo até a varanda e entramos debaixo da parte coberta onde tomei o café da manhã mais cedo. Sayid estava bem nervoso e começou a falar desesperadamente algo em árabe. Seu pai e uma senhora saíram da cozinha apressados. Enquanto Sayid estava nervoso com a situação, Hassan e a senhora pareciam se divertir, sorrindo e mostrando seus dentes brancos enquanto viam o garoto encharcado. Sayid pareceu irritado com isso, talvez tenha achado que debochavam dele. Hassan explicou algo para Sayid, que começou a se acalmar. Alguns segundos depois, uma menina apareceu com toalhas e roupas secas e as entregou para mim.

— Muito obrigado — agradeci à menina que, segurando a gargalhada, não olhou para meu rosto.

— Está tudo bem, garoto — disse Hassan colocando as mãos em meus ombros. — Sayid não sabia como chegou até aqui. Eu não contei, e por isso lhe peço desculpas. Fique tranquilo. Você está seguro conosco.

Sayid já estava sorrindo.

— Vá para seu quarto, tome um banho quente e coma alguma coisa. Conversaremos à noite. Se precisar de algo, minha esposa Samira ou minha filha poderão te ajudar.

∴

Mais tarde, Sayid bateu à porta do meu quarto.

— Martin, desculpe-me pela corrida até aqui. Meu pai já me explicou a situação. Obrigado por vir de tão longe para saber o que houve com o seu pai. Ficamos felizes em ter o filho de Martin aqui compartilhando seu tempo conosco.

Sayid estendeu a mão para me cumprimentar. Respondi com um toque de adolescentes americanos. Ele sorriu e continuou:

— À noite, vamos montar um acampamento para comemorar.

— Comemorar o quê?

— Sua vinda aqui, oras — disse Sayid desmentindo logo em seguida. — É noite de Ano Novo, meu amigo. Esqueceu? Teremos fogueira, música, comida, bebida, amigos e muita conversa. Ficaremos felizes em tê-lo conosco. Aí poderá conversar melhor com meu pai, que pode te explicar algumas coisas.

— Mas vamos com essa chuva?

Sayid sorriu.

Algumas horas depois, junto com o pôr-do-sol e um céu totalmente limpo, já estava no carro, a caminho do acampamento.

CAPÍTULO 29

O céu limpo do deserto fazia as estrelas brilharem como jamais vi antes. Perto do horizonte, a Estrela da Manhã reluzia tão forte que parecia o próprio sol.

— Meu pai diz que a Estrela da Manhã pode te cegar — disse a menina, filha de Hassan, parando ao meu lado, olhando em direção à mesma estrela.

— Meu pai dizia a mesma coisa sobre a verdade. Ela brilha tanto que em tudo você verá seu reflexo. Mas ela mesma, a verdade pura, não pode ser vista. Para ser vista, ela teria de deixar de ser pura.

— Acho que são a mesma coisa. Meu pai diz que a verdade é como a Estrela da Manhã, está no limite entre a luz e a sombra, entre o dia e a noite, e por isso só pode ser vista em momentos curtos e especiais. Se não fosse assim, ela nos ofuscaria como o sol. Se mostrando assim, a verdade é suave e bela.

— Faz sentido. Mas você sabe que ela não é uma estrela de verdade, não é? Quer dizer, ela é o planeta Vênus. Está mais perto da Terra do que o sol.

— Sim, eu sei. Por isso mesmo acho que representa a verdade que devemos procurar.

— Mas e a lua? Não está mais próxima da Terra do que a Estrela da Manhã? Não deveria ser ela o símbolo da verdade?

— A lua gira em volta da Terra. Não pode ser o símbolo da verdade, senão a verdade humana seria o centro de tudo. A lua representa os sonhos e a ilusão. A Estrela da Manhã é independente da Terra, está mais perto do sol, é a estrela mais rara e a que mais brilha. Ela leva embora a noite e traz o dia. Leva o dia e traz a noite. Nos leva da vida para o descanso e do descanso para a vida.

O vento soprou no sentido contrário e jogou o véu vermelho da menina sobre meu rosto. Tirei-o e o coloquei em suas mãos. Foi quando olhei em seus olhos pela primeira vez. Dentro daqueles olhos negros e profundos havia muitas coisas, menos uma menina. Havia uma mulher, que me olhava parecendo decifrar a minha alma.

— Aiyla. Sou Aiyla.

— Martin — respondi enquanto ela parecia ler meus pensamentos. Eu sorria inutilmente, tentando ser simpático.

— Eu sei. Se parece com seu pai. Espero que seja tão interessado pela verdade quanto ele, caso contrário, não faz sentido você estar aqui — disse com a voz afiada, quase me intimidando, talvez me desafiando a desejar a verdade antes de tudo ou então me afastar dali.

— Mas que verdade é essa que escondem aqui? — respondi um pouco cansado de tanto mistério.

— Não a escondemos. Nós a guardamos. Mas outros poderão falar melhor sobre isso do que eu — disse, perdendo um pouco da confiança na voz.

— Todos aqui sabem sobre ela?

— Não. Somente os iniciados — respondeu tirando seu olhar de dentro do meu e mergulhando-o na areia do deserto.

— Mas como eu faço para ser iniciado?

— Se é homem, já tem meio caminho andado. Somente os homens podem saber.

— Achei que você sabia. Parece saber.

Ela continuou olhando para o chão.

— Talvez eu saiba algumas coisas. — Ergueu seu rosto e olhou novamente para a Estrela da Manhã. — Querem que eu seja lua, mas eu quero ser estrela. Tenho certeza de que sei melhor que muitos deles.

Consegui ver seus olhos marejados. Quando me viu olhando, cobriu o rosto com o véu e partiu do mesmo jeito que chegou, sem anúncio, em direção à barraca das mulheres. Tentei segurá-la pela mão. Cheguei a tocá-la. Mas ela deslizou por entre meus dedos.

CAPÍTULO 30

Caminhei devagar até a fogueira enquanto Sayid, que havia dispensado minha ajuda, montava uma barraca para passarmos a noite. Chegaram outros carros com mais pessoas, talvez cinquenta ou sessenta, alguns instrumentos musicais e comida. Muita comida!

Em poucos minutos, a noite já tinha caído e a lua crescente brilhava forte. A música entoada pelos tambores, violões e uma espécie de flauta fina começou a tocar e servia de fundo para danças e gargalhadas. A roda em volta da fogueira era grande com espaço suficiente para dois carneiros que eram assados à margem do fogo.

As pessoas conversavam em árabe. Só me restava ouvir as gargalhadas e a música. De vez em quando alguém percebia que eu estava sozinho e puxava conversa em um inglês que não permitia levar muito adiante. Geralmente era um "você está se divertindo?" ou "quer mais comida? Mais vinho?". E minha resposta sempre era um sonoro "sim". Exceções foram o britânico que eu descobri que era maçom de Londres e que estava buscando novos conhecimentos após chegar ao 33º grau, um Indiano Hindu — Ashok era seu nome — e Sayid, é claro, que novamente falou de seu interesse em estudar na América. "Provavelmente astronomia", ele disse enquanto seus olhos brilhavam mirando o profundo das estrelas. O céu da noite parecia uma pintura, uma beleza profunda, silenciosa e misteriosa.

O vinho começava a fazer efeito quando Mestre Hassan sentou-se ao meu lado me trazendo mais uma taça cheia. Sayid percebeu que esse era o meu momento. Levantou-se e, cantarolando, nos deixou a sós.

— Está se divertindo, garoto?

Novamente respondi que sim.

— Fico feliz em tê-lo aqui. Depois de tantos anos sem ver seu pai, sua presença é uma bela e grata surpresa. Traz muitas lembranças de volta.

Agradeci.

— Mesmo que as condições sejam inusitadas — completou. — Foi difícil tirar os amigos de seu pai de perto de você. Mas está seguro agora. Nenhum militar virá até aqui.

— Militares? Então são eles que estão me seguindo?

— Eles nos procuram há muito tempo, desde quando seu pai se juntou a nós. Te mandaram aqui para segui-lo e descobrir onde ficamos. Mas está seguro — repetiu. — Fique em paz.

— Mas por que tanto segredo? Quer dizer, por que querem ficar em segredo?

Hassan pensou um pouco para responder.

— Ficamos em segredo porque *guardamos* um segredo. Um segredo muito valioso, que não é apenas valioso por si só, mas também é a chave para desvendar incontáveis outros segredos que desafiam a humanidade. Está conosco há milhares de anos.

— Milhares de anos? Desde o Egito Antigo? — interrompi.

— Sim. Desde o Egito Antigo — confirmou Hassan. — Quando o povo hebreu saiu do Egito, trouxe esse segredo consigo, que antes era somente dos faraós e da alta classe egípcia e, desde então, somos os guardiões dele.

— Mas vocês são árabes. Como guardam um segredo hebreu?

— Bem observado, Martin. O segredo não é hebreu, embora tenha tomado uma forma hebraica quando saiu do Egito. O segredo é universal e, pelo menos para guardá-lo, vivemos em harmonia.

— Mas que segredo é esse?

Hassan sorriu.

— Poucos sabem. Poucos podem saber, Martin. Muito poucos! Veja, aqui mesmo, dentre nós, só temos quatro que o conhecem. No resto do mundo... deixe-me ver... mais sete pessoas. Temos uma pessoa em cada região do mundo que conhece o segredo. Fazemos isso para que o conhecimento fique restrito e ao mesmo tempo seguro de qualquer catástrofe maior como a que o tirou de seu lugar original antes do Egito.

— Achei que era algo que estava guardado aqui.

— Digamos que as ferramentas para que este segredo seja explicado da melhor maneira possível estão aqui. Mas o segredo mesmo não depende de nada físico. Pode estar em qualquer lugar do mundo, em qualquer tempo, cultura ou religião. Como eu disse, o segredo é guardado por onze pessoas. Duas delas moram aqui em Israel. Uma delas sou eu e a outra é Sayid. Três delas são cristãos escolhidos por nossos primos maçons, sendo sempre um da América do Norte, um da América do Sul e outro europeu — apontou para Philip. — As outras seis são um islâmico do Oriente Médio, um hindu indiano, um budista chinês, um taoísta japonês, um aborígene australiano e um yorubá nigeriano.

— Então meu pai é, ou melhor, "era" o maçom da América do Norte?

— Na verdade não, Martin. Seu pai foi uma exceção. Ele foi um décimo-segundo membro. Mesmo priorizando manter o segredo restrito a poucas pessoas, podemos transmiti-lo a quem quisermos, desde que cumpram alguns requisitos. Seu pai foi uma dessas exceções.

— Mas como meu pai chegou aqui? Pela maçonaria? — Eu estava muito curioso pela Sociedade de Salomão, mas queria primeiro saber o que houve com meu pai.

— Seu pai entrou na maçonaria depois de ser iniciado aqui. Ele estava em uma missão militar, mas algo inesperado aconteceu e ele veio parar no meio do deserto. Numa noite como esta, em um acampamento, ouvimos um barulho e uma luz muito fortes, como um avião explodindo nos céus e caindo. Então fomos até o local para ver o que havia acontecido. Encontramos seu pai desacordado, vestido com roupas como as de um astronauta. Resgatamos e cuidamos dele até que ficasse bem. Estranhamente, nunca encontramos destroços de seu meio de transporte. É como se nunca tivesse existido.

— Não acharam nenhum destroço?

— Nada!

— Mas ele nunca disse de onde veio? Isso não faz sentido.

— Disse que era segredo militar, que não haver destroços era uma situação prevista, e que não deveríamos nos preocupar com isso, apenas com ele. Ele não nos contava nada do que acontecia em seu trabalho, você mesmo sabe que isso não é correto. Mas quando o encontramos, enquanto recuperava a consciência, falou sobre ter perdido o tempo da passagem. Não sei mais que isso. Certamente seu amigo Curtiss sabe, já que ele era o responsável pela missão. Seu pai se recuperou rápido. Em uma semana, já estava forte e caminhando. Mas por algum motivo, ele quis ficar mais tempo. Senti que ele tinha receio em voltar, mas nunca nos disse exatamente o porquê. A verdade é que nos apaixonamos por seu pai e ele por nós. Ele tinha um esclarecimento espiritual muito grande para um militar e era apaixonado por Jesus de Nazaré. Verdadeiramente entendeu sua palavra. Então decidimos iniciá-lo nos segredos. Ele ficou três meses por aqui, depois partiu. Vinha aqui todos os anos. Seu pai estava particularmente interessado em algo sobre a matéria que estava estudando na Força Aérea, sobre como movê-la rapidamente no tempo e no espaço, em qualquer direção. Sobre isso, Sayid sabe explicar melhor do que eu, pois conversavam bastante. Sayid é um cientista preso no meio do deserto e tinha longas conversas com seu pai. Em sua última visita, disse que estava prestes a encontrar o que queria, que era juntar o que aprendeu conosco, na Força Aérea e na maçonaria. Ele precisava dar um jeito de deixar o conhecimento para alguém, mas de um jeito que também ficasse guardado de curiosos. Ele queria divulgar internamente na maçonaria, pois disse que lá encontrou as partes faltantes para seu estudo, que por isso o mais justo seria passar o segredo para os maçons também, e que confiava no julgamento e discrição deles. Mas isso não foi aprovado por nós. Então, ele decidiu que deixaria todas as peças com duas pessoas, para que essas pessoas pudessem divulgá-lo no futuro, quando fosse permitido.

— Duas? Quais?

Hassan sorriu.

— Você e Sayid, é claro! — respondeu.

Fiquei paralisado por alguns segundos. Hassan retomou a conversa:

— Porém, não teve tempo para isso, pois alguns dias depois, ele faleceu.

Não eram só eu e minha família que tínhamos perdido com a partida do meu pai, mas também a maçonaria e a Sociedade de Salomão. Saber que Hassan, Sayid e todos ali prezavam tanto meu pai fez a dor da perda ficar menor. Agora eu sentia orgulho de quem ele havia sido, mas também uma grande frustração por não conseguir levar seu trabalho adiante.

— Se ao menos eu ainda tivesse o manuscrito que meu pai deixou, poderia tentar decifrar o que eram. Mas os perdi.

— Ah, os diagramas! — disse Hassan.

Hassan se virou para trás dizendo algo em árabe. Alguém correu para dentro da barraca do Mestre, a maior do acampamento, e trouxe uma pasta empoeirada e a colocou em suas mãos.

— Acho que isso pertence a você. Está tudo aí, garoto. — Hassan sorriu maliciosamente e tirou da pasta os manuscritos e cartas.

— Meu Deus! Achei que os tinha perdido. Como os encontrou?

— Você deixou cair no piso do carro logo que saiu do restaurante. Foi uma viagem agitada. Encontramos no dia seguinte. Deu um bom trabalho trazê-los até aqui, pois os militares continuaram seguindo o carro.

Abri os diagramas das pirâmides. A luz da fogueira era fraca, mas suficiente para ver o desenho.

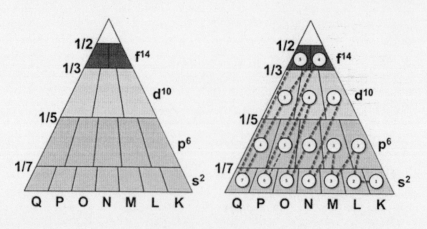

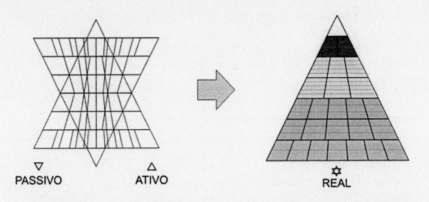

O diagrama ainda era um mistério absoluto. Só tinha alguns palpites, que resolvi compartilhar com Hassan. Quem sabe ele poderia confirmar algo.

— Se colocar uma sobre a outra — eu disse apontando para as pirâmides cruzadas —, elas viram o Selo de Salomão e a Estrela de Davi.

Hassan apontou para a primeira pirâmide.

— Estas são as decomposições primas. A raiz da criação de tudo no Universo — disse.

— Como sabe disso, Mestre? Conseguiu decifrar o desenho?

— Sei por que fui eu quem ensinou isso ao seu pai. O Universo tem uma matéria-prima que forma todas as coisas. Esta matéria-prima se chama "absoluto". Ela forma tudo, não só o que é físico como a matéria, mas também o que é intangível como a gravidade, o tempo e o espaço. Até mesmo esses pensamentos de dúvida que agora circulam em sua mente são formados de absoluto.

— Nunca ouvi falar. Como sabe disso? — repeti a pergunta achando que o Mestre estava falando sobre algo místico-religioso, uma dessas coisas que os esotéricos afirmam levianamente que existe, mas que ninguém sabe o que é nem como se conecta à realidade.

— Não te disse que sabemos de coisas que vêm de antes do tempo que conhece? Esta é uma delas.

— Desde antes do Egito Antigo? — perguntei achando que era um conhecimento já ultrapassado pelo conhecimento científico atual.

— Sim. Bem antes disso. Tudo o que forma a nossa realidade tem origem no absoluto. Mas não é só isso. Todas as outras realidades que não são a física que conhece são feitas da mesma coisa. Tudo é um desdobramento do absoluto.

— Mas ainda não entendo como conhecem isso, Mestre. Nunca ouvi nada a respeito do absoluto. Como tem certeza de que isso existe? Como funciona? — Havia um certo deboche em minha pergunta. Admito. Pobre de mim...

— Sabemos que existe pela maneira como tudo se comporta. Em

tudo vemos seu reflexo, no maior e no menor, no físico e no intangível. Tudo é igual.

— Então está me dizendo que conhecendo esse absoluto, que é a matéria-prima de tudo, sabe como tudo no Universo funciona? — eu estava ficando curioso.

— Sim. É isso, Martin. A maneira como o absoluto se comporta e se desdobra em tudo o que percebemos é a Lei do Absoluto.

"Calma aí!" — pensei encarando incrédulo o Mestre. "Quem era aquele homem, perdido naquele acampamento no meio do deserto, para dizer algo sobre a Lei do Absoluto? A Lei Final? A Lei de Todas as Coisas? Simplesmente a Lei Única que explica todos os fenômenos do Universo? Grandes cientistas a procuram e não a encontram. Teorias sobre ela são feitas e destruídas logo em seguida. Como ele poderia insinuar conhecê-la?"

— Sei o que está pensando, Martin. Mas a verdade sobre a Lei do Absoluto é mais simples do que se imagina. Ela se desdobra sobre princípios simples que, repetidos sobre si mesmo, nos dão a complexidade aparente da realidade que nos ilude e que você estuda na escola. Não se iluda com a aparência das coisas, pois elas pouco representam o que de fato acontece por detrás das cenas. Uma das coisas que o absoluto faz é também nos enganar, deixando nossa percepção limitada a uma de suas faces. Mas existem infinitas outras que explicam o todo.

O Mestre deve ter percebido minha inquietação.

— Pense que não é necessário nenhum conhecimento avançado da ciência para conhecer a Lei do Absoluto. Se é realmente a Lei do Absoluto, pode ser compreendida em qualquer época, sem avanço tecnológico algum. Lembre-se de que a trazemos conosco há milênios.

Pensei no general Curtiss. Com certeza era isso que ele procurava! Uma informação como essa, se fosse "quente", poderia deixar as pessoas loucas para tê-la, ou, como disse o Sr. Anderson, colocar nações em guerra. Curtiss não era tolo.

— Mas o que isso tem a ver com o que está no manuscrito do meu pai?

— Meu livro de química é meio antigo, me perdoe se eu estiver desatualizado. E fiz essa leitura rapidamente na última noite quando lia o manuscrito do seu pai. Talvez falte algo, mas pelo que deduzi, este desenho representa o processo de desdobramento do absoluto quando se torna matéria. Já que tudo segue este mesmo processo, seu pai estava tentando explicar o padrão de organização do átomo através dele, para provar cientificamente a Lei do Absoluto. Deduzi que é isso não só pelo desenho, mas principalmente porque sei que era isso que ele desejava.

— Então este desenho tem a ver com isso? Com a Lei do Absoluto?

— Certamente que tem!

— Mas como sabe disso? O que tem neste desenho que mostra a Lei do Absoluto?

Ele me olhava como o professor Johnson quando explicava algo que a sala demorava a entender. Satisfeito por revelar um segredo, mas ao mesmo tempo se deliciando por ver a reação de quem ainda não estava entendendo, esperando por piedade e socorro.
O Mestre apontou para as linhas verticais e disse:
— 2, 3, 5 e 7. Números primos. Está tudo aí.
— O que os números primos têm a ver com isso, Mestre? Não estou entendendo.
— Os números primos estão por detrás da mecânica de como o absoluto se desdobra até a nossa realidade. É por isso que sei. Veja só. A primeira pirâmide representa o processo de quebra do absoluto. Seu pai associou as quebras verticais com os sete níveis de energia do átomo "KLMNOPQ" e as quebras horizontais com os subníveis "spdf". A segunda pirâmide representa a ordem em que esses níveis e subníveis são preenchidos. A terceira pirâmide mostra que ele cruzou o absoluto puro com o absoluto manifestado, dividindo um pelo outro. A quarta pirâmide mostra que ao fazer este cruzamento, ele conseguiu obter exatamente quantos elétrons cabem em cada subnível de energia. Resumindo, estes diagramas são uma representação do processo de construção do Diagrama de Pauling segundo a Lei do Absoluto. Ele tentou demonstrar como o processo de quebra do absoluto se transforma em matéria. Ao menos, foi isso o que eu entendi.
Fiquei olhando o desenho por alguns segundos, reproduzindo em minha mente os caminhos do raciocínio feito por Hassan. O raciocínio se encaixava perfeitamente no diagrama. Ele talvez até substituísse o Diagrama de Pauling. Tinha uma lógica, um motivo para ser como era. Aquilo era mágico! Por um segundo, me senti em contato com os deuses.
— Mas o que os números primos têm a ver com isso, Mestre? — insisti na pergunta não respondida. — Por que números primos?
— Acho que já chegamos ao limite do que pode saber, Martin. Já tem as respostas sobre o que seu pai veio buscar aqui em Israel — concluiu o Mestre.
Àquela altura, saber o que meu pai buscava em Israel já não era o suficiente. Eu queria entender o segredo. Acho que este segredo era a herança que eu tinha de buscar.
— Mas se eu não souber mais, como vou entender o que meu pai deixou escrito aqui? Agora eu sei o que ele estava buscando, mas não sei o que ele quis me dizer. Por que os números primos?
Hassan ficou calado por alguns instantes. Levantou-se e foi até a fogueira. Pegou um pedaço de madeira e mexeu no fogo, que levantou forte estralando e espalhando faíscas.
— Talvez não possa saber, Martin — disse Hassan ainda de costas, sem tirar os olhos do fogo.
Sayid sentou-se ao meu lado.

— Mas eu quero saber. Eu preciso saber — comecei a falar alto.

— Para isso, precisa ser iniciado na Sociedade de Salomão, e assim se tornar um Guardião da Estrela — informou Sayid tentando me acalmar, olhando para Hassan.

— Eu quero ser iniciado! Quero ser um Guardião da Estrela — supliquei me levantando do tronco.

A essa altura, boa parte do acampamento já olhava para mim. Sayid me encarou com os olhos arregalados, e em seguida olhou para Hassan, que ainda mexia no fogo.

— Você não tem ideia no que iria se meter, Martin. Seu desejo é leviano. Deseja algo que não sabe as consequências. Não sei se tem estrutura emocional e mental para entender o que se passa na Sociedade. Guardamos mistérios que poucos aceitariam lidar. É uma responsabilidade muito grande. Talvez pesada demais para você.

— Eu sei que consigo, Mestre Hassan!

— Não sei se consegue, garoto. Não sei se pode. Não sei se deveria. Não sei se os Guardiões da Estrela permitiriam. O que está em jogo é maior do que pode imaginar.

— Por que não, pai? — perguntou Sayid. — Ele é Martin, filho do outro Martin. Lembra-se que ele queria que nós dois conhecêssemos o que ele descobriu? Você prometeu para o pai dele quando ele arriscou a vida para salvar a sua que iria iniciá-lo. Temos de cumprir a promessa.

— Não sei — respondeu Hassan jogando a madeira na fogueira e partindo em direção à sua barraca. Sayid foi atrás dele argumentando algumas coisas em árabe, enquanto eu fiquei plantado em frente à fogueira, sem saber o que fazer.

CAPÍTULO 31

As lágrimas que alguns dias antes foram de angústia e impotência, dessa vez eram de alívio. Depois de cruzar continentes e escapar dos militares, eu estava muito perto da verdade. Se meus ouvidos não haviam me enganado, Hassan tinha prometido a meu pai que eu entraria na Sociedade de Salomão e seria um Guardião da Estrela. Certamente, notícias boas sairiam daquela barraca. Sayid conseguiria convencer o Mestre.

— Por que chora, Martin? — perguntou Aiyla enquanto sentava-se no tronco, bem de frente para a fogueira, onde antes estava Sayid.

— Choro porque estou feliz. Já se sentiu assim?

— Algumas vezes. Mas a ponto de chorar, só uma ou duas vezes. Tudo bem, talvez uma dúzia, na verdade — sorriu encabulada.

Sorri junto.

— Então encontrou o que veio buscar? — perguntou esperançosa.

— Em parte, sim. Encontrei a paz. Mas essa tal "verdade" do Universo, estou em busca ainda.

— A paz é fundamental. Só em posse da paz estaremos livres para encontrar a verdade. Se encontrou a paz, acho que está indo bem.

Sentei-me ao lado dela, no tronco, suspirando já mais tranquilo e admirando grato as estrelas. O céu era particularmente maravilhoso no meio do deserto. Não me surpreendia que ali havia guardiões de estrelas.

— Espero que esteja indo bem mesmo. Mas ainda dependo de seu pai me deixar entrar para os Guardiões.

— Acho que ele vai deixar. Ele prometeu ao seu pai que o iniciaria. Ele é meio turrão como todos os homens daqui. Mas no fim, ele acaba aceitando.

A voz de Aiyla me acalmava. Ela parecia tão segura de tudo o que dizia. Senti que poderia confiar nela.

— Ele disse que meu pai o salvou. Sabe o que houve?

— Meu pai foi picado por uma serpente do deserto certa vez. Seu pai o colocou nas costas e correu, literalmente, pelo deserto, para trazê-lo de volta até o acampamento para tomar o antídoto. Conseguiu salvá-lo por poucos segundos. Meu pai chegou a ficar desacordado. Muitos acharam que ele tinha morrido.

— Sinto muito por seu pai. Mas espero que isso garanta minha entrada.

— Vamos ver. Acho que Sayid pode convencê-lo. Ou convencer a minha mãe, que é a mesma coisa. Talvez eu possa falar com ela também.

— Obrigado, Aiyla. Obrigado por estar disposta a ajudar.

— Você vem de fora, pensa diferente, não olha as mulheres como se fossem menos que os homens, sabe? Vi isso assim que chegou. Diferente daquele ali — apontou para Philip —, não nos trata como servas indignas ou ignorantes. Percebo que você é mais do que a maioria das pessoas, que não coloca divisas entre os seres humanos por serem israelenses, ingleses, americanos, homens ou mulheres. Se esse tipo de gente é Guardião, por que você não poderia ser? O que faria de mal?

Realmente não via diferença alguma. Mas eu mesmo não tinha percebido isso.

— Você conhece esse segredo que guardam aqui?

Ela ficou um pouco triste e olhou para as estrelas. Eu segui seu olhar.

— Só ouvi falar de uma coisa aqui e outra ali. É só para homens. Não entendo isso. Não faz sentido algum para mim.

— Nem para mim. Não sei o que é o segredo, mas se eu pudesse mudar isso, com certeza eu mudaria.

Aiyla sorriu satisfeita.

— Quem sabe não consigo te ajudar, Martin?

— Me ajudar? Como? Vai pedir para seu pai?

— Talvez. Por ora, quero ver se ser um Guardião da Estrela está no seu destino. Deixe-me ler sua mão.

— Você vai descobrir o que vai acontecer na minha vida lendo as minhas mãos? Achei que isso era apenas uma brincadeira de circo.

— Talvez na América. Aqui, isso é sério. Sou treinada. Vamos, deixe-me ver.

Aiyla chegou mais perto. Senti seu calor. O vento soprou invertido novamente e seu perfume entrou direto no meu peito sem qualquer tipo de filtro. Pegou minha mão direita e colocou sobre seu colo. Abriu-a e começou a acariciá-la, doce, até que encontrou uma posição onde a luz da fogueira iluminava a palma. Passou a ponta dos dedos suavemente sobre as linhas da minha mão por alguns longos segundos. Começou a medir as linhas com seu polegar.

— Qual a sua idade?

— Vinte e dois — respondi.

— Muito bem — continuou. — Já escolheu com o que vai trabalhar?

— Sim, serei engenheiro.

— Sim, será! Mas não por toda a vida. Será até o momento em que isso não te agregar mais nada. Precisa passar por isso, pois necessita ser lógico. Mas em algum momento, vai mudar de profissão. Algo ligado à intuição e não à exatidão.

— Diz aí qual profissão é?

— Não. Diz que a linha de trabalho desvia do monte mental para o monte da intuição. E este monte da intuição está muito mais perto da sua felicidade do que o da razão. Talvez seja um escritor, ou leitor de mãos — brincou.

Eu sabia que a engenharia não me traria as respostas, mas achei que era somente porque o vazio deixado por meu pai não me deixaria estar completo nunca. Ali aparecia uma coisa nova para eu pensar, para eu deixar entrar em meu coração e sentir se cabia para mim algum dia na vida ou não.

— Estou um pouco decepcionado com a engenharia. Não me faz feliz como eu esperava, não me traz as respostas que quero. Mas preciso terminar, até porque não tenho ideia do que fazer se não for isso. Enquanto não tiver opção melhor, vou continuar.

— Não está feliz porque a sua linha da felicidade está mais perto da intuição do que da razão. Precisa fazer sua vida se aproximar mais dela. Mas quais respostas você busca?

— Agora quero saber a verdade maior. Quando seu pai me falou que existe algo maior, esse absoluto que liga tudo, na hora senti que era isso que eu buscava. Tem de haver algo que explica tudo o que está além do que conseguimos ver.

— Com certeza há. E não vai encontrar isso na faculdade.

— Sei que existe. E sei que não encontrarei na faculdade. Isso é esoterismo, misticismo, religião, espiritualidade ou sei lá o quê. Não entendo nada disso. As coisas místicas têm tantos nomes, tantas explicações diferentes. Tudo é um caos. Ao mesmo tempo que todo mundo tem razão, ninguém sabe nada. Não consigo me encontrar no meio de tudo isso. Quem tem razão? Qual religião está certa? Quem tem a verdade?

— Não sei qual religião está certa. Só sei que não é nenhum padre, pastor, rabino, maçom, imame ou Guardião que te revelará a verdade. A maioria deles até se aproveita dela, dizendo-se seus representantes, sem nada dela carregar. A verdade só sai de dentro de você mesmo. Você tem de ir construindo sua espiritualidade de acordo com o que seu coração consegue atrair para dentro de seu espírito. Você pode olhar tudo por aí. Mas se doe àquilo que acreditar e entender. Cabeça e coração precisam estar em harmonia para que uma "verdade verdadeira" entre em seu espírito, senão levará ao seu espírito uma "meia verdade", que é o mesmo que uma mentira completa. Nunca descuide de um ou de outro. Ao menos é isso que minha mãe me ensinou.

Parecia que ao mesmo tempo Aiyla lia meus pensamentos e meu coração. Também parecia que lia os segredos do Universo. Nada parecia surpreendê-la.

— Tudo isso é muito difícil — suspirei.

Eu precisava de ajuda para encontrar um caminho.

— Mas acho que a Sociedade pode te dar uma bela ajuda a ver algumas coisas diferentes. — Aiyla piscou e sorriu enquanto acariciava minhas mãos.

— É verdade. Está escrito aí qual dos dois caminhos vou seguir? — Encarei-a nos olhos enquanto minhas mãos estavam entrelaçadas das com as dela, protegidas do frio, repousadas sobre seu colo.

— É muito lindo olhar para você quando está sonhando com esta verdade — ela disse com um olhar deslumbrado, ficando envergonhada em seguida.

Fiquei sem graça enquanto percebi que já estava inebriado por seu perfume e preso em seu calor.

Aiyla abriu minha mão e retomou a leitura.

— Fala também de três viagens que vão mudar a sua vida. Uma delas ainda jovem, que talvez seja essa aqui, e depois mais duas perto dessa idade de mudança, que vão te ajudar a mudar.

— Mudar em qual sentido?

— Vão mudar a maneira de você pensar.

— Isso me dá esperanças. Mas parece vago e longe.

— Cada vez mais ouvir seu coração, e sua mente já estará desenvolvida. Por isso é importante que termine a faculdade. Assim será cada vez mais feliz. Mas tem uma coisa aqui.

— O que é?

— Tem noiva? Namorada?

E no meu primeiro ato de covardia em Israel, dei de ombros.
Ela me olhou um pouco séria, não sei se pela resposta ou pelo que leu na minha mão. Espremeu os olhos negros e prendeu os lábios que estavam perfeitamente pintados com um batom rosa claro, mostrando todas as suas curvas.

— Você terá muitas opções em sua vida. Muitas mulheres. Não está claro se um dia irá se decidir por alguma. Só ficará sozinho se quiser. Seu coração é meio difícil de se entrar.

Encarei-a nos olhos. Eram profundos, magnéticos, me deixavam conectados de uma maneira que eu não conseguia me desligar. Por um segundo, achei que ela queria me beijar. Eu queria.

— O cordeiro está pronto, queridos — disse Samira, mãe de Aiyla, aproximando-se por trás e interrompendo a conversa.

Aiyla se levantou apressada e acompanhou Samira. Fui logo em seguida na mesma direção das duas. Samira olhou para trás me procurando. Aiyla olhou logo depois. Certamente estavam falando sobre mim. Samira deu uma bronca em Aiyla, que desdenhou. Provavelmente não deveria ter lido minha mão... ou talvez só não deveria ter se sentado tão próxima, deixando saudades do perfume saindo de seu pescoço e afogando meu peito.

CAPÍTULO 32

Sentei-me no mesmo tronco de antes. Era pouco mais de onze da noite e a essa altura já tinha repetido o jantar três vezes, um maravilhoso cordeiro com hortelã assado ao lado da fogueira acompanhado por arroz com lentilhas preparado por Samira. Minha fome acabou no primeiro prato, mas quem estava servindo-o era Aiyla. Eu queria capturar seu olhar o tempo todo. Acabei ganhando não apenas seu olhar, mas também seu sorriso.

As estrelas cintilavam como se fossem diamantes. Tive a sensação de que se esticasse as mãos conseguiria tocá-las. Enquanto meus olhos tentavam ler a beleza do céu, o que preenchia meus pensamentos era a figura de Aiyla. Qual era a mágica que emanava daquela mulher?

Sayid saiu transtornado da barraca.

— Vamos, Martin. Vamos caminhar. Preciso de ar fresco.

— O que houve?

Comecei a seguir Sayid para longe da fogueira.

— Estou tentando convencer meu pai. Até minha mãe e irmã estão ajudando. Mas ele não quer aceitar.

— Não queria ter causado uma discussão entre vocês, Sayid. Me desculpe.

Sayid começou a acelerar os passos rumo ao escuro do deserto.
— Às vezes ele acorda melhor no outro dia — eu disse tentando acalmá-lo.
— Não. Ele é teimoso. Não é justo.
Ele ficou alguns minutos em silêncio, mas continuava caminhando forte, com passos decididos rumo ao escuro. Parecia saber onde queria chegar.
— Vamos por ali — ele disse acendendo a lanterna e apontando com a luz para uma grande rocha fincada uma centena de metros adiante. — Tem um lugar que precisa conhecer.
— O que é?
— É onde encontramos seu pai com as roupas de astronauta.
Por um momento senti arrepios, pensando que meu pai já tinha pisado naquelas mesmas areias, sentido o calor daquela mesma fogueira, ouvido aquelas mesmas músicas, experimentado do mesmo cordeiro e visto as mesmas estrelas.
Ao chegar, Sayid me deu a lanterna e pediu para que eu iluminasse o caminho. Ele prendeu a kandora e escorregou pela areia contornando a rocha, como se estivesse descendo por um escorregador de dois ou três metros de altura. Joguei a lanterna para ele, que caiu no chão e apagou. Desci logo em seguida pelo mesmo escorregador de areia enquanto Sayid procurava a lanterna. Um movimento rápido balançou a areia. Um segundo depois, Sayid estava no chão gritando de dor. Ainda ouvi algo movimentando a areia e fugindo.
— Martin. Eu fui mordido. Uma serpente do deserto — dizia Sayid com a voz sufocada pela dor. — Vá até o acampamento e avise meu pai.
— Vou te carregando até lá.
— Não. Não vai conseguir subir de volta. Esta serpente é muito venenosa. Tenho poucos minutos. Corra e traga o antídoto. Rápido!
Subi o monte de areia derrapando e contornando a pedra. Comecei a correr em direção ao acampamento. Senti os três pratos do jantar pesarem no estômago. Consegui chegar até a barraca de Hassan e entrei sem pedir. Vi Hassan dobrando e guardando um livro sob a almofada em que estava sentado, enquanto eu tentava dizer o que aconteceu com seu filho. Não sei exatamente o que consegui dizer com meu inglês já sem fôlego, mas acho que as palavras "Sayid" e "serpente" foram claramente entendidas. Todos se levantaram correndo. Philip pegou uma mala pequena de primeiros socorros.
— Onde? — perguntou Hassan.
Apontei a direção. Hassan me deu um leve empurrão para me colocar em movimento. Eles correram na minha frente enquanto eu, já sem fôlego e com pontadas no estômago, andava atrás indicando a direção. Eles estavam cada vez mais longe de mim, mas indo na direção certa.
— Pedra — consegui dizer.
Eles correram desesperadamente em direção à pedra, esparramando

areia e me deixando para trás. O britânico com a mala de primeiros socorros era o mais rápido de todos e chegou antes. Hassan e os outros chegaram logo em seguida.

Tive que parar um pouco no caminho. Cheguei um ou dois minutos depois deles. Escorreguei novamente pela areia em volta da rocha. Philip estava segurando as pálpebras de Sayid abertas enquanto mirava a lanterna para dentro de seu olho. O outro homem estava com uma seringa já vazia nas mãos.

— Não! Não! Meu filho! — gritava Hassan em desespero enquanto pegava Sayid e o apertava contra seu peito.

Philip soltou os olhos de Sayid, apagou a lanterna e disse no meio da escuridão:

— Sayid está morto, Mestre. Sinto muito.

CAPÍTULO 33

Os dias seguintes foram terríveis. Sombrios. Devastadores. Os gritos de desespero que tomaram conta do acampamento quando Philip chegou com o corpo de Sayid nos braços enquanto os fogos de Ano Novo brilhavam nos céus ecoaram em meus pensamentos e gelaram minhas veias por muitos dias e noites.

O funeral reuniu muita gente em Mikha'el, incluindo um iraniano, um brasileiro, um japonês e um chinês. Poderia apostar que eram Guardiões. Mas isso pouco importava. Em seu desespero impotente, ouvi Hassan lamentar algumas vezes, perguntando para si mesmo — ou para os céus — enquanto olhava para o corpo de Sayid sendo tirado de casa e levado para o enterro em Nazaré: "Por que meu filho? Por que não eu? Por que não me levou logo de vez? Por que me mata aos poucos?" Não pude acompanhar o enterro. Hassan não queria que os maçons soubessem que eu estava na região.

Hassan e os demais Guardiões desapareceram por alguns dias, enquanto Samira e Aiyla ficavam trancadas dentro de casa. Às vezes passavam cabisbaixas e chorando pelo quintal, varrendo a varanda ou estendendo, e depois recolhendo as roupas do varal. Eu me escondia nos cantos da casa e vagava pelas ruas de Mikha'el sem falar com ninguém. Me sentia a mais suja das pessoas. Eu estava com ele. Não sei se me consideravam responsável por sua morte. Cruzei com Aiyla duas vezes quando fui buscar comida na cozinha. Ficávamos olhando um para o outro por longos segundos sem dizer nada. Sei que ela queria um abraço, mas não podia se aproximar. Mesmo com seu pai longe, sua figura ainda estava presente.

No segundo dia fui chamado por um ajudante de Hassan para desmontar o acampamento que foi abandonado na noite da morte de

Sayid. Ainda fui capaz de voltar ao local da morte, na esperança de encontrar a maldita serpente e acabar com ela. Mas só encontrei areia e ovos de serpente pisoteados, além de algumas coisas que deixaram cair no lugar durante a tentativa de salvar meu amigo.

No terceiro dia já não sabia o que ainda estava fazendo em Mikha'el. Era hora de voltar para a América. Minha estada já tinha causado danos demais. Além disso, se Sayid não estava conseguindo me fazer ser iniciado, quem mais conseguiria? Deveria me dar por satisfeito por ao menos saber o que houve com meu pai. Não encontrei a magnífica verdade sobre o Universo que meu pai queria que eu descobrisse junto com Sayid, a "minha herança", mas encontrei a paz ao saber o que ele procurava, e isso teria que ser o suficiente. Fiz minha única mala sem pressa. Por último dobrei a kandora e a deixei sobre a cama. Subi até a casa de Hassan para tentar encontrá-lo e então avisá-lo que estava partindo. Mas ele ainda não tinha voltado.

— Está fora com os Guardiões — disse Samira.

— Sabe quando ele volta? — perguntei.

— As reuniões da Sociedade às vezes demoram alguns dias. Mas há algo que eu possa fazer, Martin?

Até aquele momento eu não havia me dado conta de que Samira sabia meu nome. Jamais tinha conversado com ela. Aiyla saiu da cozinha e ficou ao seu lado, me encarando com os olhos molhados.

— Estou partindo. De volta para a América.

— Mas não pode ir. Ainda tem muito o que fazer aqui — disse Aiyla. — Eu vi em sua mão.

— Já causei problemas demais.

— Não causou nada, Martin — disse Samira um pouco contrariada.

— Fique mais, Martin — choramingou Aiyla.

— Samira, agradeço muito a hospitalidade. Jamais terei como retribuir. Mas não faz sentido eu ficar aqui. Sei que quando me olham, lembram do que aconteceu com Sayid. Não precisam carregar este peso. O melhor que tenho a fazer é voltar para casa.

— Você sofre tanto com a morte de Sayid quanto nós — respondeu Samira. — Quando te vemos não sentimos dor, mas solidariedade.

— Eu entendo. Mas o meu lugar não é mais aqui. Além de tudo, não serei iniciado.

Aiyla puxou a manga da roupa de Samira fazendo-a lembrar de algo. Samira sorriu.

— Martin, por que não faz o seguinte? — disse Samira levantando o dedo indicador, como se estivesse pensando em algo. — Fique mais um ou dois dias. Se está indo só porque não tem o que fazer aqui, quer dizer que também não tem o que fazer lá na América. Então não tenha pressa. Conversamos com Hassan quando ele chegar. Além disso, ele ficaria feliz se você se despedisse dele.

Hesitei. Realmente, longe da verdade, tanto faz onde eu estaria, pelo menos nos próximos dias. Se fosse, poderia me arrepender pelo resto dos meus dias. E sair sem agradecer seria, no mínimo, ingrato. E ainda mais sem dizer que sentia muito por Sayid, seria desrespeitoso.

— Estamos combinados? — insistiu Samira.

Acho que a luz da esperança que se acendeu e brilhou nos olhos de Aiyla me convenceu a ficar.

— Combinados! — respondi. No fundo, ficar era o que meu coração queria. Decidi ouvi-lo mais uma vez.

— Ótimo! — disse Samira enquanto Aiyla demonstrava felicidade.

Era a primeira vez que via um sorriso depois da noite no acampamento. Também sorri por não ser um peso e por, de alguma maneira, ser uma fagulha de esperança para elas.

— Aiyla, acho que poderia levar o Martin para conhecer a Igreja de São Pedro, o que acha? Ele é cristão e deve estar ansioso para conhecer.

— Mãe? Posso sair de casa sozinha? Quer dizer, com ele?

— A última vez que ele tentou ir foi pego de surpresa pela chuva, não foi?

Sorri e fiquei encabulado. Depois emocionado, lembrando de Sayid encharcado.

— Além disso, o tempo está firme hoje — completou Samira.

— Mãe, e o pai...?

— Shhh — interrompeu a mãe. — Quando ele não está aqui, quem dá as ordens sou eu. Mas é melhor vocês pegarem o carro e irem antes que ele chegue. Martin cuida de você.

Aiyla correu para dentro de casa. Samira foi logo atrás dela. Voltou alguns segundos depois e me deu as chaves do carro.

— Sabe dirigir, não é? — perguntou Aiyla.

— Sei sim.

— Não tenham pressa — disse Samira. Ela parou e pensou um pouco. — Quer dizer, não tenham muita pressa. Estejam aqui antes do anoitecer.

CAPÍTULO 34

Tentei dar a partida no carro, o que só consegui na terceira vez. Acho que era algo com os carros de Israel ou com a umidade do ar. Não lembro de ter visto nenhum pegando de primeira. Tinha um quarto de combustível. Perguntei para Aiyla se era o suficiente. Ela não soube responder.

— A igreja não é longe, né?

— Leva uns dez minutos — respondeu colocando o cinto e tentando achar uma posição confortável no banco do carona.

Presumi que o combustível seria suficiente. Pedi ajuda para ler as placas. Aiyla foi me guiando, mandando eu virar à esquerda, à direita, parar no cruzamento e então pegar a estrada que havia percorrido com Sayid em direção ao Norte. Ao passar pela entrada da Vila de Gnosar me distraí pensando que poucos dias antes eu estava ali com Sayid, com meus pés nas águas do Mar da Galileia que ainda continuava ali, azul e sereno.

— Preste atenção na estrada, Martin.

— Estou prestando — respondi colocando meus olhos de volta na pista.

— Pareceu que sua mente estava muito longe daqui. Em qualquer lugar, menos na estrada.

— Estava pensando na fragilidade da vida. Sobre como as pessoas estão aqui e, de repente, não estão mais.

— Está pensando em Sayid ou em seu pai?

— Em Sayid. Mas acho que serve para os dois.

Aiyla subiu o vidro do carro e tirou o véu que escondia seus cabelos. Novamente seu perfume inundou meu peito.

— Não acredita que eles estão em algum lugar? — perguntei. — Quer dizer, neste exato momento, não estão vivos de alguma forma e pensando em nós também?

— Sim. Acredito. Mas não tenho ideia de onde estariam ou como seria.

Aiyla prendeu os cabelos e me encarou como se eu devesse saber a resposta.

— Quer dizer — retomei —, se eles conseguem vir até aqui e nos ver, por que eles simplesmente não aparecem? Se não conseguimos vê-los, por que eles conseguiriam nos ver? Se não vamos até onde eles estão, por que eles conseguiriam vir até aqui?

— Este é um pensamento bem ocidental.

— Por que está dizendo isso? Pensa diferente?

— Sim. Penso. Sabia que há lugares no mundo, inclusive no ocidente, onde é possível falar com os mortos?

— Como assim, Aiyla? Está zombando de mim?

Ela falava sério. Jamais brincaria com seu irmão.

— Alguns Guardiões nos contam que isso acontece. Na França e na América do Sul. No Brasil é até bem comum.

— Está dizendo que quer ir lá falar com eles?

Aiyla queria chegar em algum lugar que eu não entendia onde era.

— Quero dizer que o mistério é muito grande. Mas se tudo está conectado, se tudo é uma coisa só, se tudo é feito deste absoluto, quer dizer que em tudo vemos pistas da verdade. E se no seu coração sente que algo é verdadeiro, deve investigar, pois esta verdade de seu coração está conectada com a verdade maior. Se tem algo com que se importa, deve ir atrás. Seu coração sente a verdade antes que sua mente possa vê-la.

As palavras de Aiyla me lembraram as do reverendo.

— Devagar nessa curva — interrompeu Aiyla colocando novamente o véu. — Entre na primeira à direita. É o estacionamento.

Entramos e estacionamos.

— É um pouco longe para virem a pé — ela disse descendo do carro. — No fim das contas, foi sorte a chuva ter levado vocês de volta, senão voltariam cheios de bolhas nos pés.

Agradeci aos céus pela ajuda. Agradeci também por estar naquele lugar. O reverendo ficaria orgulhoso se soubesse onde eu tinha ido parar. Aliás, como será que estavam as coisas nos Estados Unidos? Já estava fora há mais de uma semana. Um celular não demora tanto tempo assim para ser consertado. Precisava pensar em algo para me dar mais tempo em Israel sem que ficassem preocupados comigo ou tentassem vir atrás de mim. Mas como era época de férias e costumava ficar alguns dias sem dar notícias, achei que tinha mais alguns dias de vantagem antes de me preocupar com isso.

O lugar estava cheio de turistas. Confesso que vê-los andando com roupas ocidentais de um lado para outro sem o menor pudor me deram um pouco de embrulho no estômago. Não que a kandora que me cobria da cabeça aos pés me tornasse um nativo ou legitimasse minha presença, mas algo na frenesia ocidental tirava um pouco a magia do lugar. A correria me lembrava um parque de diversões, me fazia pensar se o que os turistas procuravam ali era realmente uma evolução espiritual ou forçar uma entrada nos céus por marcar a igreja em sua lista de lugares visitados, como aqueles fiéis que vão à igreja para saldar o débito com Deus, mas ao sair de lá continuam sendo as mesmas pessoas, fazendo as mesmas coisas e rezando pedindo para se aproximar do deus verde emitido por algum banco central. Talvez estivessem lá buscando um despertar espiritual que só dependia de si mesmos para acontecer.

— Você tem alguma religião, Aiyla?

— Gosto de todas. Todas têm seu valor, mas em casa seguimos o calendário e os costumes muçulmanos. Iguais a você — disse apontando para a minha roupa.

Eu disse algo em som árabe, mas sem sentido algum. Aiyla riu alto.

Entramos na primeira igreja. Aiyla fez sinal para que nos mantivéssemos em silêncio. Entrei pela única porta e fui em direção ao altar. Ela me segurou pela mão. Senti seu calor no meio do frio da Galileia que começava a chegar mais intenso. Ela olhou nos meus olhos, agachou-se levemente e fez o sinal da cruz, como um cristão deveria fazer ao entrar numa igreja. Puxou minha mão para que fizesse o mesmo. Repeti o sinal. Então ela me soltou, me liberando para entrar.

Era uma igreja pequena, de paredes de pedras escuras emendadas por um cimento branco. O teto era branco com arcos feitos das mesmas pedras escuras. O piso de pedras amarelas se estendia quase sem degraus da entrada até o fundo da igreja. No caminho, uma área cercada por cordas com uma pedra retangular e baixa. Uma placa dizia "*Mensa Christi*", que significava "Mesa de Cristo".

— Nesta mesa de pedra Jesus fez uma refeição com seus discípulos. Ao menos é o que dizem — informou Aiyla, sussurrando.

Fiquei alguns minutos tentando imaginar a cena.

Aiyla avisou que me esperaria lá fora. Saí algum tempo depois. Encontrei-a sentada numa pedra escura, quase da mesma cor das paredes da igreja, à beira do Mar da Galileia. Sentei-me ao seu lado.

— O que sentiu quando viu a mesa onde Jesus esteve com seus discípulos? — perguntou sem me olhar.

— Fiquei pensando no que falamos no carro. Se eles estão em algum lugar, onde estão?

— Ótimo! Então vamos! — Ela se levantou fazendo sinal para que a seguisse. — Temos outra igreja para visitar.

Ela me puxou pela mão novamente, me conduzindo até a segunda igreja, algumas centenas de metros distante da primeira.

A segunda igreja era bem maior e mais moderna. Grandes colunas sustentavam o alto teto da catedral.

— Esta é recente — comentei com Aiyla.

Aiyla fez sinal para eu observar a igreja e conversar do lado de fora. Eu não era conhecedor de arquitetura, mas vi que ela tinha uma mistura de estilos. As pedras brancas em cortes retos de Nazaré e Tel-Aviv, os arcos islâmicos e algumas colunas adornadas que deveriam ser gregas ou romanas.

Depois de alguns minutos, saímos para o pátio e fomos até perto de um banco que dava vista para o Mar.

— Sim. Esta é mais recente — ela respondeu quando eu nem lembrava mais da pergunta. — Sabe o que penso sobre onde Jesus está?

— Não imagino — respondi.

— Ele está nesta segunda igreja.

— Como assim? Não o vi — zombei.

— Embora a mesa esteja na primeira igreja, acho que Jesus está mais nesta segunda.

— Por quê?

— Por que construíram esta segunda igreja, Martin?

— Por causa de Jesus — respondi.

— Acho que cada um de nós pega um pouco deste mundo, transforma e, mesmo depois de nossa partida, tudo o que é feito aqui ainda é parte de nós, assim como tudo aqui ainda é parte de Jesus. Se me perguntar onde ele e todos os antepassados que passaram por este mundo estão, não vou conseguir te responder. Mas sinto que eles nunca morrem. Acho que é nossa obrigação continuar a obra dos antepassados e sempre tentar levar o mundo a um lugar melhor do que quando chegamos. Acho que essa é a missão de todo mundo que nasce aqui. É nossa obrigação continuar a transformação e evolução das coisas.

— Então acha que as pessoas ficam vivas através do que deixam aqui?

— Sim. É isso que quero dizer. Veja só este templo. Foi construído onde Jesus apareceu em sua ressurreição, depois de ser crucificado. Ele voltou para dizer que há um propósito maior em tudo. Que não importa o que aconteça, não devemos deixar de viver o nosso propósito. Não viu a arquitetura do templo? Padrões gregos, romanos, bizantinos, árabes e hebreus! Tudo se juntou. A mensagem continuou dois mil anos depois, e se espalhou pelo mundo, venceu todas as barreiras físicas, políticas e étnicas.

Tive de concordar.

— Mas o que quer dizer com isso, Aiyla? — perguntei. — Sinto que quer dizer mais do que está falando.

— Digo que a melhor maneira de honrar o que seu pai fez no mundo é continuar com o trabalho dele. Levá-lo mais adiante do que o ponto em que ele deixou. Não sei aonde chegará, mas deve continuar. Este trabalho que seu pai deixou não é mais só legado dele, mas também o legado de Sayid. Tem mais de um motivo para continuar.

Senti arrepios.

— No que seu pai e Sayid estavam trabalhando, só sobrou você, Martin. Por algum motivo que não consigo explicar, essa missão agora é sua. Não entende que veio até aqui para isso? Não consegue imaginar que a sequência de coisas que te tirou da América e te trouxe até aqui não é obra do acaso? Não entende que há algo maior? Um propósito? Não entende que, dentre milhões e milhões, você foi escolhido de alguma maneira?

Não me senti à altura da grandeza da missão que Aiyla estava me atribuindo.

— Mas eu sei tão pouco — respondi. — Não sou nada. Não sei se sou diferente desses turistas que não veem muito além das pedras que erguem as paredes do templo.

— Não é escolhido só pelo que conhece, mas também pelas dúvidas que tem. É pelas dúvidas que têm que seu coração te revela para onde tem de ir.

Desmontei. Sentei-me no banco. Aiyla me acompanhou. E disse:

— Minha mãe pensa o mesmo. E certamente vai fazer meu pai ver isso também.

Do banco, conseguimos ver o Mar da Galileia, azul, calmo, sereno, como se estivesse ali desde o início dos tempos e por toda a eternidade, sendo testemunha de mais uma conversa sobre o propósito da vida.

— Não sei exatamente o que seu pai te ensinou, mas sei que você é o único com o poder de fazer a conexão do passado com o futuro.

E por fim, Aiyla segurou novamente minhas mãos e sentou-se ao meu lado como fez em frente à fogueira sob as estrelas. Agora, em frente ao Mar da Galileia e sob o céu azul, pediu com os olhos lacrimejando:

— Martin, por favor! Fique conosco! Por favor, faça seu pai e meu irmão vivos novamente! Onde quer que eles estejam agora, não deixe que morram aqui. Não deixe a corrente da verdade se quebrar!

E pela terceira vez em minha vida, ouvi aquele "clic" seco, que congelou o som. Meu coração mergulhou no coração dela. Senti como se fôssemos um só. Seu coração era ancestral e puro como as areias do deserto. Consegui sentir a esperança que ela sentia, o amor dela pela verdade da vida. Senti a fé de Aiyla em Sayid e no meu pai. E senti o amor que ela despertou em mim. Era como se naquele momento, naquele lugar, fosse, desde sempre, o lugar certo para estar. Comecei a tremer, nervoso e ansioso. Ela também tremia. Meu rosto enrubesceu como o dela. Minhas mãos transpiravam como as dela. Nossos olhos se conectaram. Por um instante, quis respirar o mesmo ar que ela. Quis ocupar o mesmo lugar no espaço que ela ocupava. E a beijei.

O tempo do lado de fora parou e o mergulho no infinito de Aiyla durou algumas eras no tempo do meu coração. No universo infinito de Aiyla descobri minha primeira parte da verdade: o tempo e o espaço não têm poder algum sobre o amor. O tempo do amor cria-se por si só. Com o amor, vive-se o poder de uma era num único instante. Neste tempo tudo é êxtase. As almas flutuam num espaço infinito, mas que não tem lugares vazios.

O "clic" passou. Ouvi novamente as pessoas e os pássaros ao meu redor. O tempo voltou a andar. Senti novamente o cheiro do Mar da Galileia com seu vento soprando firme e frio anunciando o fim da tarde. Tirei meus lábios do calor dos lábios de Aiyla. Abri os olhos antes de ela abrir os dela. Aos poucos fui ordenando meus pensamentos. Aiyla abriu seus olhos devagar, ainda com os lábios entreabertos. Quando percebeu que respirava por si só, olhou ao redor para ver onde estava e se alguém estava olhando. E depois olhou fundo nos meus olhos, tentando entender o que tinha acontecido. Olhou para o horizonte já escurecendo e, voltando sua mente para aquele lugar no tempo e espaço, disse:

— Não...

Creio que iria dizer: "Não deveríamos ter feito isso". Mas desistiu.

— Martin, precisamos voltar — ela falou, me puxando pela mão.

CAPÍTULO 35

— Por que deixou eles saírem sozinhos? — perguntou Hassan à Samira enquanto descarregava o carro. Os outros Guardiões saíram do lugar tão rápido quanto a discussão que se iniciou.

— Eu não deixei, eu pedi, na verdade.

— Pediu por quê? O que tinha de urgente? Não é bom ela sair por aí com um estrangeiro.

— Eu vi o respeito com que ele tratou Aiyla. Não se preocupe. Além disso, confio nela. Plenamente.

— Mas pode ser perigoso. Ele é americano.

— Perigoso, Hassan? Moramos aqui desde que você entrou para a Sociedade de Salomão e até hoje nunca aconteceu nada de perigoso além de algumas galinhas voando para o quintal do vizinho. O que acha que pode acontecer com eles? Deixe de ser turrão.

— Está bem, está bem! — Hassan começou a descarregar o carro com mais pressa.

— Ele é um menino que vale ouro. Acho até que devíamos adotá-lo, em honra a Sayid e ao pai dele.

— Adotá-lo? Ele tem uma vida na América. Além disso, daqui a pouco já deve estar de partida. Ele já encontrou o que veio buscar.

— Ele veio buscar mais coisas. Acho que deveríamos mantê-lo aqui por mais tempo. Acho que você deveria iniciá-lo e torná-lo um Guardião.

Hassan parou de descarregar o carro. Estancou os olhos em Samira, que olhava de volta.

— Sim, iniciá-lo — disse Samira, desafiando Hassan.

— Não sei. Ele é muito novo ainda. Sente muito medo. Muita dor. O medo e a dor são a porta de entrada para o mal.

— Quem não sente, Hassan? Se fosse assim, você teria que deixar de ser um Guardião agora mesmo! Além de tudo, tenho um bom pressentimento sobre ele. Tenho também sobre ele e Aiyla juntos.

Hassan balançou a cabeça, perturbado. Começou a descarregar o carro novamente, ainda mais apressado.

— Os dois? Tem certeza? — perguntou Hassan.

— Certeza, não. Mas tenho um pressentimento. Há alguma conexão entre eles.

Hassan terminou de descarregar o carro e começou a levar as coisas para o depósito debaixo da varanda. Samira acompanhava cada uma de suas viagens de ida e volta ao depósito.

— Eu te conheço, Hassan. Por que está assim? O que está pensando? Toda vez que vem do "esconderijo", volta com alguma ideia maluca. O que aconteceu desta vez?

— Já está escurecendo. Falamos mais à noite. Aliás, eles já não deveriam ter voltado?

— Pois bem! Falamos depois! — disse contrariada. — Mas não pense que vai fugir do assunto.

∴

Realmente eu estava encrencado dessa vez. Ainda mais do que antes. Como eu trataria Aiyla dali em diante? Talvez isso definisse minha vida — ou minha morte — naquela família árabe. A ausência dela no jantar facilitou a noite para mim. Jantamos somente eu e o britânico, que começou a conversa depois de alguns minutos me encarando:

— Ei, garoto. Você está bem?

— Não muito — respondi. A verdade é que apesar do que havia acontecido com o Sayid, desde meu encontro com Aiyla, eu parecia estar nas nuvens. Não sei se o britânico acreditou.

— Hum... Sayid era seu amigo, não?

— Sim, era sim.

— Ele te contou da amizade dele com seu pai, não é? Que seu pai queria, até um dia, levá-lo para os Estados Unidos para que fizessem faculdade juntos. Ele achava que seriam grandes amigos.

— Sim. Ele disse — respondi sem ânimo para conversas.

— O curioso é que, mesmo seu pai tendo partido sem conseguir fazer isso, vocês se encontraram e se tornaram amigos mesmo assim... O destino nos prega várias peças. Não é, garoto?

— Mas acho que ele errou dessa vez. O que adianta ele nos unir e depois levar Sayid embora?

Fiz o britânico ficar pensativo por alguns segundos, concentrado em terminar sua sopa de lentilhas.

— O destino nunca erra — continuou Philip após engolir duas ou três colheradas. — Não digo que Sayid deveria ter partido. Sobre isso, nunca saberemos as razões das coisas. E muitas vezes coisas ruins acontecem mesmo. Os dissabores da vida são uma consequência do livre-arbítrio. São o preço da liberdade. Porém, o destino trabalha mirando somente o futuro, e a partida de Sayid não importa mais para ele. Temos que pensar sobre o que ele quer fazer daqui em diante.

Minha cara de interrogação deve ter sido muito grave. Philip fez um sinal para que eu esperasse. Foi até a cozinha e encheu, sem pressa, sua tigela de sopa novamente. Sentou-se à minha frente e continuou:

— Sim. Pensar no futuro — retomou. — Olha, você está aqui, encontrou os manuscritos de seu pai. É o único elo da verdade que Martin e Sayid buscavam. Deve ter um propósito.

Lembrei-me do que Aiyla disse.

— Sim, um propósito! — Philip continuou animado. — Acho que deveria continuar. Ficar aqui e aprender os mistérios guardados pela Sociedade de Salomão! — O rosto do inglês se iluminou com a ideia.

— Acho difícil. Sayid chegou a pedir para Hassan, mas ele não quis. Agora que ele se foi, minhas chances acabaram.

— Não sei, garoto... talvez tenha chances. Sua entrada não foi colocada em votação, portanto, não foi rejeitada. Então, tudo pode acontecer.

∴

Hassan entrou pensativo no quarto.

— O que foi, querido? Está preocupado? — perguntou Samira, irônica, enquanto já se deitava na cama.

— Não é nada — respondeu entrando depressa debaixo dos cobertores e apagando o abajur do seu lado.

— Não adianta fazer isso. Não vai fugir da conversa.

— Philip acabou de me falar que acha que Martin deve ser iniciado.

— Hum... interessante. Aiyla e eu achamos a mesma coisa. Mas por que ele disse isso?

— Porque ele é o único elo entre os dois Guardiões que perdemos e a verdade que eles buscavam. Disse que o destino o trouxe até aqui, e que isso tem um propósito.

— Exatamente! — disse Samira, animada. — Era isso que eu tentava te dizer, mas você não me ouve. Ele não está aqui por acaso. Vocês vão iniciá-lo?

— Decidirei isso pela manhã. Não sei se ele está pronto.

— E quem está, homem? Você não estava, eu sei muito bem!

— Não sei se ele é capaz.

— Se tem dúvidas de que ele é capaz, teste o menino, oras!

Samira apagou a luz deixando Hassan com seus pensamentos voando no escuro.

"Um teste poderia funcionar" — pensou Hassan.

CAPÍTULO 36

Acordei tarde e fiquei deitado na cama, reconsiderando se o melhor não era fazer as malas e partir. Meu futuro em Mikha'el era nebuloso. As esperanças de conhecer a tal "verdade" da Sociedade de Salomão eram bem pequenas, próximas a zero, caso Hassan soubesse de meu envolvimento com Aiyla.

Levantei-me para fazer as malas e partir, mas meu coração me impediu. Por mais que meus pensamentos não vissem uma saída, meu coração estava ancorado à Vila de Mikha'el. Não conseguiria viver deixando tudo aquilo para trás, assim como não conseguia viver sem saber o que houve com meu pai. Além de tudo, seria impossível olhar nos olhos de Sarah tendo deixado meu coração com Aiyla em Mikha'el. Minha felicidade dependia de saber o que havia além daquele dia. Eu já não me reconhecia. Não consegui explicar o que houve comigo. Poucos dias antes eu era Martin, estudante de engenharia e namorado de Sarah. Meu destino e sucesso estavam traçados. Mas agora eu era Martin, quase desertor da engenharia, aspirante a Guardião da Estrela negado pelo Mestre Hassan e um tolo apaixonado por Aiyla. Em poucos dias, Mikha'el havia destruído não só o que eu era, mas também tudo o que eu seria. Mas dentre os destroços, algo que eu já duvidava que tinha, se mostrou: a fé. Por mais caótica que fosse a situação e por mais que cogitasse agir diferente, eu sabia o que era certo a se fazer. E quando o portador das chaves do meu destino bateu por três vezes à porta, comecei a entender que é necessário destruir o antigo para dar lugar ao novo. É preciso morrer para nascer novamente.

— Martin, posso entrar? — disse Hassan após três batidas na porta.

Novamente ouvi aquele "clic" seco, que parou o ar, o som e pareceu parar também o tempo.

— Hassan? Claro, Mestre!

Ele me viu mexendo na mala. Eu guardava minhas roupas e logo em seguida as tirava de volta sem perceber enquanto meus pensamentos vagavam em algum lugar entre o deserto de Israel e o sol da Flórida.

— Está partindo, Martin?

Eu não soube o que responder.

— Tudo bem, garoto. Olha, estive refletindo durante a noite... Fui muito duro com você quando recusei sua iniciação. Recusei antes de considerar de verdade a possibilidade. Não fui justo contigo. Também não fui justo com a memória de seu pai. Assim como não fui justo quando relutava em deixar Sayid estudar em Tel-Aviv. Fui tão injusto que o Criador me fez perder meu filho.

— Mas o que houve com Sayid não tem nada a ver com o senhor, Mestre. Fez o que achava certo.

— Tudo bem, garoto — repetiu Hassan abafando o assunto com as mãos. — A água que passou por debaixo da ponte não volta mais. E lamentar, além de não mudar o que passou, não é o motivo de minha vinda até aqui. Estou disposto a permitir seu ingresso na Sociedade de Salomão e dar-lhe acesso aos nossos segredos.

Meu coração se iluminou naquele momento. Mas foi por apenas um ínfimo segundo.

— Mas há uma condição — retomou Hassan. — Antes de ser aceito, deve provar que está apto a ser um de nós. Caso seja admitido em nossa fraternidade e se torne um Guardião da Estrela, terá acesso a um conhecimento ancestral que o homem comum não imagina que existe. E isso é só o início. Deve também estar disposto a trabalhar no que trabalhamos aqui. Nos ajudar. Nós te conhecemos pouco, e vocês, ocidentais, têm apenas um jeito de ver as coisas. Para entrar na Sociedade, seus pensamentos devem ser plurais. Só assim conseguirá compreender os mistérios que lhe serão abertos e fazer uso benéfico deles. Sei que tem um bom coração, tem bons propósitos. As dúvidas que sente são naturais da sua idade, mas precisamos lhe examinar melhor.

Minhas dúvidas? Estremeci até o último de meus ossos. Ele estava sugerindo que sabia sobre Aiyla e eu? Hassan me oferecia o segredo dos Guardiões, mas era Aiyla quem tomava a frente de meus pensamentos.

— Para entrar na Sociedade de Salomão — continuou —, ou mesmo para construir algo de valor na vida, boas intenções não são o suficiente. Ter valores elevados e altas aspirações é apenas a primeira das coisas. Deve ter outras duas, completando assim um tripé que te dará estabilidade para alcançar o que quiser.

O Mestre caminhava pelo quarto gesticulando enquanto falava, como se estivesse dando uma palestra.

— A segunda delas é força e vigor — continuou. — Nenhum projeto seu prosperará se nele não colocar seu empenho, sua energia, seu coração, seu amor e sua vontade. Só dará frutos se nele colocar a sua alma! Entende isso, Martin?

— Claro que entendo, Mestre. Acho que faço isso.

— Sei que faz. Por isso não será testado em sua vontade. Você será testado no terceiro pilar deste tripé. Será testado em sua sabedoria e inteligência. Sem sabedoria e inteligência, suas altas aspirações e empenho vão sugar toda sua fé e energia, e mesmo assim não terá sucesso no que fizer. Todo Guardião deve ter este tripé bem desenvolvido: "inteligência, vontade e aspirações elevadas", ou, como dizemos aqui, "sabedoria, força e beleza".

O pensamento organizado e preciso do Mestre me surpreendeu. Sempre desconfiei que o Mestre nunca se revelou por completo. Seu olhar era profundo demais para eu conseguir penetrar e suas palavras perfeitamente medidas e precisas, não escorregando jamais. Mas naquele dia ele foi simples nas palavras e profundo no sentido. Foi naquele momento que fisguei pela primeira vez a profundidade do conhecimento mantido pela Sociedade de Salomão.

— Aceita o desafio, Martin?

— Mas é claro, Mestre. Qual é?

— O desafio é entender algumas coisas que permeiam tudo o que existe. São coisas sutis, intangíveis, que passam quase despercebido pelas pessoas, mas são a chave para que comece a entender um Universo que agora nem imagina que exista.

— Quais coisas são essas, Mestre? Já as vi alguma vez?

— Tenho certeza que sim. Seus pensamentos já foram capturados por elas, mas por não saber analisá-las não chegou à conclusão alguma. Outra possibilidade é que seus pensamentos sobre essas coisas tivessem te levado à loucura, mas vejo que não é o caso. Você me parece um jovem bom, curioso e são.

A confiança que o Mestre começou a depositar em mim me deixou animado. Senti que conseguiria vencer o desafio.

Meu coração foi levado de volta àqueles momentos em Nova Jersey, onde o velho Martin sentava-se ao meu lado na cama para contar as grandes conquistas da humanidade e me mostrar que o futuro do homem era grandioso e que com boa vontade todos poderiam ser felizes. Sentia exatamente a mesma energia com Hassan sentado ali ao meu lado. Era como se meu pai estivesse vivo através de Hassan. Acho que o Mestre ficou satisfeito com minha empolgação.

— Quer continuar com o desafio, Martin? — perguntou Hassan pela segunda vez.

— Sim, Mestre! Quero cada vez mais!

— Não está com medo? Não acha que é perigoso conhecer o segredo? Não acha que está se envolvendo com algo ruim? Com algo maligno? Não desconfia que conseguimos encontrar este conhecimento com meios obscuros?

Por um momento, meus pensamentos se desviaram para os motivos da morte de meu pai. Mas mandei estes pensamentos às favas.

— Meu pai a conhecia, Sayid também. E o senhor também, Mestre. Duvido que possa ser algo ruim.

— De fato não é, Martin. É libertador. E vai deixá-lo eternamente impactado. Ficará deslumbrado com a simplicidade da causa das coisas. Se sentirá o mais tolo dos homens por não ter visto isso antes. Ficará revirando isso em sua mente o tempo todo. Terá vontade de sair gritando aos quatro cantos do mundo para que as pessoas a conheçam. Mas tenho de avisá-lo que será um desafio grande no início, pois precisará mudar sua forma de ver a realidade. Mas no fim, entender a Lei do Absoluto te ajudará a entender tudo, e por isso também se desdobrará em todas as áreas de sua vida. Será mais bem-sucedido em tudo em que empenhar o seu esforço.

Sorri satisfeito.

— Mas antes de continuar, Martin, acredita mesmo que há uma lei que governa todas as coisas? Acredita que há uma lei única que explique tudo? Acredita que existe a Lei do Absoluto?

— É bem difícil imaginar como seria tal coisa. Mas, sim. Acredito.

— Por que acredita nela?

— Porque nunca acreditei no caos. E pensar que há uma lei diferente para cada coisa é o mesmo que crer no caos. Deve haver uma lei única para tudo, algo maior que une todas as coisas.

— Se acredita nesta lei, por que então não acredita que pode ter acesso a ela? Por que desconfia que somos levianos quando dizemos que a conhecemos? Não sou tão jovem assim. Sei o que está pensando.

— A humanidade toda procura a Lei do Absoluto há milhares de anos, Mestre. Grandes cientistas tentaram, mas não conseguiram. Quem disse conhecê-la foi desmentido bem rápido. O conhecimento lá fora avança tanto a cada dia. Por que eles não conseguiriam e ela estaria aqui com vocês há tanto tempo?

— Talvez porque os que não foram convidados a passar por aqui estejam olhando a natureza com os olhos comuns. Basta apenas olhar pelo ângulo correto. Desligue-se por um momento de todas as teorias científicas que conhece, pois elas explicam apenas comportamentos, e não causas. Verá que as leis físicas são derivadas da Lei do Absoluto, e não um caminho para se chegar até ela. A Lei do Absoluto é muito mais ampla, sutil e bela do que as teorias científicas que conhece e pode vir a conhecer. Talvez esta seja a primeira coisa que precise entender sobre ela: a Lei do Absoluto sempre foi acessível ao homem, desde tempos imemoráveis até hoje. Não precisa de nada mais além de seu raciocínio, intuição e vontade para entendê-la. É possível a qualquer ser humano, de qualquer era ou sociedade, evoluída cientificamente ou não, compreendê-la.

Eu estava deslumbrado com o que o Mestre me oferecia, embora ainda desconfiado.

— Então confirma que quer continuar mesmo assim, Martin? — perguntou Hassan pela terceira vez. — Entrará em um universo de conhecimento que muitos consideram obscuro e perigoso, pois tem medo de entrar por uma porta que destruirá sua visão de mundo e talvez de si mesmos. Muitos já deram meia-volta, pois perceberam que isso engrandeceu sua compreensão sobre o Universo e sobre seu próprio espírito, mas não engrandeceu seus bolsos.

— Sim, Mestre. Quero e aceito todas as consequências! Só quero a verdade e nada mais!

— Pois bem. Você aceitou o desafio por três vezes. Podemos começar! Siga-me.

CAPÍTULO 37

Segui o Mestre por entre as palmeiras para o fundo do terreno. Ele caminhava meio desengonçado, levantando a kandora preta, mostrando suas pernas magras e compridas, desviando dos arbustos e dos galhos caídos, mas não errou um único movimento. Chegamos a uma pequena clareira com dois bancos de cimento colocados um de frente para o outro, cobertos de folhas, dando sinais de que já não eram usados faz tempo.

— Vamos, me ajude aqui com isso! — pediu o Mestre varrendo os bancos com suas próprias mãos.

Comecei a tirar as folhas e jogá-las para trás dos bancos.

— Já está bom. Sente-se — ele disse sugerindo que eu ocupasse o banco da frente.

Sentei-me pronto para o início do teste.

— Lembra-se que no acampamento eu te disse que o absoluto é a origem de tudo, mas que o absoluto em seu estado original é imperceptível?

— É claro que me lembro, Mestre. Embora não entenda como pode funcionar.

— Pois bem, como deve ter ouvido na faculdade, a natureza não dá saltos. Por isso, o absoluto imperceptível não pula direto para o Universo manifestado. Há um estado intermediário. Essa coisa intermediária entre o absoluto e o Universo é, consequentemente, a matéria-prima de tudo o que existe no Universo. Ela é a matéria-prima não só da matéria, mas também das coisas intangíveis, como o tempo, o espaço, a energia, gravidade e até coisas que chamamos de abstratas como os pensamentos, os conceitos, o espírito e o destino.

— Entendi, Mestre. O absoluto se transforma em "algo", e este "algo" se transforma em todas as coisas do Universo.

— Exato. Consegue me responder que coisa é essa? O que é este "algo"?

Pensei em tantas coisas que não consigo me lembrar. O Mestre me deu alguns minutos enquanto se divertia lendo minhas expressões e tentando adivinhar meus pensamentos. Cruzamos os olhares uma dezena de vezes. Mas a única coisa que consegui pensar que seria simples e que resumisse tudo eram os átomos.

— Pensei nos átomos, Mestre. Mas pelo que já me disse, sei que não é isso. De verdade, não sei a resposta.

— Muito bem, Martin. Embora nenhum obstáculo seja intransponível, um Guardião deve ser sábio para admitir sua incapacidade momentânea de avançar. E então pedir ajuda. Para encontrar a resposta, lembre-se do que lhe disse sobre o conhecimento da Lei do Absoluto poder ser encontrado em qualquer tempo da humanidade, sem que o homem conhecesse o que são átomos, moléculas, energia, ondas, gravidade etc. Pois não é de nada disso que o Universo é feito. Tudo isso é efeito, e não causa. Tudo é feito desse "algo" que é muito mais sutil. Algo que está em tudo, mas ao mesmo tempo passa despercebido porque é intangível.

O Mestre me deu mais alguns segundos para pensar enquanto se levantava, arrumava a sua roupa e espantava alguns insetos que caminhavam sobre ela. Diante do meu desânimo por não conseguir vencer o desafio, Hassan continuou:

— Martin, não quero lhe deixar em situação embaraçosa. O que ignora não conseguirá desvendar em alguns minutos, horas ou dias. Com sorte, entenderia por si só doando sua vida toda para isso. Até hoje somente um aspirante a Guardião conseguiu responder esta pergunta de maneira correta, e isso já faz milhares de anos. Nosso Mestre Salomão foi o único que acertou a resposta quando inquirido por seu Mestre e pai, David, Rei de Israel.

— Salomão? O Rei Salomão?

— Sim, que bom que você conhece a história.

— Ele era um Guardião? Um Guardião da Estrela?

— Mas é claro que era, Martin! Como seria tão sábio se não fosse? E por que teríamos este nome?

Naquele momento, confesso, uma boa quantidade de vaidade foi absorvida por meus poros. Eu estava diante de um segredo milenar, digno de reis, talvez até sagrado. Estava com as mãos perto daquilo tudo. Senti como se eu fosse um deles. Por alguns segundos, me senti como se o poder da verdade estivesse em minhas mãos.

O Mestre interrompeu meu deslumbre, mas talvez só tenha piorado a situação:

— Não apenas eles, Martin. Outros que você conhece melhor e que viveram por aqui depois dele também eram Guardiões e conheciam o segredo.

Demorei alguns segundos para captar. Mas o que se passou em minha mente só poderia ser fantasia.

— Afinal — insinuou o Mestre —, estamos perto de Belém, Nazaré e Jerusalém, não estamos?

Minha única reação foi fixar meu olhar no olhar do Mestre. Eu só podia estar entendendo errado.

— Tire as suas próprias conclusões, Martin. Você é inteligente o suficiente.

— É esse o meu teste, Mestre? Deduzir que Jesus foi um Guardião da Estrela?

— Claro que não! Desculpe-me, garoto. Sou como você, gosto de deixar mistérios no ar. Pode refletir sobre isso mais tarde. Vamos voltar ao assunto. — O Mestre sentou-se novamente, respirou fundo, sorriu e retomou a explicação: — Diz a lenda que David foi explicando a Salomão os elementos do conhecimento durante sua infância e adolescência. Do mesmo modo que seu pai estava fazendo com você. Quando o garoto foi perguntado sobre qual era a matéria-prima do Universo, não demorou muito para responder.

— E o que ele respondeu? O que é este "algo" que forma o Universo?

— É algo que você já viu, mas não deu a devida importância. Tudo no Universo é feito de RELACIONAMENTOS, Martin! O tempo, o espaço, a energia, a gravidade, até mesmo a matéria dura da qual é feita este banco onde está sentado agora é feita de relacionamentos. Relacionamentos se combinam e geram todas as coisas do Universo!

Hassan se animou e se levantou novamente.

— O absoluto é uma fonte inesgotável de relacionamentos. Alguns desses relacionamentos criam coisas intangíveis, como a atração, a energia, os pensamentos, o tempo e o espaço. Outros deles criam relacionamentos que impedem que coisas ocupem o mesmo lugar no espaço, o que na prática, cria a matéria e a tangibilidade. Essa é a chave de tudo, Martin. Os relacionamentos! O absoluto cria os relacionamentos, os relacionamentos se combinam e criam tudo no Universo. É assim, através de relacionamentos, que o físico e o espiritual estão conectados. E é por isso que tudo no Universo segue as mesmas leis, porque tudo é feito da mesma coisa. A Lei do Absoluto é uma lei que explica os relacionamentos.

Se o Mestre estivesse certo, isso mudaria tudo o que conhecemos sobre o Universo. Se não mudasse, ao menos acrescentaria uma dimensão nova, totalmente inexplorada, que é a dimensão dos relacionamentos.

— Mas, Mestre, eu ainda não entendo. Como os relacionamentos criam as coisas? Como exatamente formam o tempo e o espaço? Como formam a matéria-física?

— Calma, Martin. Para ter as respostas que quer, precisa entender a intimidade do processo de quebra do absoluto em relacionamentos. Este processo não é caótico. Ele tem uma ordem, uma lógica, cada um dos relacionamentos tem um propósito e a combinação deles gera resultados bem específicos. Embora o absoluto seja muito simples em seus princípios, ele não é trivial. É como um peixe tentar entender o mar. Agora estou te levando somente até a porta de entrada da Lei do Absoluto. Entrar por ela é uma coisa bem diferente. Até alguns dias atrás você não sabia sobre a existência do absoluto, e até poucos minutos nem desconfiava que os relacionamentos eram a base do Universo. O que aprendeu até agora é um privilégio para um profano.

— Profano?

— Profano é quem não foi iniciado. Não é um insulto, apenas um nome. Profano significa "quem está fora do Templo". Se um dia for iniciado, precisará identificar quem é profano, para poder conversar sobre certos assuntos. A Lei do Absoluto é o primeiro, mas não é o único, e talvez nem o mais importante conhecimento da Sociedade de Salomão. Não teria muita valia saber que tudo é feito de relacionamentos se não soubéssemos como manipulá-los. Controlando os relacionamentos, controlamos a natureza.

Não era ingratidão. Eu tinha plena consciência do valor do conhecimento que Hassan compartilhou. Mas naquele ínfimo momento da minha vida, eu queria somente um pouco mais. Às vezes acho que Hassan sabe ler pensamentos.

— Sei que está curioso sobre a matéria — continuou Hassan. — Está curioso sobre como ela é resultado de relacionamentos. Isso é comum para os ocidentais. Pense da seguinte forma... Este banco não é uma unidade final, ele é feito de partículas menores, que embora não precisasse saber quais são, sei que essas partículas são as moléculas. Então eu poderia dizer que o banco é uma combinação de moléculas. Porém, a molécula também não é uma partícula, ela é uma combinação de átomos. O mesmo acontece com os átomos, eles não existem como partículas, já que são a combinação de partículas subatômicas. O ponto é que na verdade não existem partículas no Universo, só existem combinações, relacionamentos, relacionamentos encadeados dentro de relacionamentos que, dependendo como são, criam o que entendemos como partículas quando são desdobrados no plano tridimensional. A única unidade que existe é o absoluto, e a maneira de como ele se quebra em relacionamentos é o que diz se ele é físico ou não. Imagine, por exemplo, que dentro de uma unidade de absoluto é "ativado" um determinado tipo de relacionamento que impede que essa unidade ocupe o mesmo lugar que outra. Neste caso está automaticamente criada a tangibilidade, que você chama de matéria.

O pensamento de Hassan fazia sentido, embora eu ainda quisesse ver aonde ele chegaria.

— As coisas intangíveis também são relacionamentos. O que são o espaço e o tempo senão diferenças? Relações? Só percebemos o espaço ao comparar a posição de dois objetos. Só percebemos o tempo porque vemos as coisas de uma maneira e depois as vemos de outra. Essa diferença de estados nos dá a sensação de tempo. O contraste nos revela as coisas. Só percebemos as cores porque elas são diferentes, e então as percebemos comparando umas com as outras. Se tudo fosse da mesma cor, não é que veríamos a mesma cor em tudo, mas sim o próprio conceito de cor não existiria. Entendemos um som porque ele varia, pois se fosse constante, não o perceberíamos. Seria como se não existisse. Tudo o que percebemos em nossa realidade é feito de diferenças de coisas, e não de coisas. Os sentimentos, as emoções e os pensamentos seguem o mesmo processo. Tudo é circunstancial. Nada é absoluto.

— Em alguns momentos, eu até já me peguei pensando que tudo era feito de diferenças. Mas nunca pensei sobre nada ser absoluto. Para mim, o conceito de absoluto ainda é muito vago — eu disse.

— Sim. É exatamente isso que deve entender, Martin. Este é o paradoxo. Este é seu desafio. O conceito de absoluto é vago porque ele é incompreensível. Podemos apenas nos aproximar dele porque nossa compreensão só funciona estabelecendo relações, mas o absoluto não tem relações. O absoluto puro é imperceptível. O absoluto é a pura representação do que é etéreo, singular e abstrato. Ele está em tudo, é a origem de tudo. Tudo existe nele antes de existir no Universo, porém não temos capacidade de vê-lo. Ao tentarmos tocá-lo, ele se desmancha em relacionamentos.

— Mestre — retomei as perguntas —, mas de fato o absoluto é uma "substância"? Quer dizer, ele é de fato a matéria-prima dos relacionamentos? Ou é apenas uma alegoria?

— Sim, Martin. Embora ele seja imperceptível e equivalha a não existir para nós que vemos a partir do Universo, ele existe. Ele é tão matéria-prima do Universo quanto o cimento é matéria-prima deste banco no qual nos sentamos.

— Meu Deus, Mestre. Se isso for verdade, tudo muda. Tudo o que conhecemos sobre o Universo e a natureza tem de ser revisto.

— Pois será quando chegar a hora. O conhecimento científico ainda está iludido com os pormenores e vastidão da análise. Talvez ainda um pouco deslumbrado com suas conquistas e avanços, que são notáveis, temos de admitir. A construção e a desconstrução do conhecimento é parte natural da evolução. Quando chegar o momento certo, alguém vai entender.

— Tudo agora me parece tão simples e óbvio, Mestre. Acha que demora? Quer dizer, o que falta para os cientistas entenderem isso?

— Impossível dizer, Martin. Sorte que a ciência não é necessária — completou o Mestre.

— A ciência não é necessária, Mestre?

— A ciência é necessária para a humanidade, mas não para entender a Lei do Absoluto. Não percebeu que este conhecimento está conosco há milhares de anos, mesmo antes do avanço científico? A Lei do Absoluto pode ser entendida por qualquer pessoa, em qualquer era da evolução da civilização. Foi descoberta sem recurso científico algum além da lógica e um pouco de matemática básica. Na verdade, até temo o que os cientistas de hoje podem fazer se tiverem conhecimento dela, com tantas máquinas, recursos financeiros e controlada por tantos interesses políticos, comerciais e bélicos.

E então, eu tive a certeza do que Curtiss queria.

O Mestre me olhou com um olhar grave. Senti um frio na espinha por quase ter levado Curtiss até ali. Fiquei constrangido.

— Por isso temos de ter cuidado, garoto. Precisamos manter este conhecimento ancestral vivo, mas preservá-lo.

Disso eu discordava. Eu acho que todos deveriam conhecer. Isso seria uma prova da existência de uma lógica maior, da conexão entre o espiritual e o científico. As pessoas precisavam saber!

O Mestre percebeu que meus pensamentos divagavam e retomou o assunto:

— Veja só, Albert Einstein, o cientista que mais chegou perto do absoluto. Qual a frase que vem à sua mente quando fala sobre ele?

— "Tudo é relativo!" — eu disse, desconcertado.

— Perfeitamente! A verdade por trás de que "tudo é relativo" é essa: tudo são relacionamentos. O tangível é feito de coisas intangíveis, que são os relacionamentos. É no estudo do intangível que encontrará as respostas do Universo, pois na verdade só existe o intangível. O tangível é ilusão.

Desmontei. Devo ter ficado olhando para algum ponto no infinito enquanto processava o que o Mestre disse. Ele estava coberto de razão. A ciência já admite que tudo o que é rígido, físico e material é feito de coisas intangíveis. Tudo ser feito de relacionamentos parece uma brincadeira de Quem criou tudo, uma daquelas mágicas tão óbvias que quando você descobre como foram feitas, fica se sentindo um tolo.

— Ele, Einstein — retomou o Mestre — passou na porta da Lei do Absoluto, mas não a viu. Meu pai chegou a apostar um cavalo que ele descobriria antes de morrer, mas perdeu — gargalhou.

— Não imaginaria que o que vocês guardam aqui era científico, Mestre. Achei que era algo místico, algum ritual, ou, não sei, até invocação de alguma coisa do além.

— Científico? Não percebeu que o que estudamos aqui extrapola todas as coisas? Tudo vai muito além da ciência. Vai em direção a algo muito maior que é o espírito, algo que toca não apenas o funcionamento das coisas, mas sim o seu propósito, algo que só a filosofia consegue lidar. E entender a Lei do Absoluto é apenas o primeiro passo. É como se aprendesse a ler. Mas escrever a poesia da vida usando este conhecimento a favor da humanidade é uma coisa que vai muito além. É isso o que fazemos aqui, escrevemos a poesia da vida.

— Então vocês conhecem este processo de inversão de um em outro? Quer dizer, sabem como tirar relacionamentos do absoluto para fazer o que quiserem?

Hassan respirou fundo e fez uma pausa.

— Apenas começou a ver as coisas de maneira diferente. Apenas quebrou a visão rígida que tem sobre o Universo. Apenas foi colocado na direção certa para ver o sutil até agora ignorado por você, mas ainda não penetrou em sua real natureza. Para isso, precisará ser iniciado.

Aceitei os fatos. Aceitei minha situação de aspirante a Guardião diante de um conhecimento impenetrável e, como disse o Mestre, até então obscuro.

— Mas aqui vai uma boa notícia para você, Martin — retomou animado Hassan, levantando-se subitamente, sorrindo e fazendo meu espírito se iluminar. — Você passou no meu teste. Sua curiosidade sobre a estrutura da matéria, sua sagacidade ao questionar a Lei do Absoluto versus a Ciência são provas que sua inteligência está pronta. Vou submeter seu nome ao conselho da Sociedade para que seja votada sua admissão.

— E então, entenderei a Lei do Absoluto!

— Caso seja aceito, não será entendedor dela, mas sim seu guardião. E isso é muito diferente. Caso seja aceito, resolverá parte do seu problema que é entender o que significa o manuscrito de seu pai, mas ganhará outros muito maiores. Deverá defendê-la de pessoas como o general Curtiss.

Essa era minha herança? Carregar a Lei do Absoluto em segredo?

— Isso se conseguir passar pela cerimônia de iniciação — completou o Mestre com um olhar malicioso demais para o meu gosto. — Viverá o que seus olhos não podem ver — e piscou.

E então, o "clic" cessou. Senti o vento leve e frio da manhã de janeiro de 2002 em Israel. Ouvi novamente os pássaros cantando e as folhas das árvores dançando sob o vento. Ouvi Samira gritando o nome de Aiyla, perguntando onde ela estava. Hassan e eu nos entreolhamos e resolvemos subir para a varanda. Chegamos junto com Aiyla, que apareceu do meio do jardim, sem fôlego, suja de terra e cheia de folhas presas à roupa.

CAPÍTULO 38

O jato E-8C voava suave no céu azul do Mediterrâneo, levando o general Curtiss e seu primeiro escalão de volta para a Base Aérea de Edwards, Califórnia, após uma reunião no Norte da Itália. O comunicador via satélite de Curtiss vibrou, tirando o general de seu iminente sono. Curtiss escorregou um pouco para baixo em sua poltrona, afundando a mão no bolso para tirar o comunicador. Ajeitou os óculos e, após ler a mensagem, sorriu satisfeito para Jefferson.

— Parece que seu time em campo está sendo bem eficiente, major. Encontraram um taxista que parece que conhece a turma que esconde Martin. Ele mesmo levou Martin de Tel-Aviv para Nazaré.

— Sim, general. Acabei de receber a mesma mensagem. Vou pedir para não serem duros com o homem. Pelo menos, não de início.

— Parece que você não está com a mesma sede que eu para descobrir o que está acontecendo por lá, Jefferson. Parece que não entende o perigo que corremos se o segredo cair em mãos erradas.

— Suas ordens foram bem claras, general. Encontrar o garoto é nossa prioridade.

— Às vezes me pergunto se você era mais do que colega de Martin. Era?

Jefferson tentou engolir sua indignação.

— Devo obediência ao meu país, general. Nada mais. Não entendo o porquê da desconfiança. Já dei motivos para isso?

— Veremos, major. Veremos. — Curtiss tirou os óculos e, mergulhando seu olhar de águia no fundo dos olhos de Jefferson, continuou: — Ainda não entendo como o major Martin conseguiu, sozinho, ter acesso às informações secretas do Projeto Swivel. Impossível ele ter deduzido por conta própria sobre os eixos primos da matéria. De onde ele tiraria tanta informação? É bom que encontremos o garoto, e que com ele venham informações consideráveis, major.

A postura venenosa do general atingiu o fundo do coração de Jefferson, que se segurou para não responder. Curtiss continuou:

— Se precisar, não seja bondoso com o taxista. A bondade não tem lugar aqui. Entendeu?

Jefferson bateu continência e se retirou para a outra sala do avião.

CAPÍTULO 39

— Onde estava, menina? Não ouviu que estou te chamando há séculos? Assim a comida vai queimar!

Aiyla olhava para Samira sem esboçar reação alguma. Hassan mostrou um sorriso daqueles que se dá quando se deixa os filhos sem supervisão e eles aprontam algo que você fica admirado, querendo rir, mas tem de ficar sério.

Samira pegou um punhado de notas de dinheiro enroladas e as colocou nas mãos de Aiyla.

— Vá ao mercado e compre uma carne para o almoço. Mas vá logo porque já está quase tudo pronto.

Samira olhou para minha cara e a de Hassan, talvez se perguntando o que estávamos fazendo ali, parados, assistindo sua bronca em Aiyla. Por fim bateu as mãos, virou de costas e voltou para a cozinha dizendo:

— Vá logo! E leve Martin com você.

Aiyla e eu partimos rápido e cruzamos o portão rumo ao mercado que ficava a duas quadras de distância. Procurei a figura de Salomão na árvore enquanto passava por ela. Aiyla debochou.

— Encontrou Salomão?

Sorri sem graça.

— Só vai encontrá-lo se for iniciado — brincou Aiyla. — Encontrar seu espírito, é claro!

— Encontrar o espírito de Salomão? Como assim?

— Claro que não, bobo. Estou brincando com você. Ele já morreu, não é? E já faz bastante tempo. E não há relatos sobre ressuscitações por estas bandas além da de Jesus.

Sorri com a piada. Ela parecia de bom humor. Nosso beijo na Igreja da Anunciação parecia não ter causado feridas nela. Mas o que eu queria na verdade é que ela tivesse passado a última noite só pensando nisso, porque foi isso o que eu fiz. Revivi aquele beijo centenas de vezes em minha memória, tentando trazer de volta a sensação de tocar seus lábios, de sentir seu calor, seu toque, seu perfume e sentir novamente o deslumbre da dimensão para onde fui levado no dia anterior.

— O que acha que acontece? O que acontece quando se é iniciado? O que acontece na iniciação? — perguntei, querendo na verdade parar ali mesmo, beijá-la e voltar para a dimensão deslumbrante que ela me mostrara no dia anterior.

— Não sei. Não tenho a menor ideia. O que sei é que depois de iniciado, as pessoas só voltam aqui de anos em anos.

Um semblante triste e um olhar distante tomaram conta da expressão de Aiyla.

— O que vai fazer depois caso seja iniciado? Vai embora? Vai voltar para a América?

O "vai embora" de Aiyla saiu embargado de seu peito. Eu não tinha a menor ideia da resposta. Não sabia o que faria se fosse iniciado. Tampouco caso não fosse.

— Não sei. Não sei o que te dizer, Aiyla.

— Tudo bem, Martin. Eu sei que você não pertence a este lugar. Sayid não pertencia. Você pertence menos ainda. Por mais que esteja encantado com os Guardiões, e talvez outras coisas, aqui não é seu lugar.

Acho que senti a mesma angústia que Aiyla sentiu em seu coração. E fiz uma coisa que jamais deu certo em minha vida. O risco era muito alto, mas eu já era outro Martin naquele momento. Expor-me já não era mais uma ameaça. As máscaras já não me caiam bem. Prender o que sentia em meu coração me intoxicaria. E então, com a voz embargada, atirei a flecha mirando o centro do alvo.

— O que sinto por você é verdadeiro, Aiyla. É tão verdadeiro quanto o ar que respiro. E não tenho medo de dizer isso. Não me importa o que vai achar ou não. Só quero que saiba. Isso é a única coisa que eu sei, a verdade em minha vida neste momento. Ontem você me levou para onde nunca imaginei que existia. E o que mais quero, mais até que ser iniciado, é viver isso novamente.

Achei que meu coração se desmancharia. Aiyla já estava chorando, provavelmente algumas dezenas de metros antes. Ela secou as bochechas e depois os olhos com a manga da blusa. Tentou respirar.

— Eu sinto o mesmo, Martin. Eu quero o mesmo. Mas não podemos ir além do que já fomos.

A vontade que eu tinha era parar ali mesmo, abraçá-la e beijá-la. Provavelmente já teria feito se estivéssemos na América, ou se a rua não tivesse movimentada com a saída e entrada de pessoas no mercado.

Aiyla entrou e foi direto até as carnes. Acho que pegou a primeira que viu e me mostrou. Assenti com a cabeça que era uma boa opção. Nem olhei. Se fosse uma berinjela, responderia do mesmo jeito. Ela foi até o caixa e, com as mãos trêmulas, tirou o dinheiro do bolso e pagou. Colocou a carne na sacola e saiu sem perceber que tinha troco a receber. Peguei o troco e entreguei a ela. Colocamo-nos no caminho de volta. Sem pensar, ela foi caminhando à minha frente, com passos firmes, sem me esperar. Pela primeira vez pensei que poderia estar fazendo algo muito cruel. Não sabia a idade dela. Talvez dezesseis anos? No máximo, dezessete? Meu Deus! Ela era mais ingênua que eu! Mas enquanto eu pensava, dobramos a esquina e Aiyla se virou, fazendo com que eu quase caísse sobre ela, e no choque ela mergulhou em meus braços e me beijou. Beijou com vontade, como se eu fosse o único homem do mundo. Provavelmente eu era, ao menos para ela. Não foi um "clic", mas me senti em uma outra dimensão, na qual tento, até hoje, quando estou olhando o passado através das estrelas, reviver em meus pensamentos e em meu coração tudo o que senti naquele minuto. Foi o minuto mais mágico de toda a minha vida, uma mistura de amor, desejo, perigo, medo, calor e verdade. Consigo me lembrar perfeitamente do perfume de dama-da-noite que ainda restava daquela manhã de céu azul de Mikha'el, da textura da pele de Aiyla, do calor de suas bochechas e do toque de seus lábios. Mas o que mais lembro é que eu senti exatamente o que Aiyla sentia. Estávamos apaixonados! Nos beijarmos era nossa única opção para continuar existindo. Por alguns instantes, eu me tornei dois, e nós dois nos tornamos um.

∴

Passei o resto do dia tentando voltar àquele instante do beijo com Aiyla. Me sentia flutuando sobre as nuvens. Nos cruzamos algumas vezes pela casa durante a tarde, e aproveitávamos para mergulhar brevemente nossos olhares um na alma do outro. Não sustentava meu olhar no dela para não a deixar intimidada. Acho que ela entendeu e fazia o mesmo, respondendo com um sorriso. Ouvi Samira dizendo que ela estava muito distraída. Resolvi voltar para meu quarto para que não percebessem que eu estava distraído também. Samira faria a conexão entre as nossas distrações imediatamente. As mães sempre percebem tudo.

Acho que o amor tem uma função divina. O amor é uma arte, a de saborear em uma pessoa o gosto do sagrado. É uma mistura de entrega, devoção e deleite. Talvez por isso, por sentir o sagrado de volta em minha vida, pela primeira vez depois que meu pai partiu, sem pensar no que estava fazendo, obedecendo ao mais puro instinto, comecei a rezar por amor e agradecimento, e não por medo ou pedindo proteção. Provavelmente estava em algum tipo de êxtase, agradeci por tantas coisas que não me lembro mais. Não tinha certeza se o que eu pensava fazia algum sentido, mas sentia o contato com algo maior, que foi interrompido por Aiyla:

— Martiiin! — gritou entrando no meu quarto, sorrindo e se jogando em meus braços. Hassan entrou logo em seguida.

— Parabéns, garoto! — disse o Mestre. — Você foi aceito. Será iniciado. Descanse e medite. Amanhã, você nasce para uma nova vida!

CAPÍTULO 40

Na manhã seguinte, minha opção óbvia era sair para conhecer melhor a região, mas fiquei quase o tempo todo na varanda repassando meu guia de viagens. Mas só via as imagens, pois minha atenção ficava procurando Aiyla. Sentei-me no banco de frente para a porta da cozinha para vê-la quando saísse. Ela entrava e saía, passava de um lado para o outro, inventando serviços da casa. Estendeu e retirou do varal as mesmas toalhas algumas vezes, além de verificar se a fruteira estava abastecida e trocá-la de lugar mais vezes do que algum Guardião poderia passar por lá para pegar alguma delas. Todas as vezes em que ela entrava na varanda, trocávamos olhares e sorrisos.

— Já sabe onde vai passear hoje? — perguntou, meio distante, enquanto sentava-se à mesa da varanda, tirando as frutas do cesto de vime para arrumá-las novamente em seguida.

Eu me levantei e me sentei à mesa, de frente para ela.

— Pensei em ir à Igreja de São Pedro. Gostei do que encontrei lá.

Aiyla ficou mais vermelha que as maçãs da fruteira. Mas mudou de assunto rapidamente, antes que pudesse se complicar. Ela era bem rápida de raciocínio.

— Agora que conseguiu o que queria, o que vai fazer?

— Acho que quero mais coisas agora do que eu queria antes — respondi tomado por uma súbita coragem, tentando deixá-la ainda mais vermelha. Funcionou.

— E Sayid? Como se sente em relação a ele? — ela tentou mudar de assunto novamente.

Dessa vez, não pude me esquivar.

— Eu não tenho um irmão. Se tivesse, sinto que seria ele. Mas, por favor, não me faça pensar em Sayid agora. Pelo menos, não tão perto da iniciação. Me faz pensar se não estou tomando seu lugar.

— Eu te entendo — ela respondeu com os olhos marejados. — Às vezes me sinto culpada por sentir o que estou sentindo. Porque isso fez um pouco da dor pela perda de meu irmão ir embora. Quando você partir, não sei como vou preencher esse vazio. Acho que vou morrer.

— Seus lábios enrijeceram e ela começou a verter rios de lágrimas.

Segurei sua mão e ela acariciou a minha de volta. Em alguns segundos, nossos dedos se entrelaçaram. Em alguns minutos, vi aquele sorriso brilhante voltar. Ela sorria com os lábios e com o olhar enquanto deslizava seus dedos por entre os meus. Fiquei mergulhado e preso naquele olhar negro como o céu da noite e profundo como o oceano, que transmitia algo que demorei para conseguir definir: verdade, bondade e pureza.

Subitamente, ela olhou para o lado. Samira nos observava paralisada, incrédula, com os olhos estalados, com uma mão apoiada na cintura e outra com um pano de prato.

Aiyla desvencilhou seus dedos dos meus e se levantou em um segundo. Passou batido por sua mãe, que a seguiu com um sorriso boquiaberto. Mas antes que entrasse pela cozinha, ainda consegui ouvir Aiyla dizer:

— Mas, por favor, não volte da iniciação como os outros Guardiões.

CAPÍTULO 41

Às 22 horas, eu estava pronto e vestido conforme orientações de Philip. Eu vestia um thobe e um ghtrah completamente brancos que Samira ajustou o comprimento das mangas e da barra com perfeição. Era permitido que eu usasse meus tênis, desde que vestisse meias brancas. Com o resto, não deveria me preocupar.

Philip mandou que eu esperasse no banco de trás do carro. Entrei no sedan branco e sentei-me sozinho. Foi impossível não me lembrar da noite que cheguei em Mikhaël, encapuzado, na condição de refém. Philip e mais dois homens entram no carro. Um deles era o homem de camisa branca que havia me oferecido o drinque no restaurante em Nazaré. O outro, eu poderia jurar que era o dono das mãos negras que me arrastaram para fora do restaurante na noite seguinte. Um deles me entregou um capuz com abertura somente no nariz e mandou que eu colocasse.

— É para sua segurança — disse.

Obedeci imediatamente.

O carro deu a partida sem falhar e se colocou em movimento. Ficamos no mais absoluto silêncio. Cerca de dez minutos depois, depois de percorrer uma estrada de cascalho com um aclive, o carro parou. Fui retirado com cuidado e levado por uma trilha estreita em meio a pedras maiores que a minha altura. Esbarrei meus ombros em algumas delas durante a caminhada. Alguém destrancou uma porta com uma fechadura pesada. Entramos pela porta e fui levado por um caminho confuso, curvo, fechado, abafado, com degraus e muitas, muitas escadas abaixo. Certamente desci uns quatro ou cinco andares.

O homem negro retirou o meu capuz.

— Foi para sua segurança, mas principalmente para a nossa. Caso algo dê errado e você não seja indicado, não pode saber onde estamos — sorriu e me deu um leve tapa nos ombros. — Espere aqui. Voltaremos quando for a hora.

Ele saiu pela única porta do local, que era feita de uma madeira escura, velha e surrada. Eu estava em uma sala com aproximadamente três metros por três, sem janelas. O único jeito de entrar ou sair era por esta porta. As paredes eram de pedras e altas. Eu estava trancado dentro de uma espécie de caverna, esculpida por dentro para que ficasse cúbica. Somente o piso era moderno, com ladrilhos de terracota assentados desnivelados. No teto, três lâmpadas sustentadas pelos soquetes e alimentadas por um par de fios que vinham de um pequeno buraco aberto no batente da porta iluminavam o local. Passei os dedos nas paredes e elas não soltavam areia. Certamente era uma caverna muito antiga. Talvez milenar, como Salomão. Havia um banco de madeira e algumas prateleiras na parede com alguns objetos sem sentido. Um pires com uma vela acesa fazia pouco tempo ocupava a prateleira mais alta.

Sentei-me no banco de madeira esperando instruções. Às vezes ouvia algumas vozes e barulhos, mas nada que eu pudesse entender. A caverna estava abafada. Comecei a me sentir sufocado. O suor escorria pelo meu corpo e começava a molhar as roupas. Fui vítima de uma ligeira crise claustrofóbica, parecida com uma que experimentara na infância. Em alguns minutos, o homem voltou com um pequeno copo d'água e um pedaço de pão.

— Abafado, não?

— Sim — respondi secando o suor de minha testa com a manga do thobe.

— Aqui o ar não circula muito bem. Tire os tênis e as meias, e deixe-os aqui mesmo. Já vamos começar — anunciou o Guardião, saindo logo em seguida, deixando-me novamente sozinho com meus pensamentos que já começavam a dar sinais de falta de otimismo.

Poucos segundos depois, sem qualquer tipo de anúncio, a luz se apagou.

Pessoas conversavam do lado de fora enquanto eu esperava sob a penumbra da vela. O Guardião, dessa vez vestido com uma capa negra e acompanhando, entrou pela porta e prendeu uma venda em meus olhos com bastante força. Eles me conduziram com firmeza, mas sem violência, para fora da sala e me fizeram descer mais alguns lances de escada caracol.

Me deixaram parado, em pé, na mais absoluta escuridão, por mais alguns minutos. Não sabia exatamente o que estava diante de mim. Ouvi um rangido. Parecia uma porta pesada que se abrira à minha frente, trazendo uma leve brisa e um grupo de homens que se escondiam atrás dela. Eles se aproximaram marchando lentamente e de forma sincronizada em minha direção, entoando uma espécie de mantra em algum idioma completamente ignorado.

A essa altura, depois de algum tempo privado da visão, meus sentidos estavam mais sensíveis. Não os via, mas sabia onde estavam. Ainda entoando o mantra, colocaram-se ao meu redor formando um círculo. Senti um calor que oscilava e um cheiro de pano queimado. Provavelmente carregavam tochas. O mantra cessou. Conseguia ouvir a respiração dos homens à minha volta, que se mantinham parados no mais absoluto silêncio. Um deles me cutucou com um ferro gelado, provavelmente uma espada sem ponta, mas sem me ferir. Outros fizeram o mesmo em seguida. Mais alguns minutos de silêncio, quebrado apenas pelo som da respiração, e então os homens abandonaram o ambiente com pressa, batendo espadas umas contra as outras.

Mais alguns minutos de silêncio. Aguardei em pé e imóvel.

— Quem é este? — perguntou uma voz distante. Reconheci. Era Hassan.

— Este é Martin King Júnior, Mestre — respondeu um Guardião ao meu lado, segurando meus ombros e me fazendo dar um passo à frente, iniciando um diálogo teatral entre os Guardiões. Eu estava dentro de uma cerimônia onde eu era o personagem principal, mas que não conhecia o roteiro.

— E por que ele está aqui, Guardião?

— Porque ele quer ser um de nós. Ele almeja se tornar um membro da Sociedade de Salomão, um Guardião da Estrela, Mestre!

— Por que ele acha que pode ter tal honra?

— Porque ao ser examinado por nosso Mestre provou sua vontade, força e sabedoria.

— E quem o trouxe até aqui?

— Hassan, seu Mestre.

— Alguém mais?

— Sayid, seu amigo.

— Alguém mais?

— Martin King, seu pai.

Lembrei-me que meu pai e Sayid já estiveram ali, na mesma situação de profano sendo iniciado, provavelmente passando pelo mesmo ritual. Senti pena de não estarem presentes. Eles eram os que mais queriam que eu fosse um Guardião da Estrela. E me sentia no topo do mundo, como se as pessoas mais importantes do Universo — quiçá eles dois também — fossem testemunhas do que estava acontecendo.

— Alguém mais? — perguntou Hassan. — Isso não é suficiente para que seja admitido como Guardião da Estrela, que tenha lugar nesta Sociedade e que tenha seu nome gravado em nossas tábuas entre os nossos e de nossos ancestrais.

— Acreditamos que a Providência Divina guiou seu coração e o trouxe até aqui, pois nada de benéfico se desdobra neste mundo sem que antes passe pelo íntimo do Criador.

— Mais alguém o trouxe até aqui?

— Nós, Guardiões da Estrela, averiguamos suas intenções e, por unanimidade, entendemos que ele tem as virtudes necessárias para se tornar um de nós e compartilhar nossos segredos.

— Pois se é assim, que entre neste Sagrado Templo do conhecimento!

— Que seja feita sua vontade, Soberano Mestre! Entre, profano!

Comecei a caminhar inseguro em direção à voz de Hassan, com medo de não encontrar o chão à minha frente. Com as passadas, fui ganhando confiança e decidi tentar caminhar como se estivesse vendo o caminho. Caminhei por algumas dezenas de metros. Talvez uns vinte ou trinta.

— Pare! — ordenou Hassan, já bem próximo. Parei imediatamente.

— Por que caminhou até aqui, sendo que não conhecia o caminho?

— Porque segui sua voz, Mestre.

— Pois se quer se tornar um de nós, deve confiar nos ensinamentos dos Mestres Guardiões que já percorreram este caminho em busca da iluminação. Poderia ter escolhido o medo e parado no caminho, porém decidiu seguir. Os Mestres o dirão para onde ir, porém não percorrerão o caminho por você. Para se tornar um Guardião da Estrela, deverá percorrer o caminho com seus próprios passos, resignado, solitário, acompanhado apenas de sua fé e de seu coração, para só então ver a verdade dos conhecimentos ancestrais que lhe traremos. Aceita isso, Martin? Aceita a solidão, onde apenas sua própria luz será capaz de iluminar o seu caminho?

— Sim, Mestre. Eu aceito! — respondi com a certeza de ser a pessoa mais sortuda do Universo.

— Como pode aceitar se desconhece nossos segredos? Como sabe se o guiaremos pelos caminhos da luz ao invés do caminho das trevas? Como sabe se será conduzido no caminho do bem ao invés do caminho do mal? Não está sendo precipitado, leviano, até mesmo dissimulado ou interesseiro em seu desejo de ser um de nós? Por que acha que estando entre nós, seu destino é o bem?

Demorei para responder. Um dos Guardiões sussurrou a resposta em meu ouvido. Eu a repeti em voz alta:

— Porque fui testado em minha inteligência e em minhas intenções, e confio nelas para medir meus atos.

— Está dizendo que, mesmo que um Mestre te direcione, caso isso esteja em desacordo com os seus princípios, não fará o que lhe foi instruído? — perguntou Hassan.

Fiquei novamente na dúvida. O Guardião sussurrou a resposta correta do diálogo em meus ouvidos. Repeti:

— Sim, Mestre!

— Pois se é assim, que prossiga!

Fui conduzido alguns passos para trás e colocado sentado em uma cadeira de madeira.

— Medite mais uma vez sobre o que está prestes a fazer, profano. Caso ainda haja alguma incerteza em seu coração, nos diga agora — disse Hassan com a voz ecoando por aquele salão que provavelmente era enorme. Talvez eu estivesse imerso em uma caverna descomunal.

O silêncio dos Guardiões era absoluto. Nada ali me dava medo. Estava diante do desconhecido, mas confiava em Hassan, Sayid e no meu pai. Sentia que aquele era meu lugar. Aquilo era parte de mim. Era meu destino. Ainda não conhecia os segredos da Sociedade de Salomão, mas já os amava.

Já seguro de minha decisão, meus pensamentos tentavam ver o que meus olhos não conseguiam. Imaginei-me no meio de um grande salão, como a igreja onde ouvi o Reverendo Nelson dizer para eu seguir meu coração, com o Mestre Hassan à minha frente. Ao meu redor, homens portando espadas e segurando tochas me analisando sem piscar, quase que conseguindo ler meus pensamentos e cada uma das intenções de meu coração.

— Diante do dilema, o silêncio é um consentimento — disse Hassan. — Pois se concorda com tudo que lhe foi colocado, que prossiga!

Fui colocado em pé novamente.

— O que vê, Martin?

— Não vejo nada, Mestre.

— Não vê nada com seus pensamentos? Não vê nada com sua intuição?

Pensei, tentando dar forma e palavras ao que estava vendo em minha mente. Não houve tempo para resposta.

— Pois se quer compreender os segredos — retomou Hassan —, deverá, antes de tudo, usar sua visão mental, sua intuição. Tem inteligência, amor e ideais elevados para isso. Deverá usá-los. Nos dias em que quiser meditar profundamente sobre a origem de todas as coisas, poderá trazer sua mente até este momento onde, privado de sua visão, deixou sua intuição livre por dimensões que não são limitadas por formas, espaço ou tempo de nenhuma natureza. Aqui, seus pensamentos estão limitados apenas por sua própria inteligência, coração e princípios.

— Guardiões — ordenou o Mestre Hassan —, vamos dar seguimento às instruções que são dadas aos iniciados. Martin, olhe essas instruções não apenas com os olhos da imaginação, mas principalmente com os olhos do coração, pois os olhos do coração são os que veem a verdade primeiro. Não apenas compreenda, mas sinta cada palavra que lhe for dita, pois assim elas estarão impressas em seu espírito pela eternidade.

A partir de então, iniciou-se uma simulação de diálogo com diversos Guardiões espalhados pelo salão, os quais não consigo determinar quem disse o quê.

— A Lei do Absoluto é a primeira revelação que terá entre nós. Outras revelações lhe serão dadas ao longo dos anos de acordo com sua evolução espiritual. Esta primeira revelação a qual terá acesso está mantida e protegida conosco desde tempos imemoráveis da humanidade, história a qual terá oportunidade de estudar futuramente.

— Esta revelação, profano, é que o Universo possui origem no absoluto, que é intangível e imperceptível. A maneira como o absoluto se comporta, desdobrando-se em tudo o que é perceptível, é a lei que explica todas as coisas do Universo.

— Agora vendado e liberto da visão das formas físicas, mergulhará no oculto do conhecimento do absoluto. Exigiremos sua completa doação, pois só assim experimentará o imponderável. Seus pensamentos percorrerão um caminho pelo qual jamais passaram. O que conhece sobre o Universo é apenas um ponto em uma reta que não tem início ou fim. Não julgue antes de completar o trajeto pelo qual lhe conduziremos, o qual, embora desconhecido e por isso ainda obscuro, é o caminho da verdadeira luz.

— Confia em nós, Guardiões da Estrela, para lhe conduzir pela escada do conhecimento rumo à mais íntima e elevada filosofia da natureza?

— Sim, confio! — respondi.

— Está pronto, Martin?

— Sim, estou! — confirmei.

— Ciente das obrigações que terá em manter vivo o conhecimento sobre a Lei do Absoluto, de usá-la para o bem ao contrário do que a maioria dos homens deseja e tentará lhe convencer a fazer, ainda persiste em sua intenção de conhecê-la e ser um dos Guardiões da Estrela?

— Sim, Mestre! Eu persisto! — insisti.

— Já que aceitou pela terceira vez, que seja dada à luz do conhecimento ao profano. Que lhe seja aberto acesso ao caminho do conhecimento do que é imperceptível.

Movimentos de espada perfeitamente sincronizados rasgaram o ar fazendo-o assoviar.

— Guardião da Estrela do Oriente, que horas são? — perguntou Hassan.

— Meia-noite em ponto, Soberano Mestre — respondeu.

— Guardião Executor, já que é dado o horário e o profano está pronto, cumpra o seu dever! — ordenou Hassan.

CAPÍTULO 42

Ouvi uma badalada de sino. Vendado no meio do salão, preferia não pensar no que estava prestes a acontecer. Uma música tensa inundou o local. Um dos Guardiões colocou minha mão direita sobre seu ombro e me conduziu em uma caminhada cheia de zigue-zagues, desviando-me de obstáculos que não sei se eram reais ou imaginários e que me fizeram perder completamente a orientação e noção de espaço.

A música foi interrompida subitamente.

— Ajoelhe-se! — ordenou o Guardião que me guiava.

Ajoelhei-me.

— Estenda seus braços e descubra o que está à sua frente!

Estendi os braços. Encontrei à minha frente uma pedra grande, que ia do chão à altura do meu peito. Era uma pedra bruta, disforme, áspera e cheia de rugas.

— O que tem em suas mãos?
— Uma pedra — respondi.
— Como é esta pedra?
— Áspera e sem forma.
— É uma pedra bruta. Ela representa a matéria-prima e bruta de todas as coisas. Ela representa o absoluto.

Acariciei a pedra. Era rudimentar e comum, igual a incontáveis outras que já vi jogadas por aí sem que ninguém lhe desse o menor valor. Ninguém as via, mas para os Guardiões, ela significava a origem e matéria-prima de tudo.

— Muitas crenças e ciências especulam sobre a existência de uma substância única formadora de tudo, chamando-a de "éter", "prana" ou simplesmente "energia". A ciência já descobriu parte dela e a chama de singularidade. Porém nada, ou quase nada, sabem sobre ela, pois, ignorando a existência do absoluto é impossível que desvendem por completo sua natureza e funcionamento. O absoluto é como esta pedra bruta. Uma massa homogênea e sem forma definida, e por isso ainda não é útil para a construção do Grande Templo Divino que é o Universo. Esta pedra representa o potencial de ser lapidado e assim tomar qualquer forma, assim como o absoluto é potencial de tomar qualquer forma no Universo.

— Dentro do absoluto vive o potencial de se tornar qualquer coisa. O absoluto é homogêneo, e por isso é imperceptível ao Universo, pois em seu interior não há diferenças de nenhuma natureza. Por isso, por não conter diferenças, se observado a partir do Universo é como se ele não existisse. Entretanto, isto não significa que o absoluto não exista, seja fantasia ou mero fruto de nossa imaginação. Significa apenas que o absoluto não faz parte do Universo perceptível, já que tudo o que percebemos é produto de diferenças. Ao estudá-lo, perceberá que este aparente "não existir" é na verdade um depósito inesgotável de energia.

Isto era parte do que o Mestre Hassan já tinha me explicado quando havia me falado sobre o absoluto e que ele se quebra em relacionamentos. Por enquanto, a iniciação estava sob controle.

Dois Guardiões me pegaram pelos braços e me levantaram. Meus joelhos doíam após o tempo postado diante daquela pedra bruta e não conseguia esticá-los e ficar completamente em pé. Mas antes que me recuperasse, um terceiro Guardião começou a empurrar minhas costas com leveza, me conduzindo para outro lugar. Ainda caminhava cambaleando, mas, após alguns passos, apoiado pelos três Guardiões, consegui vencer a dor nos meus joelhos e ganhar desenvoltura na minha caminhada.

— Pare e veja! — disse o Guardião às minhas costas.
— Veja com sua mente e seu coração! — instruiu outro Guardião.
Os outros dois Guardiões levaram minhas mãos à minha frente,

onde encontrei outra pedra. Porém, esta era diferente. Estava à altura de meu peito, suas faces eram retas e estava perfeitamente polida.

— O que vê nesta pedra, Martin?

— Ela é lisa. E tem forma. É uma pedra cúbica.

— Temos prova de que o absoluto existe pela maneira ordenada como se manifesta. E é isso o que representa esta pedra perfeitamente cúbica em suas mãos. O absoluto, antes bruto e virgem, agora tomou uma forma. Antes era potencial para se tornar qualquer coisa, agora tem a forma de um cubo perfeito. Este cubo, de faces planas e ângulos retos perfeitos, demonstra a ordem precisa que o absoluto desenvolve em si mesmo para gerar relacionamentos em seu interior e assim criar o Universo que percebemos. Assim, cúbico e definido, com lados iguais e perfeitos, pode fazer parte da edificação do Grande Templo que é o Universo.

— Nada mais percebeu neste processo de transformação do potencial em manifestação, Martin? — perguntou Hassan.

Pensei por alguns segundos, mas nada respondi.

— Munido apenas de sua vontade, caminhou inicialmente agachado, mas superando as dores em seus joelhos foi se erguendo ao avançar. Transformação após transformação, o absoluto vai saindo do bruto e disforme, e erguendo o Universo manifestado.

— Onde encontrou esta pedra cúbica?

— À minha frente — respondi.

— Encontrou a pedra cúbica na altura de seu coração, pois a verdade não pode ser vista somente com a mente que está acima, nem somente com a moral que te sustenta como seus pés. Antes de tudo, a verdade deve ser vista com seu coração que é o mediador da alma.

— Martin, é assim que ocorre o processo — Hassan iniciou a explicação. — O absoluto é uma massa potencial de todas as coisas. Ele é singular, etéreo e imperceptível, pois em seu interior não há diferenças. Essa massa pode ser organizada internamente, polarizada, isolando suas qualidades. É como uma grande massa cinza que pode se organizar internamente e separar o preto do branco, passando assim a ter diferenças de cores em seu interior. É como uma luz branca que passa por um prisma e revela sua gama de cores. A luz branca é um potencial de se tornar qualquer cor e, depois de passar pelo prisma, separa suas cores revelando-as aos nossos olhos, à nossa percepção, por suas diferenças.

Se eu estava entendendo certo, os Guardiões estavam me dizendo que o grande absoluto se transforma para se estender ao Universo, separando suas partes, se decompondo e, a partir disso, a partir dessas diferenças entre as partes separadas, são criados os relacionamentos que dão origem ao Universo.

Um sopro violento no meu ouvido esquerdo me assustou, me tirando da inércia mental em que estava prestes a entrar.

— É o Sopro Divino da Criação que move o absoluto do estado absoluto para o estado relativo.

Fez-se silêncio por alguns segundos.

— Martin, o sopro da criação é quem cria os relacionamentos. Este sopro o leva do estado absoluto para o estado relativo, tirando-o do estado singular e passando-o para o estado decomposto. Os segredos deste processo estão velados sob SEIS MISTÉRIOS, os quais verá agora.

CAPÍTULO 43

Ouvi uma batida de malhete.

— Atenção, Martin, para o Primeiro Mistério do Absoluto, o Infinito Contido.

— Quando o absoluto é decomposto, o que acontece é que ele é quebrado em partes menores de absoluto. Nisso há um efeito colateral. Esse efeito colateral é a criação de um relacionamento entre essas unidades menores de absoluto. Este relacionamento é a matéria-prima do Universo. Estas unidades menores de absoluto ainda são absoluto, estão em estado singular e etéreo, e por isso podem ser novamente quebradas, gerando novos relacionamentos dentro do relacionamento anterior. Este processo não tem limites. É inesgotável. O absoluto pode ser quebrado em unidades menores de absoluto infinitamente e isso cria novos relacionamentos que podem igualmente ser infinitos em quantidade.

Seu eu entendi bem a lógica do que os Guardiões estavam me explicando, a mecânica do absoluto não era tão complexa assim. Ele se separava em "absolutos menores" e em contrapartida à essa separação, eram criados relacionamentos entre esses "absolutos menores". Esses "absolutos menores" poderiam ser quebrados em "absolutos ainda menores". Cada quebra gerava um relacionamento. Isso não tinha fim, o absoluto era inesgotável. Do absoluto, poderiam se desdobrar infinitos relacionamentos encadeados uns dentro dos outros, criando Infinitos Contidos dentro de Infinitos.

— O que acontece quando o absoluto se quebra, profano? Qual o efeito colateral? — perguntou Hassan.

— É criado um relacionamento — respondi confiante.

— Nada mais acontece, profano?

— São criadas unidades menores de absoluto — respondi. — O relacionamento é entre estas unidades menores.

— E o que acontece com essas novas unidades de absoluto, profano?

— Além de se relacionar, por serem absoluto, podem ser novamente quebradas, gerando um relacionamento dentro do relacionamento anterior.

— E isso tem fim?

— Não, Mestre. O absoluto é inesgotável.

Por algum motivo — talvez pelo clima solene do ritual de iniciação —, eu assumi que não poderia falar nada que quebrasse o diálogo simulado da iniciação. Porém, ninguém disse que eu deveria ficar quieto. Senti que se nada falasse, algo poderia se perder na linha de raciocínio e me desviar para onde eu não entendesse. Resolvi arriscar:

— E eu vou entendê-los, Mestre? — perguntei interrompendo quando um Guardião começava falar a primeira sílaba do próximo trecho do ritual. — Vou entender como esses relacionamentos que partem do absoluto formam toda nossa realidade? Como eles constroem todo o Universo? Como eles criam nossa realidade? Ainda não os entendo.

— É para isso que estamos aqui, Martin — respondeu Hassan um pouco debochado, mas animado.

Ouvi alguns risos e alguns cochichos. Alguns segundos depois, um Guardião se pronunciou:

— Soberano Mestre, acho que é hora de testarmos o aspirante à Guardião.

— Pois que assim seja feito! — ordenou Hassan.

A esta altura, eu já não temia um teste. Provavelmente esse teste só serviria para me deixar alerta. Eles não teriam me dito tudo o que haviam dito se eu já não fosse um deles. E foi isso o que subitamente me apavorou. E se eu não fosse aceito na Sociedade, como sairia dali com aquele conhecimento? Sairia? Por que eu estava vendado? Por que não sabia onde estava?

— Futuro Guardião, considerando o potencial que o absoluto tem de se tornar qualquer coisa, poderia supor que seu desdobramento em relacionamentos acontece sem padrão ou sem propósito algum?

— Não, Mestre. Não imagino que seja assim.

— Por que não, Martin?

— Porque vejo um propósito na Criação. Um propósito para o bem.

— Se há um propósito na Criação, e este propósito é para o bem, admitiria então que seu resultado no Universo manifestado possa ser caótico?

— Não, Mestre. Vejo ordem e perfeição em tudo o que é manifestado. As leis do Universo são perfeitas. Não pode haver desordem em seu processo de desdobramento do absoluto em Universo.

— Mas, Martin, jamais encontrou alguma coisa caótica na Criação?

Desta vez, titubeei na resposta.

— Há sim coisas sem explicação — retomou um dos Guardiões. — Há tragédias, miséria, injustiça, sofrimento e dor. Para entender isso, futuramente será iniciado nos mistérios do livre-arbítrio. Mas não podemos afirmar que nisso haja algo caótico. Não há dúvida que a natureza opera em função do equilíbrio e não em função do que o homem julga que é o certo ou errado. A natureza opera estabelecendo o equilíbrio em contrapartida ao que é arbitrário. Diante da perfeição do que entendemos, só podemos supor que o caótico é somente o que ainda não entendemos. Tudo na natureza é reflexo de nossas escolhas e atos. Se o fruto é ruim, é porque nossos atos assim também o foram.

— O processo de desdobramento do absoluto é ordenado, exato e preciso. Para desvendar seus mistérios precisamos entrar em sua íntima natureza ancestral e primitiva. Por isso é necessário usar o que é mais simples. O mais simples do mais simples. Para desvendar o absoluto, é preciso usar ferramentas tão elementares que não possam ser reduzidas.

∴

Ouvi duas batidas de malhete.

— Atenção, Martin, para o segundo mistério do absoluto, a Coexistência. Este mistério é a pedra angular e fundamental do conhecimento do absoluto, que jaz enterrado aqui onde que se encontra. Ele é chamado por nós de "Conhecimento Perdido". Este é o segredo mais crítico sobre a intimidade do absoluto. Esta é a chave lógica e numérica para tudo o que existe no absoluto que governa o Universo a partir do oculto.

Um segundo mantra, que mudava subitamente de padrão, foi entoado por alguns minutos. Havia alguma língua oculta por detrás daquela música. Às vezes me soava árabe, às vezes latim. Hoje acho que era esperanto.

— Ouça estes números! — disse Hassan com voz vibrante interrompendo o mantra. — Esteja atento ao que cada um deles causa em seu coração.

Um Guardião disse a sequência de números, pausadamente e com muita energia:

— 1, 2, 3, 5, 7, 11, 13 e 17.

"Números primos!" — pensei. "Os números do manuscrito do meu pai!"

— A natureza do absoluto é feita somente de números primos. Somente estes números existem no absoluto. São números indivisíveis que, assim como o absoluto, não podem ter suas propriedades reduzidas.

Isso fazia muito sentido. Nossa realidade é feita de números naturais, o 1, 2, 3, 4, 5, 6, 7, 8, 9, 10, 11 e assim por diante. Mas todo número natural é na verdade uma combinação de números primos. Como 4 é 2x2, e 6 é 2x3. Faz sentido que no absoluto só existam números primos, pois eles são a origem de todos os números da natureza.

— Os números primos muitas vezes são vistos como números estranhos. E esta estranheza deve ter vibrado em seu coração quando entoamos o mantra assimétrico e quando lhe pedimos que sentisse sua vibração ao enumerá-los do 1 ao 17. Ao mesmo tempo que as propriedades destes números nos causam confusão, porque não podem ser reduzidas, também nos deixam perplexos por sua influência e presença abundante na natureza. Basta olhar rapidamente a estrutura da matéria, os padrões de ondas de som e luz ou as dimensões perceptíveis do espaço e do tempo que verá a onipresença deles.

Propriedades que não podem ser reduzidas? Isso parecia verdade. Não me lembrei de nada que era feito de números primos que pudesse ser reduzido. As sete vibrações de onda de luz e som, as três dimensões do espaço, as três dimensões da percepção do tempo. Nada disso poderia ser reduzido ou quebrado em conceitos menores que não fossem também números primos. Quando Cleber havia dito que os manuscritos do meu pai estavam organizando a Tabela Periódica Atômica em bases de números primos, não entendi o porquê daquilo. Mas agora faz sentido. Era óbvio que ele estava tentando explicar a origem da matéria.

— Quando o absoluto é decomposto em partes menores de absoluto, ele sempre é decomposto em quantidades primas. Ele pode se decompor em 2, 3, 5 ou 7 partes, por exemplo, mas nunca em 4, 6 ou 8 partes, pois 4, 6, e 8 não são números primos. Isso implica em uma de suas "mágicas", a Coexistência.

Isso era um achado! Uma lógica tão simples e tão fundamental que eu, mesmo sendo um estudante de ciências exatas, tinha me esquecido completamente dos números primos. Talvez tenha sido isso que o Mestre Hassan havia insinuado quando disse que os cientistas estavam presos nos infinitos números da análise e isso os impedia de ver a resposta maior. Eu estava ansioso para voltar para meus livros de Física Quântica e olhar para os fenômenos somente vendo os números primos. Mas o mais surpreendente sobre os números primos no absoluto ainda estava por vir:

— Isso implica em que uma mesma unidade de absoluto pode ser decomposta em infinitos números primos ao mesmo tempo sem que uma decomposição interfira sobre a outra, pois, elas nunca se cruzam. Assim, uma mesma unidade de absoluto pode ser decomposta em 2, 3 e 5 partes por exemplo, e cada uma dessas decomposições vai gerar um relacionamento independente. Estes relacionamentos coexistem na mesma unidade sem se interferir. Eles se sobrepõem, cada um deles adicionando uma nova propriedade que coexiste com as demais.

Relações que não se cruzam? Que coexistem sem se interferir? Isso eram os swivels!

— Estes são os swivels? — perguntei.

— Os swivels são sua a aplicação no átomo — disse o Guardião japonês —, porém o que estamos lhe revelando é muito maior do que isso. O que lhe revelamos se aplica a tudo. Absolutamente tudo. Aplica-se não só a pequenos sistemas como o átomo ou uma unidade de pensamento, mas também a grandes sistemas como uma galáxia, uma comunidade, uma filosofia ou um ecossistema. No Universo manifestado, toda unidade é um sistema entrelaçado de relacionamentos. Ao entender a Lei do Absoluto que explica os relacionamentos, poderá entender todas as propriedades que coexistem de maneira individual nos sistemas e, quem sabe, controlá-las.

Então — deduzi — o nome Lei do Absoluto não era um exagero. Ela falava não só do absoluto, mas também se aplicava a unidades da existência que não eram físicas, tais como um conhecimento ou uma ideologia. Fiquei imaginando o que os governantes poderiam fazer com a humanidade ao conhecerem esta Lei, como poderiam manipular todos os sistemas. Lembrei-me de Curtiss.

∴

Ouvi três batidas de malhete.

— Atenção, Martin! Agora lhe será apresentado o terceiro mistério do absoluto, a Lei Maior. Com ele conseguirá finalmente entrar pela porta que lhe dará acesso à Lei do Absoluto. Este mistério traz o padrão às leis do Universo. Ele é bem simples na verdade.

— O tipo de relacionamento que é criado depende exclusivamente da quantidade de partes em que o absoluto é quebrado, e não de qual é ou o tamanho desta unidade, seja uma galáxia ou um átomo, algo físico ou um pensamento. Quando uma unidade de absoluto é decomposta em dois, por exemplo, ela sempre gera o mesmo relacionamento e o mesmo tipo de partes. Todos os números primos seguem a mesma regra. Há um tipo de relacionamento associado a cada número primo. Cada um deles tem um propósito e um comportamento particular. Cada número primo está associado a uma lei, um processo e uma propriedade do Universo. Isto traz a previsibilidade, padrão e a repetição que vê nos maiores e menores fenômenos.

"O maior é igual ao menor" — pensei. "O que está em cima é como o que está embaixo."

— O desafio daqui em diante é saber o que cada número primo representa e como ele opera.

— Então nunca tem fim? — perguntei. — Já que cada número primo está associado a uma lei do Universo e os números primos são infinitos, nunca conhecerei todas as leis do Universo? Nunca terminarei de aprender?

— Não, Martin. O Universo não é infinito apenas em tamanho e diversidade, mas também em suas leis.

Talvez eu devesse ficar chateado com a notícia, mas não fiquei. Saber que nunca nenhum homem teria o conhecimento total sobre o Universo me trouxe tranquilidade. Não conseguiria ver Curtiss sabendo de tudo. Isso significava que a beleza do Universo poderia ser explorada para sempre.

— Decepcionado, Martin? — perguntou Hassan.

— De maneira alguma, Mestre! Me trouxe paz saber que o Universo é infinito em tudo e que jamais o terei em minhas mãos.

— Sentiu-se assim porque tem um bom coração, Martin. Se seu coração fosse viciado, estaria pensando em como conseguir se beneficiar da Lei do Absoluto ao invés de usá-la para o bem. Mas, sobre isso, temos notícias para animá-lo, pois quanto menor o número primo, iniciando com o dois, mais abundante e influente no Universo. Quanto maior, menos influente e mais raro.

∴

Ouvi quatro batidas de malhete.

— Atenção, Martin! Agora lhe será apresentado o quarto mistério do absoluto, a Geometria.

— O absoluto se aplica a tudo, inclusive nas sete ciências liberais da antiguidade. Uma delas é a Geometria. Para representar o absoluto, utilizamos o círculo. Assim como o absoluto, o círculo só tem uma dimensão que é seu raio. Pode também ser considerado um polígono com infinitas faces pois cada um dos pontos de sua circunferência é uma de suas faces. O absoluto é potencial de se tornar qualquer coisa no Universo, assim como o círculo pode ser dividido em quaisquer quantidades de partes, ângulos, eixos etc. Um círculo com um ponto dentro representa o absoluto decomposto em dois. Com um triângulo o representa decomposto em três. Um pentágono ou um pentagrama o representa sendo decomposto em cinco e assim sucessivamente.

Representação do absoluto

— Quando olhar qualquer símbolo daqui em diante — disse Hassan —, deverá buscar nele quais são suas matrizes geométricas. Como por exemplo, no Olho-Que-Tudo-Vê que está sobre meu trono, composto por um triângulo e um olho. Este olho na verdade é um círculo com um ponto, sendo que este ponto foi novamente quebrado em outro círculo com um ponto dentro. Então temos a expressão {(2x2) x 3}, que representa o Universo manifestado e os Dois Criadores, o Maior e o Demiurgo, que nos ajudam quando solicitamos. Chamamos isso de Providência Divina. Entenderá melhor quando souber o que significa cada número.

O Olho-Que-Tudo-Vê

Dois Criadores? Solicitar ajuda? Mas que tipo de conhecimento era aquele? Tudo era envolto em símbolos e conceitos simples e comuns, mas ao mesmo tempo representava algo transcendental.

∴

Ouvi cinco batidas de malhete.
— Atenção, Martin! Agora lhe será apresentado o quinto mistério do absoluto, a Sistemática.
— O absoluto só se desdobra ao Universo quando é quebrado, ou seja, quando deixa de ser uma unidade. Porém a unidade não deixa de existir, ela apenas existe de uma maneira diferente. A unidade do Universo se chama sistema. Um sistema é uma unidade feita de relacionamentos. A unidade só existe no Universo pelos outros números, através de seus relacionamentos. Estes relacionamentos fazem o sistema existir, o mantém agrupado, o faz perceptível, integrável com outros sistemas e às vezes até o torna tangível. O sistema é o conjunto, e o antissistema são os relacionamentos que o sustenta. Todo sistema tem um propósito que só pode ser atingido quando suas partes agem em conjunto. O sistema é o propósito. O antissistema são as partes e suas ações.

Sim, um sistema era uma unidade abstrata e fictícia, organizada e controlada pelos seus relacionamentos. Se esse conhecimento fosse verdadeiro, significava que não existe a antimatéria, pelo menos não do jeito que imaginava. A matéria, o átomo, era o anti-absoluto, e a antimatéria era nada menos que os componentes da matéria, como os prótons, nêutrons, elétrons etc. Me lembrei do mistério anterior, onde foram mencionados Dois Criadores, porém um dentro do outro. Isso significaria algum tipo de contradição entre um Criador e outro? Um sendo um o "anti" ou manifestação do outro?

∴

Ouvi seis batidas de malhete.
— Atenção, Martin! Agora lhe será apresentado o sexto mistério do absoluto, a Síntese.
— O que existe no absoluto antes e depois de uma decomposição é exatamente o mesmo, o que muda é sua forma. Assim, se depois de quebrado somarmos todas as partes e os relacionamentos entre elas, teremos a mesma coisa, porém em estados opostos. Por isso, a Síntese de um sistema, com suas partes e relacionamentos equivale ao absoluto não decomposto.
Nada se cria, nada se perde, apenas se transforma. Assim era também o absoluto. O Universo ainda era uma grande unidade de absoluto, o que mudou foi sua forma. De dentro dele mesmo foram soprados todos os relacionamentos, mas o total ainda era o mesmo. Por isso o Mestre disse que tudo o que existe já foi imaginado antes pelo absoluto, porque na verdade tudo já estava lá antes, só que ainda não estava desdobrado em forma de relacionamentos. Tudo existia dentro do absoluto, tudo estava contido nele. Tudo já nasce equilibrado dentro de uma unidade maior. Tudo está contido dentro de uma verdade maior.

∴

Ouvi mais uma batida de malhete.
— Tudo o que viu até aqui é parte da lei do número UM, que explica como o absoluto se desdobra infinitamente em relacionamentos de maneira ordenada e estruturada sem perder a continuidade. Cada decomposição do absoluto gera novas unidades, novos "um", que são também absoluto, com as mesmas capacidades das unidades maiores.
— A lei da "unidade" é a maior de todas as leis, pois essa é a Lei do Absoluto. Através do absoluto tudo se mantém uno! Nada se divide, mas sim se organiza internamente possibilitando que o relativo se faça equilibrado contido dentro do absoluto.
— Você conhece agora os seis mistérios do absoluto, sendo os três

primeiros relativos ao seu processo de desdobramento, e os três seguintes relativos à sua percepção. Ou seja, três são ativos, e três são passivos. Como sabe agora, a Geometria é uma das maneiras de guardar os segredos através de símbolos. Para representar os seis mistérios do absoluto, usamos o "Selo de Salomão", já que foi este Grão-Mestre do Passado que os organizou desta forma. Este símbolo é formado por dois triângulos entrelaçados, representando os três aspectos ativos e os três aspectos passivos dos mistérios do absoluto.

Os seis princípios do absoluto

Durante alguns minutos de silêncio, ainda vendado, meditei sobre como tudo aquilo era surreal. Podia ver em minha mente o que os Guardiões me explicavam. Tudo parecia tão lógico, estruturado, mas ao mesmo tempo absurdo e inimaginável! Como tudo aquilo escapara à humanidade por tanto tempo? Que ciência oculta era aquela que os Guardiões desenvolveram? Onde aquilo iria parar? Qual a porta que aquele conhecimento poderia abrir? E o mais chocante de tudo: se não era apenas a Lei do Absoluto que a Sociedade de Salomão sabia, o que mais ela sabia?

— Daqui em diante precisará estudar cada um dos números primos para entender sua lei e propósito correspondentes. Assim, a cada número desvendado, entenderá mais uma face dos fenômenos do Universo. O dois é o mais abrangente e influente, pois decompõe o absoluto em partes maiores e gera o relacionamento mais forte. Com o três, entenderá os fenômenos com mais granularidade, e assim sucessivamente rumo ao infinito.

∴

Nova pausa. Novo silêncio absoluto.
Uma música dramática tocou ao fundo, me fazendo ficar em alerta.
— Deseja continuar até o conhecimento do que acontece com o absoluto quando ele é decomposto em dois, Martin? Deseja conhecer os segredos deste número? — perguntou Hassan.
— Sim, Mestre. Com certeza quero continuar! — respondi. Realmente não havia a menor possibilidade de eu não querer continuar.
— Já que essa é a vontade do profano, que lhes sejam revelados os mistérios dos demais números primos. Que o profano conheça A Lei Prima do Universo!
A música dramática foi substituída por uma tenebrosa. Após alguns segundos, Hassan retomou a cerimônia.
— Pois se é essa a sua vontade — disse Hassan —, não responderei pelo que pode lhe acontecer daqui em diante. No dois, estará de um lado ou de outro da verdade, e por isso não a conseguirá vê-la por completo. Passará pelo caminho das trevas, da dúvida e do medo. Viverá a lei do oculto. Caso se perca dentro dela não poderá sair sozinho. Porém, dotado de sua inteligência, sabedoria e força acreditamos que tem chances de passar.
Ouvi duas badaladas de sino.
O volume da música tenebrosa subiu ao extremo. Fui arrancado bruscamente do chão e segurado pelos braços e pernas pelos Guardiões, que correram me levando para fora do local com hostilidade, enquanto Hassan dizia em tom alto e forte:
— Que seja revelado o segredo do número dois!
A paz que eu sentia em meio aos Guardiões acabou ali.

CAPÍTULO 44

Carregaram-me escada abaixo. Fui deixado sentado no chão, sozinho e trancado. Eu me levantei tateando as paredes e percebi que estava numa sala pequena, menor que a anterior, também de paredes de pedra, mas sem objeto algum com exceção de um ventilador em algum lugar no teto que girava de forma monótona. Tirei minha venda, porém não fez diferença. Estava absolutamente escuro. Consegui encontrar a porta. Mantive meus ouvidos colados nela por alguns minutos, mas não consegui ouvir nada. Desisti e me sentei no chão.

    Depois de alguns minutos no mais absoluto silêncio e escuridão, minha mente começou a vagar no drama da solidão. Sabia que aquilo era algum tipo de encenação. Ser abandonado aos meus pensamentos fazia parte do ensinamento. Porém, depois de algumas horas vendado ouvindo os diálogos dos Guardiões varando a madrugada, eu estava exausto e meus pensamentos totalmente ocupados por conceitos abstratos. E agora, sozinho no escuro, os pensamentos viajam sem controle. Toquei a loucura. Talvez a tenha vivido. Meus pensamentos ganhavam formas que pareciam tão reais que vivi uma realidade imaginária. A pedra bruta ganhou um tamanho tão absurdo que seria impossível de se medir. Senti-me não apenas dentro dela, mas parte dela. Eu era parte de uma massa de pedra que preenchia tudo, que era tão rígida que não podia se mover. Senti-me absorvido pelo chão daquele cubículo, como se o peso do meu corpo, pernas e braços fossem intransponíveis. Eu não tinha forças para mover um único músculo. Tentei me mexer, mas não consegui. Acho que tive algum tipo de paralisia. Só minha mente era livre naquela dimensão. Vagava pelo vazio, numa dimensão onde não era possível distinguir nada. Por mais que minha mente se deslocasse, estava no mesmo lugar, pois para onde ela se movia o vazio era sempre igual ao vazio anterior. Não havia dia nem noite. Não havia luz nem escuridão. Simplesmente não havia nada. O terror, o medo e o desespero tomaram conta de minha alma. Não conseguia nem chorar. Eu estava completamente anulado. Por quanto tempo fiquei assim, não consigo dizer. Acho que adormeci e acordei algumas vezes. Não sei ao certo o que foi vivido, sonho ou alucinação.

    — Martin! — alguém abriu a porta.

    No mesmo instante, toda aquela sensação de vazio deu lugar a um ponto de vida vindo da voz. Já não estava mais sozinho. Toda minha atenção foi polarizada para aquela voz, fazendo meu espírito deixar o vazio para trás.

    — Confia! — disse a voz, fechando novamente a porta.

    Levantei-me do chão encharcado de suor. Sentei-me e comecei a controlar a respiração. Alguém trouxe um copo de água e a colocou em minhas mãos no escuro absoluto. Bebi com esforço. A água cortava minha garganta seca. O Guardião me puxou pelas mãos, me colocou de pé novamente, encaixou a venda bem apertada e me guiou para fora do cômodo. Subimos as escadas devagar e entramos no salão novamente.

    Fui colocado sentado na mesma cadeira de antes. Ainda suava frio e sentia enjoos, mas foram melhorando à medida em que o ar fresco chegava aos meus pulmões. Os Guardiões aguardaram até que eu me sentisse melhor.

— Martin, o que sentiu trancado naquele cubículo escuro? — perguntou Hassan.

— O nada. O vazio. A solidão — respondi ainda com dificuldade de organizar meus pensamentos.

— Em algum momento — retomou o Mestre — perdeu a noção se realmente existia?

— Sim, Mestre. Me confundi com o vazio — respondi.

— Isso porque viveu os dois estados do absoluto.

Ouvi duas batidas de malhete. Hassan retomou o diálogo teatral da iniciação:

— O propósito da decomposição do absoluto em dois é a EXISTÊNCIA. É simplesmente existir, sem ocupar uma dimensão física, tampouco uma posição no tempo ou no espaço. Esse existir é no não-tempo e no não-espaço. As coisas passam a existir em um estado etéreo, pois para que tomem forma física ou outras características materiais, como um lugar no tempo ou no espaço, ainda precisam ser decompostas por outros números primos. Já o existir no absoluto é onipresente e eterno.

Para mim, o "existir" e o "não existir" sempre estiveram diretamente ligados a ver as coisas interagindo com o mundo físico, mesmo que em forma de alguma energia. Uma dimensão binária, abstrata e etérea onde as coisas existem ou não existem era uma novidade. Isso poderia começar a explicar muita coisa. Poderia ser a explicação para a energia que está em tudo, mas não pode ser tocada, quem sabe a explicação para fenômenos quânticos que aparecem e desaparecem, subpartículas do átomo que aparecem do nada e até uma conexão com o mundo espiritual.

— Quando o absoluto é quebrado em dois, um relacionamento passa a existir e então nasce para o Universo como se viesse "do nada". O absoluto se quebra em um par ATIVO-PASSIVO, e o relacionamento que nasce desta quebra é o mais fundamental e poderoso do Universo: a ATRAÇÃO.

Eu havia aprendido na escola que os opostos se atraem. Aqui, o que me diziam era que os opostos eram partes de uma mesma coisa, e a atração era o efeito colateral desta quebra, que mantinha o par ainda unido. As coisas se encaixavam perfeitamente, mas o que a Lei do Absoluto dizia era que o caminho era o contrário, que as coisas se atraem porque originalmente eram uma unidade. Na verdade, não era exatamente uma "quebra", como um tijolo que é quebrado ao meio e como resultado gera duas metades que são iguais. Era uma quebra profunda, qualitativa, uma "decomposição" de qualidades, e não uma quebra de quantidades.

— A atração é fruto da dependência existencial entre o par ativo-passivo. Ativo e passivo dependem mutuamente para existir. Não é possível extinguir um sem extinguir o outro, assim como não é possível separá-los. A atração, seja ela de qual tipo for, é efeito colateral desta dependência que eles têm entre si para existir. Tudo na natureza é o elemento ativo ou passivo de um par. A matéria é o ativo vagando no espaço passivo. O ativo é quem executa, age e atrai, enquanto o passivo é quem permite, sustenta e fornece. O passivo é positivo e curvo, já o ativo é negativo e reto. O passivo é a onda, o ativo a partícula. O passivo é o núcleo do átomo e dos sistemas estelares, já o elemento que orbita é ativo. Tudo o que existe no Universo é feito de atração.

— Ativo e passivo são unidades de absoluto e por isso podem ser novamente decompostos, criando não só a variedade de elementos que vê no Universo, o que inclui a matéria, mas principalmente novas relações de atração encadeadas umas dentro das outras, criando assim uma MALHA DE ATRAÇÃO que permeia e sustenta tudo a partir de onde nossa percepção não consegue penetrar. Esta dimensão oculta e dual de atração. Há uma malha oculta de atração que permeia o Universo, uma dimensão intangível que dá fundo à realidade, uma malha imponderável que impulsiona e rege o movimento, que tem o potencial de energia de todo o Universo e que cria, sustenta e extingue todos os fenômenos. Tudo o que existe, seja físico ou não, existe antes na dimensão da dualidade existencial e da atração.

Uma malha por detrás de todo o Universo? Uma dimensão anterior à dimensão física feita de atração, que mantinha tudo unido por detrás da realidade? Efeito colateral da simples existência das coisas? Tinha visto na ciência algumas coisas parecidas com essa, como o tecido espaço-tempo. Me lembrava também das supercordas, onde um fio desta malha poderia vibrar e fazer vibrar todo o resto. Mas ninguém imaginava que esta malha era feita de atração. Muito menos que era efeito colateral da relação entre ativo e passivo do absoluto. Com certeza, eu tinha muito para estudar quando voltasse para a América.

— Na dimensão polarizada da existência, tudo é antagônico e dual. Nada é estável nem completo, pois sempre que se vê um lado da verdade o outro lado fica oculto. Por isso, profano, está vendado e vivendo com seus pensamentos em uma dimensão em que tudo é perigoso e fatal, pois na dimensão de pensamentos onde está agora é muito fácil cair na vertigem da meia-verdade ou da dúvida. Somente assim, submetido a tais condições, pode experimentar o oculto.

Os Guardiões me colocaram de pé novamente e retiraram a cadeira.

— Agora vendado, está privado de sua percepção visual para que tenha sua mente presa à uma realidade abstrata bidimensional anterior à realidade física.

— Feche os olhos — ordenou um Guardião às minhas costas.

— Olhe para o chão — disse outro Guardião enquanto desatava os nós de minha venda e movia minha cabeça para baixo.

A venda foi levemente tirada de meus olhos. Meu olhar estava cravado no piso. A luz era muito fraca e iluminava apenas o pavimento, que era xadrez. Eu não via nada além do chão.

— Neste momento — disse Hassan — está sobre um pavimento mosaico, como um tabuleiro de xadrez, um piso feito de quadrados alternados pretos e brancos. Este piso representa a dualidade de ativo e passivo que sustenta o Universo a partir do oculto, gerando a atração que é sua manifestação. Assim como está em pé sobre este piso, o Universo físico e manifestado também se ergue e é sustentado por esta malha oculta de ativo e passivo, que mantém tudo uno e indiviso através da atração que é representada pelo cimento que une cada piso do pavimento. Nada no Universo se ergue sobre outra coisa senão sobre a atração.

Aquele lugar obscuro em algum lugar no meio de Israel começou a tomar forma em minha imaginação. Em minha mente, vi o pavimento mosaico se estendendo infinitamente em todas as direções. Se eu pulasse, poderia fazer a malha gerar uma onda que ecoaria por todo o infinito.

— Tudo no Universo está em movimento, e todo este movimento é causado pela dinâmica de ir e vir, de criar e extinguir, de polarizar e despolarizar de ativo e passivo que impulsionam a atração. Um corpo que se movimenta pelo espaço, o espaço e o tempo que se expandem, uma onda que oscila, uma ideia que aparece e desaparece de sua mente, o futuro que se desdobra em presente e o presente que se dobra em passado, a vibração, o indivíduo que se descola do coletivo, tudo é feito através desta dimensão oculta que é movimento o tempo todo, e por isso instável, perigosa, virtuosa e poderosa. Ao dominá-la, ao entender o profundo significado que representa este pavimento mosaico, terá controle sobre tudo, não só em sua vida, mas também sobre tudo que está ao seu redor.

— Quando estava trancado na sala minúscula, alternando entre a sensação de existir e não existir, e o Guardião lhe disse "confia", o que viu?

— Que não era tudo vazio.

— O que sentiu em seu coração?

— Que não estava sozinho.

— Passou por este exercício para viver a dualidade e a dúvida. Um Guardião não deve temer a dúvida. Ele deve fazer da dúvida uma ferramenta para alternar sua visão dentro da ambiguidade de tudo o que existe. Não existem moedas com apenas um lado. É necessário que, a partir de agora, tenha atenção especial nas dualidades das coisas, na dualidade dos gêneros, nas polarizações de ideias e de fatos, pois, isolados, nunca são uma verdade completa. Sua atenção deve ser principalmente sobre as relações de atração e nos movimentos, pois por detrás deles há sempre um propósito, há lados incompletos que se dependem para existir.

Ouvi duas batidas de malhete.

— Está encerrada a instrução do número dois — disse o Mestre.

Fez-se silêncio por alguns minutos enquanto eu olhava para aquele pavimento mosaico.

Ouvi três badaladas de sino.

— Que horas são, Guardião do Oriente? — perguntou Hassan.

— Meio-dia em ponto, Mestre!

— Pois que é dado o horário, que seja dada a instrução do número TRÊS.

Uma música suave, clássica, com sons de pássaros e água fluindo começou a tocar. Um vento fresco começou a soprar. Comecei a me sentir melhor. Voltei a perceber que o mundo fora de mim ainda existia, e era bom. Os Guardiões se aproximaram e, um a um, me passaram mensagens de conforto. O calor de suas mãos sobre meus ombros fez reaparecer minha esperança. Eu não estava mais sozinho. A vertigem e a solidão foram embora. Novamente me senti parte deles.

A música suave foi substituída por uma outra apoteótica.

Algo estava prestes a acontecer.

Trombetas e tambores ecoaram fortes pelo salão.

Podia sentir o calor subir pelas minhas veias.

Um coral quase angelical tomou conta da música.

Senti-me entre os deuses.

— Que se faça a luz! — proclamou Hassan em voz alta, vibrante e com todo o vigor que conseguiu tirar de seus pulmões.

— Viva! Viva! Viva! — aclamaram os Guardiões.

— Que a luz seja dada ao iniciado!

E as luzes do salão foram acesas.

CAPÍTULO 45

A luz feriu meus olhos. Consegui abri-los aos poucos. Comecei a identificar as coisas ao redor. Se alguém me dissesse que enquanto estava vendado havia sido levado para outro planeta, eu acreditaria.

Era um templo retangular com teto alto, como o de uma igreja. O chão era quadriculado preto e branco, brilhante e liso com um espelho. À minha frente estava o trono do Mestre Hassan, com o Olho-Que-Tudo-Vê gravado em sua cumieira, de onde o Mestre comandava a sessão vestido com uma roupa negra e um chapéu também negro com uma pena branca de lado. Todos os Guardiões vestiam capas negras com diversos símbolos prateados, além de portar uma espada cada um. Eles estavam meticulosamente espalhados pelo templo como se precisassem ocupar todos os setores. No chão à minha esquerda estava a pedra bruta, uma rocha branca típica da região. À minha direita uma pedra perfeitamente polida, brilhante e quadrada, do mesmo material branco da pedra bruta. O templo era sustentado por doze colunas descomunais, cada uma gravada com um símbolo do zodíaco. Nas paredes havia centenas, talvez milhares, de símbolos que não compreendia. Reconhecia apenas uma representação do Teorema de Pitágoras e uma Espiral de Fibonacci. Às minhas costas estava a porta do Templo, uma porta de madeira de uns cinco metros de altura que se abria ao meio, com um desenho entalhado na porta semelhante a uma estrela com um triângulo no meio. Ao se cruzar a porta de madeira e entrar no Templo, passava-se no meio de duas colunas de bronze que tinham a mesma altura da porta. Uma das colunas tinha uma romã aberta no topo e a outra um globo terrestre. Logo às minhas costas havia um altar coberto por um pano branco com um prisma e uma vela acesa. A luz da vela passava pelo prisma e formava um fraco arco-íris sobre o altar. Mas o mais deslumbrante era o que estava sobre minha cabeça. O teto era uma magnífica representação do céu. Sobre o trono do Mestre estava a abóbada do dia, com o Sol brilhando e criando um céu azul claro. O teto ia se escurecendo em direção ao fundo do Templo até que ficasse completamente negro. Exatamente no centro do templo era feita a transição do dia para a noite, com uma estrela de cinco pontas com um "G" no meio que ficava pendurada servindo também como lustre. Mais ao fundo apareciam a Lua, os planetas do sistema solar com suas luas e diversas constelações. O último astro era uma rocha semelhante a um asteroide.

— Viva! Viva! Viva! — aclamaram os Guardiões novamente.

Um deles me vestiu com a capa negra dos Guardiões da Estrela, bordada com um único símbolo prateado. Um círculo com um ponto dentro. De imediato entendi que aquele símbolo representava a instrução que acabara de receber. Enquanto a minha capa tinha um único símbolo, a do Mestre era quase que prateada por inteiro. Seria difícil encontrar um local para inscrever um novo símbolo, caso fosse possível ensinar algo ao Mestre.

— Temos um novo Guardião da Estrela! Martin Jr. — proclamou um Guardião —, afilhado de Hassan, amigo de Sayid, filho de Martin e irmão de todos nós.

— Sendo assim, declaro Martin um Guardião da Estrela da América! — disse Hassan.

— Viva! Viva! Viva! — aclamaram os Guardiões pela terceira e última vez, fazendo o sinal secreto de reconhecimento mútuo.

Era tocante que eu, um ser tão pequeno, dotado de um único conhecimento, diante daqueles Guardiões que dominavam segredos ancestrais, fosse considerado um deles. Todos estavam ali por mim, para fazer da minha entrada naquele grupo uma experiência marcante pelo resto da minha existência. Eles não economizaram energia e esforço para receber o menor entre eles.

— Martin, você foi acolhido como um dos Guardiões da Estrela.

Daqui em diante poderá se considerar como um de nós. Porém, isso não é uma honraria para ser usada ou proferida no mundo profano, mas sim um reconhecimento dos próprios Guardiões. Não é este título, nem a iniciação que teve aqui neste Sagrado Templo, menos ainda o conhecimento que tem acesso, que lhe dá o direito de se considerar um de nós. O que lhe torna um Guardião da Estrela é ser reconhecido como tal pelos outros Guardiões, e nada mais. Se algum dia faltar com as suas virtudes ou ferir seus juramentos, e com isso os outros Guardiões não lhe considerarem mais digno de ser reconhecido como tal, não será mais um Guardião. Ainda assim estará obrigado a guardar segredo sobre tudo o que aprendeu aqui.

— Sabe onde está, Martin? — perguntou Philip.

— No Templo dos Guardiões da Estrela?! — afirmei com dúvida.

— Sim, Guardião da América. Mas não é apenas isso. Este é o Templo de Salomão, o original, construído para Salomão pelo Mestre Hiram, o qual mantemos protegido e em segredo há milhares de anos. Neste local em que se encontra iniciamos milhares de Guardiões da Estrela que, como você, tiveram acesso à Lei do Absoluto e não só a guardaram e evoluíram o conhecimento, mas também mantiveram este Templo protegido e intacto, com suas próprias vidas, por milhares de anos. Este é o compromisso que temos de você. A honra de saber guardar o segredo.

— Guardião, o que viveu no Templo até o momento não foi em vão. Para que assimile o conhecimento, palavras não bastam. Por isso foi submetido a experiências que não afetaram somente sua percepção física, mas também permearam todo o seu ser emocional, psicológico e espiritual. O que experimentou aqui, jamais esquecerá. Quando sua memória falhar e se esquecer de algo que ouviu aqui, algum de seus outros sentidos te socorrerá.

— Agora que lhe foi retirada a venda e lhe dada a luz da verdade, agora que repousou sua mente e corpo em uma realidade estável, é necessário que descanse e reencontre o seu equilíbrio. É o Guardião mais novo entre nós, e assim deve ser o que tem mais energia. A partir de hoje, até que seja iniciado um outro Guardião, você é a representação do sangue que pulsa em nossa Sociedade e assim será a maior energia que temos, aquele que deve nos desafiar a romper as barreiras.

Ouvi uma batida de malhete. Hassan declarou a cerimônia encerrada.

Foram me devolvidos as meias e os sapatos. Os Guardiões vieram, um a um, se apresentar, me abraçar e dar boas-vindas pelo ingresso na fraternidade. O último a se aproximar foi Hassan. Chegou devagar, um pouco sem jeito, e então me abraçou forte, por longos segundos e, com os olhos embargados em lágrimas, disse:

— Imaginava que te iniciar seria uma honra a seu pai. Mas o que senti foi muito mais do que isso. Senti o mesmo do que quando iniciei

Sayid. Agora tenho você também como meu filho, ao menos aqui — e apontou para seu coração.

Saí do saguão e fui levado à uma sala com mesas e bancos longos, feitos para banquetes, onde pude me alimentar e me distrair um pouco. Água, café, leite, suco, pão, lentilhas, bolos, nozes, chocolate e refrigerante eram suficientes para alimentar todos por alguns dias, se necessário.

As conversas foram bem amistosas e agradáveis, como se nada tivesse acontecido dentro do Templo. Philip falou sobre a maçonaria, da qual fazia parte na Inglaterra, e sobre as intermináveis horas de conversa que teve com meu pai. "Visitei a Loja de seu pai em Nova York, e ele visitou a minha em Londres" — disse. O japonês se colocou à disposição para ajudar a estudar a aplicação da Lei do Absoluto na matéria. Ele era pesquisador da Universidade de Física de Tóquio e fazia alguns projetos para o governo. O chinês disse orgulhoso que o conhecimento dos Guardiões deu origem a várias outras instituições, no oriente e ocidente. O brasileiro estava trabalhando nos cultos religiosos que estavam começando a se desenvolver por lá que, mesmo que ainda veladamente, carregavam todos os preceitos da Lei do Absoluto.

O que eu ouvi foi que a Sociedade de Salomão foi mudando ao longo do tempo, se adaptando às transformações das eras e à evolução da sociedade. Viveram épocas em que eram venerados, e outras onde precisavam se reunir em segredo para manter vivo não só o conhecimento, mas também a si mesmos. Eram uma influência muito forte no mundo, embora em pequeno número e completamente desconhecidos. Era um trabalho árduo e silencioso de eremitas. Por isso era necessário escolher os integrantes com extremo cuidado. Cada um dos Guardiões era um polo de conhecimento, e por isso ficavam espalhados pelo mundo para que, em alguma fatalidade, pudessem manter o conhecimento.

Naquele ágape fraternal, Hassan foi quem mais me surpreendeu. O semblante pesado que carregava desde a morte de Sayid desapareceu por completo. Ele se energizou no Templo. O Mestre devorava a comida gargalhando, contando piadas para quem estivesse ao seu lado. Hassan via a si mesmo em cada um dos Guardiões. Ser Guardião era parte de sua alma, de sua essência. Ele respirava os Guardiões e demonstrava isso em cada um de seus atos. Sua personalidade séria, mas ao mesmo tempo bem-humorada, agora fazia sentido para mim. Ele era o líder de uma fraternidade que vivia para defender um grande segredo, mas ao mesmo tempo não carregava o peso dos olhos do mundo sobre ele. Só seus próprios olhos eram o seu juiz, o juiz mais implacável de todos.

∴

Fui levado até um cômodo com alguns beliches. Dormi profundamente por algumas horas. Outros guardiões fizeram o mesmo. Sonhei com tantas coisas que parecia que um fluxo de informações foi descarregado em minha mente. Vi, mais de uma vez, uma parede de luzes multicoloridas se condensar e fluir para minha mente. Por último, ouvi a voz de Hassan me chamando. Acordei sem me lembrar quem eu era ou onde estava. Quando tomei consciência, o Mestre estava à minha frente, sorrindo.

— É hora de retomarmos, Martin. Precisa de mais uma instrução. A do número três. O ideal seria terminarmos antes que o Sol se ponha.

∴

Com todos, incluindo a mim, já devidamente vestidos com suas capas negras e portando suas espadas, nos postamos solenemente diante da porta do Templo fechada. O Grão-Mestre Hassan deu o comando secreto e a porta foi aberta. Os Guardiões entraram em silêncio e com calma foram ocupando seus lugares. Eu fui conduzido à uma cadeira do lado Norte do salão, dedicada aos novos Guardiões, de onde, simbolicamente, pode-se observar a luz do Sol que faz sua trajetória sobre o equador.

— Retomemos — Hassan ordenou tranquilamente batendo o malhete três vezes. — Guardião do Oriente, continue com a instrução ao nosso novo Guardião da Estrela.

CAPÍTULO 46

Dessa vez eu estava no Templo em uma condição muito diferente da anterior. Agora eu era um Guardião da Estrela, estava confortavelmente sentado, com os olhos bem abertos, de mente e corpo descansados e atento a tudo o que poderia acontecer. Me sentia em paz e equilibrado. Meus olhos começaram a varrer o mar de símbolos incompreensíveis. Muitos deles estavam alinhados entre si, como se tentassem orientar o fluxo de algum tipo de energia para cumprir algum propósito que eu desconhecia. O Mestre trouxe minha atenção de volta ao ritual:

— Martin, o que neste Templo é diferente de quando esteve aqui quando foi instruído sobre o número dois?

— Agora tudo é diferente, Mestre. É diferente porque eu o vejo. Vejo muitos símbolos que ainda não entendo, mas eu os vejo.

— Pois é exatamente isso o que acontece quando o absoluto se desdobra em três partes. Nada mudou no Templo. Ele está como sempre foi. A única diferença é que agora você pode vê-lo. Foi isso que simbolicamente aconteceu quando arrancamos sua venda e eu disse: "Que se faça a luz!" Tudo já estava ao seu redor, tudo já estava criado, porém você não podia ver. O Templo já existia. Você já o vivia e o sentia, mas quando lhe arrancamos a venda, você ganhou uma nova maneira de percebê-lo. Uma maneira trina, uma maneira tridimensional.

— Os símbolos que estão à altura de seus olhos, ou seja, os que estão entre o chão e o teto, representam uma série de conhecimentos que temos, mas não são o conhecimento em si. Assim também é a percepção da realidade. Ela é apenas nossa percepção, mas pouco tem a ver com o que realmente existe. O que existe são relacionamentos combinados. Nossa percepção vê apenas o resultado dessa combinação sem imaginar a real origem de tudo. Nossa percepção sempre aglutina tudo em três fases e percebe o relacionamento entre elas. Mas no fundo, nada é tridimensional.

— O propósito da decomposição em três é a criação da REALIDADE e o relacionamento gerado é a PERCEPÇÃO. A realidade é a percepção das coisas, sem nada dela modificar. São os óculos que usamos para ver qualquer coisa no Universo. Nada mais do que isso. Este é o grande antagonismo da percepção. É com ela que vemos e entendemos tudo, mas nada é como percebemos. O espaço não é tridimensional, nem o tempo é feito de presente, passado e futuro, a matéria não é feita de massa, tamanho e tempo, mas é assim que percebemos as coisas, sempre sintetizados em grupos de três.

Então, se eu entendia certo o que o Mestre dizia, minha percepção tridimensional da realidade era só isso: minha percepção. Mas nada de "tri" tinha no espaço ou em qualquer outra coisa. Poderia haver infinitas dimensões, cada uma delas dotada de um tipo específico de relacionamento associada a um número primo, mas eu sempre as via agrupadas em três. Comecei a pensar quais tipos de atalho poderíamos pegar no espaço se conhecêssemos estas outras dimensões. Um pensamento estranho me passou pela cabeça. E se a Sociedade conhecia isso? E se esses eram seus outros segredos? Para que serviam todos aqueles símbolos alinhados dentro do Templo?

— A percepção, seja ela física ou mental, seja ela no Universo material que nos rodeia ou nos pensamentos que se manifestam em nossa mente, seja ela feita com os olhos biológicos ou com os olhos da mente, só é possível quando o absoluto se quebra em três, construindo assim uma realidade pela relação entre estas três partes. Estas três fases possuem sempre as mesmas propriedades, mas recebem vários nomes dependendo de onde as vemos. Tudo tem "ESPAÇO, MOVIMENTO e OBJETO". No Universo físico, onde está mais acostumado, estas três fases são chamadas de "espaço, tempo e matéria". No cristianismo chamam de "Pai, Espírito Santo e Filho". No esoterismo chamamos de "lei, derivação e manifestação". No espírito são "pensamento, vontade e ação". No pensamento temos "conceito, julgamento e fato". Na fenomenologia são "potencial, dinâmico e mecânico". Na física moderna, chama-se de "pano de fundo, onda e partícula". No tempo, temos o espaço para onde ele pode se mover, que é o "futuro", temos o movimento das coisas que é o momento "presente" e o objeto, que é o que já tem forma, ou seja, o "passado".

— Cada ser vivo tem sua realidade, assim como cada pensamento tem a sua. O que muda de uma realidade para outra são apenas o tamanho da realidade que olha e os sentidos que usa para percebê-las. Com seus sentidos físicos, percebe uma realidade, porém com outros recursos, como os mentais, emocionais e espirituais, percebe outras.

— Mestre, isso significa que nossa dimensão física não é tridimensional? — perguntei querendo apenas confirmar o meu entendimento.

A resposta foi além do que pensei:

— A tridimensionalidade é fruto de como funciona a percepção da realidade, é apenas uma dentre as infinitas dimensões do Universo. As verdadeiras dimensões do Universo são as criadas pelas decomposições do absoluto em partes primas. Existe a dimensão da atração e da existência criadas pela decomposição do absoluto em dois, existe a dimensão da percepção e da realidade criadas pela decomposição do absoluto em três, e assim por diante rumo ao infinito. Existem infinitas dimensões paralelas, cada uma delas regida por um tipo de relacionamento diferente, e por isso cada uma delas tem um propósito diferente. O que se percebe na tridimensionalidade é um agrupamento trino da sobreposição entre todas infinitas as dimensões primas que existem.

O significado de quando dizem que só vemos a "casca" do que se passa no Universo é compreensível. Vemos o que nossos olhos conseguem ver. Por isso, a parte que ignoramos é, e sempre será, infinitamente maior do que a que conhecemos.

— Imagine agora a variedade de fenômenos e dinâmicas da natureza ignorados pelo homem? Se o que forma a realidade física não é físico, imagine o quanto acontece e não percebemos? Este Templo representa isso. Tudo o que vê nas paredes são símbolos da percepção, pois estão à altura de seus olhos. O que está no chão, refere-se ao número dois, pois é o que nos sustenta. Os outros números estão além do que se consegue ver agora.

Por mais que o Mestre falasse e explicasse a maneira de funcionamento do absoluto, eu sempre imaginava o absoluto como sendo Deus. Ao menos era assim que eu imaginava: Aquele que pode tudo e está em tudo. Para mim, tudo aquilo servia para provar que Deus existe e que Ele é maior e mais inteligente do que tudo o que conhecemos. Por fim, não resisti:

— Mestre, quando falamos de absoluto, falamos de Deus?

Hassan sorriu para os outros Guardiões. Pareceu que estavam esperando a pergunta.

— Isso pode chegar à conclusão por si só, Guardião — respondeu Hassan. — Não vamos lhe impor nem lhe induzir a tirar qualquer conclusão. Hoje estamos lhe explicando pragmaticamente como o absoluto funciona. Se isso é Deus ou se Deus é mais do que isso, cabe à sua fé e razão dizerem. Porém, atente-se que estamos lhe explicando como o absoluto funciona quando é desdobrado, mas não lhe dissemos até o momento o que causa seus desdobramentos, tampouco o que determina quando acontecem determinados tipos de desdobramento ou outros. Tudo ainda lhe foi ensinado superficialmente. Passará a vida meditando e estudando e mesmo assim não se aproximará do fim. O absoluto e sua Lei Prima se sustentam sobre paradoxos, e os paradoxos podem ser vistos de infinitas maneiras diferentes. Quem sabe, mais adiante, consiga tirar suas próprias conclusões. Todos somos livres para investigar a Verdade. Com o tempo e dedicação, desenvolverá entre nós outros sentidos que não os racionais, os quais os profanos chamam de sentidos espirituais ou intuitivos, os quais lhe abrirão as portas para outras realidades. Na Sociedade de Salomão aprenderá muito mais do que pode imaginar neste momento. Sua iniciação e o que nela aprende é apenas o início de uma longa escada que o levará não apenas ao conhecimento do absoluto, mas também ao controle sobre ele.

— Está encerrada a instrução do número três — disse Hassan batendo o malhete por três vezes. — Guardião da América, estão encerradas as instruções dentro deste Sagrado Templo.

O Mestre se levantou. Todos se levantaram imediatamente em seguida, fazendo o sinal secreto de reconhecimento enquanto observavam o Mestre descer do trono e caminhar até o centro do Templo. O Mestre parou em frente ao Delta Sagrado e executou o mesmo sinal. Os Guardiões desfizeram o sinal e sentaram-se enquanto o Mestre se dirigia até mim.

— Martin, antes de deixarmos este Sagrado Templo, lembramos que o que lhe foi ensinado aqui deve ser mantido vivo, porém em segredo. A Lei do Absoluto deve viver em seu coração e em sua mente. Ela deve se revelar em suas ações, não em suas palavras. Ao cruzar as portas do Templo, nas quais repousa o símbolo da Lei do Absoluto, deverá prometer deixar depositada aqui também qualquer intenção de a revelar sem que seja consenso dos Guardiões da Estrela.

Símbolo da Lei do Absoluto gravado do lado interno
da porta do Templo de Salomão

— Assim sempre foi, e assim sempre será! — disse Hassan encerrando a cerimônia magna que me tornou um Guardião da Estrela.

As portas foram abertas e sob uma música apoteótica abandonamos o Templo de Salomão.

∴

Naquela noite sonhei com várias coisas fora do comum. Um novo Universo de percepções se abriu em minha mente. Via como se o Templo de Salomão não tivesse paredes e se estendesse por todo o Universo. O céu era seu teto, sua origem era o próprio centro da Terra. Um piso quadriculado etéreo e semitransparente me sustentava no ar. O Sol nascia no Oriente, e no Ocidente a noite tinha um firmamento brilhante de estrelas. Ao Norte um eixo a partir do qual a Terra girava, e ao Sul a Estrela da Manhã brilhando. Vi minha família, minha casa em Nova Jersey, minha casa em Clearwater, meu quarto na faculdade e Curtiss, com aqueles terríveis olhos azuis espremidos sob suas sobrancelhas me fulminando. Também vi meu pai sorrindo, segurando uma espada flamejante, impedindo que Curtiss se aproximasse.

CAPÍTULO 47

Acordei no dia seguinte no pequeno quarto nos fundos da casa de Hassan sem saber ao certo por quantas horas dormi. O café da manhã ainda posto à mesa sobre uma toalha desenhada com romãs dava sinal que ainda não era muito tarde.

Com a mente ainda distante, depositada especificamente no piso quadriculado do Templo de Salomão, sentei-me e parti o pão. Era difícil agora ver a realidade do mesmo jeito que a via antes. Havia uma verdade oculta no Universo e eu, por alguma obra do destino, havia tido acesso a ela. Como todos viviam sem saber sobre aquilo? Era tudo tão grandioso e belo que por várias vezes temi não conseguir mais me conectar ao cotidiano que o breve futuro me reservava. O que eu faria agora com aquilo em minha mente? Conseguiria viver, para sempre, sem contar nada para ninguém? Ao mesmo tempo que um orgulho e satisfação tomaram conta de minha alma, também um receio de não conseguir me conectar totalmente à realidade me incomodava. Quando menos percebi, Aiyla estava sentada à minha frente, tentando ler meus pensamentos. Elas sempre sabem.

— Você voltou como todos os outros — disse Aiyla, desapontada.

— Oi, Aiyla. Você está bem? Bom dia!

— Sim, estou. Mas sobre você, não tenho certeza. Está com aquele mesmo olhar distante de todos os iniciados. Daria meus anéis para saber o que acontece com vocês que voltam assim, com cara de bobos. O que será que tem no final dos Túneis?

— Túneis? Que Túneis?

— Os Túneis que estão no Templo e que podem te levar para diversos "lugares distantes e maravilhosos". Não se faça de bobo. Eu já ouvi os Guardiões falando destes Túneis por aí.

Sorri encabulado, sem ter a mínima ideia do que responder. De fato, eu não sabia do que ela estava falando. Mesmo que soubesse, não poderia falar.

Aiyla esperou alguns segundos, mas não conseguiu parar de falar:

— Não pode falar o que aconteceu, não é?

— Não — respondi, sem opção. — Na verdade — continuei —, não sei muita coisa. Fiquei praticamente o tempo todo vendado, então não vi quase nada.

— Hum...Vendado? — disse Aiyla, torcendo os lábios de um lado para outro. — E aonde vocês foram? — continuou.

— Não sei onde era. Também fui levado vendado. Mas não deve ser longe daqui.

— Não pode me falar nada? Nadinha?

— Nada. Eu prometi.

Aiyla percebeu que as perguntas estavam me incomodando. Ela não conseguiria tirar mais nada de mim.

— Já sei o que vai dizer. "Não pode me falar para minha própria segurança", não é?

Fiz que sim, arqueando as sobrancelhas e sorrindo.

— Deve ser algum tipo de assombração. Ou uma mulher muito bonita. Tão linda que deixa todos vocês abobalhados — disse ela já indo vagarosamente em direção à fúria.

— Ah, sim! Era muito linda mesmo! A mais linda de todas as mulheres que já vi. Depois de você, e de Sarah... — interrompi a frase no meio.

— Quem é Sarah, Martin?

Fiquei vermelho. Estar no meio da verdade entre Sarah e Aiyla me tomou de vergonha. Engoli seco o pedaço de pão. Tentei tomar um gole de café para ajudar a comida a passar pela garganta, mas só consegui queimar a língua. Aiyla me ajudou me dando um copo de suco de laranja, mas sem perder o contato visual, esperando minha resposta. Passar por uma iniciação é tão impactante que, em alguns aspectos, é como nascer novamente. É como um trauma benéfico, uma experiência que reprograma suas respostas mentais e emocionais às coisas da vida. Quando igualei Sarah e Aiyla em meus pensamentos, percebi como estava sendo injusto com ambas, colocando-as em situações opostas sem que elas se dessem conta.

— Ninguém — respondi provavelmente olhando para o chão. E

este "ninguém" doeu em mim, no fundo do peito, mais do que a frase anterior. Menti para Aiyla e para Sarah. Sarah não era "uma ninguém" e Aiyla não merecia ser enganada.

Aiyla começou a tremer os lábios e as mãos, esperando a pior verdade do mundo. O coração dela havia percebido tudo antes que eu dissesse qualquer coisa. O coração, ainda mais o coração das mulheres, sabe de tudo. Sabe antes que a verdade chegue aos seus ouvidos ou aos seus olhos, que lacrimejaram. Mas ela me poupou de ver o horror de meu crime, levantou-se da mesa e partiu antes que eu a visse deixar escorrer a primeira lágrima.

O que deveria ter feito naquele momento era ter ligado para Sarah e dito que não me esperasse, porque eu mesmo não sabia o que queria. Mas Hassan novamente cruzou o meu caminho.

— Como se sente, Martin? — perguntou o Mestre, sentando-se na cadeira ainda quente com o calor de Aiyla.

— Para ser honesto, não sei explicar, Mestre. Estou cansado, confuso, e perdi um pouco a noção da realidade das coisas.

— Todos ficam assim, aéreos, por um tempo. Provavelmente ficará desse jeito por algumas semanas, refletindo sobre tudo o que viveu e aprendeu. A cerimônia é muito intensa, força seus sentidos a cruzar extremos dos quais nunca tinham passado antes. É normal que, ao mesmo tempo em que sua capacidade de percepção aumente, pelo mesmo motivo também se sinta deslocado do mundo real. Mas não se preocupe. Todos nós passamos por isso, e todos estamos bem.

— Foram mencionados outros números primos...

Hassan me interrompeu, fazendo um gesto para me manter em silêncio.

— Você quer dizer que ainda há mais mistérios para aprender, é isso? — perguntou o Mestre.

— Isso — respondi encabulado.

— Sim, há mais dois mistérios. Por isso é melhor que descanse, porque hoje à noite terá o próximo. Geralmente damos três dias entre a parte que aprendeu e a que vai aprender. Porém, sua iniciação é uma exceção. A Sociedade de Salomão está reunida aqui para a cerimônia de despedida de Sayid, e os Guardiões têm de voltar para suas casas e suas famílias o mais rápido possível. Então temos que encurtar o processo. Aliás, como está a sua família? O que eles disseram quando disse que viria atrás do que aconteceu com seu pai?

— Eles não sabem onde estou. Preferi não dizer. Deixei um recado dizendo que ia viajar, e que não deveriam se preocupar.

— Eu, como pai, se meu filho partisse e me deixasse um recado desses, isso sim, seria motivo de grande preocupação. Imaginaria se ele não tinha cometido um crime, ou se não estava envolvido em algum outro tipo de encrenca... ou talvez até envolvido com alguma sociedade secreta fazendo coisas proibidas — disse disparando uma gargalhada irônica deliciosa.

O Mestre se levantou da mesa, mas antes de partir, deu as instruções:

— Pegamos você no mesmo horário de anteontem. Pode usar suas roupas americanas.

CAPÍTULO 48

Conforme instruído pelo Mestre, às 22 horas eu estava pronto e aguardando no meu quarto. Philip apareceu na porta com um sorriso malicioso, uma cadeira em uma das mãos e alguns metros de corda na outra. Esticou a corda na minha frente, depois fez um "S" com ela, enrolou uma das pontas rapidamente e fez uma forca. Passou o laço apertado em volta do meu pescoço, puxando um pouco para cima, perto de minha nuca, e deu um chute leve em meus pés, simulando um enforcamento.

— Acho que está bem justinha — disse às minhas costas.

Entrei em pânico. Philip ficou em silêncio por alguns segundos, mas depois começou a rir.

— Calma, Martin. É brincadeira. Não precisamos de cordas. Pode ir para o carro — disse afrouxando e tirando a corda do meu pescoço.

Saí do quarto seguido por Philip enquanto um grupo de cinco Guardiões me esperava encostados no carro, gargalhando enquanto viam minha expressão de terror. Hassan também sorria, quase que não acreditando no trote de meus irmãos Guardiões.

Entrei no carro e Hassan, ao meu lado, tratou de esclarecer:

— Também não precisará de vendas.

O motorista seguiu para a estrada que levava até Tiberíades. Outro carro de Guardiões nos seguia. Em Tiberíades, pegou o sentido de Nazaré. Hassan percebeu para onde estávamos indo.

— Lá não! Não com Sayid — disse o Mestre tocando o ombro do motorista.

— Safed, então?

— Safed está bom — confirmou Hassan.

O comboio mudou de rota, seguindo rumo ao Norte por mais de uma hora.

∴

O carro contornou devagar as ladeiras sinuosas de Safed, que já estava dormindo naquela madrugada sob a lua do inverno estrelado.

Após poucos quarteirões mergulhando na cidade vazia, o carro parou. Hassan desceu pedindo para esperarmos. Atravessou a rua com pressa e entrou numa pequena casa de portão baixo de ferro. Bateu na porta e esperou alguns segundos. A luz da casa se acendeu, a cortina da janela balançou e um homem de pijama e cabelos grisalhos saiu e abraçou Hassan. Abriu um pouco mais a porta pedindo para Hassan entrar, mas ele recusou. O homem foi até dentro da casa e logo voltou com um molho de chaves nas mãos, entregando-as para Hassan, que agradeceu e voltou para o carro.

O motorista me olhou nos olhos dando um sorriso malicioso, do mesmo tipo que vi após o trote da forca. Ligou o carro e partiu para um novo mergulho nas ruas silenciosas da cidade. Alguns minutos depois paramos em frente a um muro comprido e curvo, numa rua escura, iluminada por apenas um poste distante de luz amarelada, que de fato iluminava coisa nenhuma. Descemos do carro, os Guardiões pegaram duas bolsas no porta-malas do segundo carro e caminhamos alguns metros até chegarmos ao único portão do muro comprido, que Hassan abriu com pressa e em silêncio. Entramos rapidamente e então percebi onde estávamos: em um cemitério.

Hassan percebeu meu espanto e fez um sinal para que eu permanecesse em silêncio e o acompanhasse enquanto ligava uma lanterna apontando-a para o caminho por onde eu deveria seguir. Comecei a imaginar o que estávamos buscando ali. Obviamente que só vieram à minha mente coisas macabras. Meu estômago começou a embrulhar. Acompanhei o Mestre, seguindo-o por entre as fileiras de túmulos, esbarrando em alguns devido à escuridão. Os outros Guardiões me seguiram. Chegamos à uma parte bem escura do cemitério, onde eu só conseguia enxergar tons diferentes de sombras. Ali havia uma espécie de capela, que Hassan tratou de destrancar bem rápido.

Um Guardião entrou na capela com uma das bolsas. Depois de alguns minutos, saiu com a bolsa vazia, dizendo que estava tudo preparado.

Hassan pediu para que eu entrasse na capela e me deu as instruções:

— Guardião, sobre a mesa encontrará algumas folhas de papel em branco. Deve escrever cinco cartas. Não quero que seja tomado pelo medo, mas deve escrever as cartas pensando que pode não sair vivo daqui hoje.

A expressão de Hassan era séria. Acreditei nele. Estremeci por dentro e minha respiração ficou dura.

— A primeira carta — explicou o Mestre — deve escrever para Deus, contando as boas e justificando as más ações que teve em sua vida até hoje, e porque acha que se considera digno, ou não, de estar ao lado Dele a partir de amanhã, caso não saia vivo daqui hoje. A segunda carta deve escrever para aqueles aos quais é grato na vida, incluindo aqueles que nunca agradeceu. A terceira deverá escrever para aqueles os quais acha que deve pedir perdão. A quarta deve escrever aos seus futuros descendentes. Qual a mensagem mais valiosa que deixaria para a vida deles? A quinta e última carta deverá escrever considerando a remota possibilidade de estar vivo amanhã pela manhã quando o Sol nascer. Neste caso, deve escrever novamente a Deus, que te lhe empresta e pega de volta a vida aqui neste mundo. Deve escrever o que faria caso tenha a permissão de ficar vivo por mais um ano — findou. — É só isso, Guardião. Pode entrar. Bata cinco vezes na porta quando tiver terminado.

Entrei e Hassan trancou a porta por fora. Dentro, um cubículo de 3 x 3 metros de paredes mofadas, com uma mesa e uma cadeira de madeira velha e descascada, um punhado de folhas de sulfite, alguns lápis e, sobre a mesa, além das folhas e canetas, também uma vela acesa dentro de um copo, um pote de cerâmica cheio de terra e um crânio velho e amarelado. O silêncio era absoluto, somente quebrado pelos estalos da chama da vela que queimava firme.

Em pouco tempo o lugar começou a ficar quente. Tirei minha jaqueta e a coloquei sobre a cadeira. Comecei a transpirar e a respirar com dificuldade. Conforme instruções de Hassan, escrevi as cartas. Devo ter demorado uns trinta ou quarenta minutos. Na última carta, já sob o efeito da clausura, solidão, dor, arrependimento e medo às quais as cartas anteriores me levaram, prometi um novo Martin caso tivesse a chance de chegar ao dia seguinte. Quando já não tinha mais condições de continuar, dei as cinco batidas na porta esperando encontrar o ar fresco que vinha de fora.

Hassan abriu a porta. A essa altura o Mestre já vestia uma roupa totalmente negra e um capuz. Só era possível ver seus olhos sob duas pequenas aberturas. Antes de dizer qualquer coisa, pegou as cinco cartas, dobrou-as e colocou na bolsa.

O Mestre me entregou uma lamparina com uma vela acesa.

— Siga em frente até encontrar a luz, Martin — disse apontando a direção que eu deveria seguir. — Vá agora! — ordenou me empurrando para o caminho com um pouco de força.

Coloquei a lamparina à minha frente tentando iluminar o caminho e então comecei a avançar apressado pelo corredor entre os túmulos. Hassan sumiu de minha vista. O cemitério estava absolutamente vazio. Às vezes ouvia um barulho, alguma pancada ou alguma coruja distante, mas tentava não imaginar o que poderia ser. Caminhava cada vez mais apressado e apavorado. Estava bem no meio do cemitério. Parei. Para qualquer lado que olhasse, só via túmulos até onde a lamparina conseguia iluminar. Adiante, no caminho indicado pelo Mestre, percebi que havia alguma luz oscilando, como se fosse iluminado por uma vela. Segui as ordens do Mestre e fui em direção à luz.

Cheguei até um túmulo cercado por algumas centenas de velas brancas acesas ao seu redor. A sepultura estava aberta, mas vazia. A lápide estava coberta por um pano negro com um crânio prateado desenhado e uma vela no topo acesa dentro de um copo. No pé do túmulo aberto havia uma pedra. Debaixo dela, uma carta. A única coisa que eu poderia fazer naquele lugar era pegar a carta e ler, e foi o que fiz.

E a carta era para mim.

"Martin Júnior, meu querido filho,

Caso esteja lendo esta carta, é porque algo deu errado e não consegui concluir minha missão com você, de levá-lo até a vida adulta e ajudar a construir seu caráter e cumprir o seu destino. Não sei em que circunstâncias esta carta chegaria até você, mas fui instruído a escrevê-la, pois infelizmente não sei se estarei vivo amanhã. Se eu não estiver vivo quero que, antes de tudo, saiba que a vida tem um propósito e que, mesmo que em algum momento você não tenha a menor ideia de qual é o seu propósito ou o que fazer para atingi-lo, sempre há um lugar onde você pode descobrir qual é o melhor caminho a seguir: no seu coração. Seu caminho está gravado em seu coração, ele sabe onde está a sua verdade e por isso ele sabe por onde deve seguir. Então a única coisa que posso te dizer é que siga seu coração para que assim seja feliz todos os dias, e para que assim também chegue cada dia mais perto do seu propósito que, no final, é o que te vai fazer definitivamente feliz neste mundo. Seguir seu coração e viver feliz todos os dias é a única coisa que importa. Quando morrer, a primeira coisa que vão te perguntar quando chegar do outro lado não é se foi um bom homem e se praticou boas ações — essa é a segunda coisa. A primeira é se você usou bem o tempo que lhe foi dado neste mundo e foi feliz.

O Universo guarda muitos segredos, os quais espero apresentar alguns deles algum dia. Não só os segredos do coração, mas também os segredos da razão. Para esses segredos recomendo, se assim o seu coração pedir, que estude. Recomendo que se desenvolva em sua vida esotérica ou espiritualista, pois só com o desenvolvimento espiritual seu conhecimento terá um propósito nobre. Se algum dia receber algum convite para estudar na maçonaria ou em uma pequena vila em Israel, não muito longe de Nazaré, aceite sem pensar! Quero que faça tudo que puder para a cada dia se tornar um melhor homem que no dia anterior. Torne-se um cidadão melhor, um pai melhor e, um filho melhor, mas, antes de tudo, um ser humano melhor e de fato humano. Sem isso não será feliz.

Te amo e sempre olharei por você, onde quer que estejamos.

Martin King.
01 de novembro de 1984"

Minhas mãos estavam tremendo. Meu coração doendo. Meus olhos encharcados. Minha respiração soluçando. Minha voz sufocada. Hassan apareceu com os demais Guardiões às suas costas, todos encapuzados e portando espadas. Pediram para que eu entrasse no túmulo e levasse a carta comigo. Diante da minha perplexidade e total paralisia, Hassan avançou alguns passos em minha direção, pressionando a espada contra meu peito, deixando revelar seus olhos afiados e furiosos através da fresta do capuz:

— Guardião da Estrela, quer ir além?

— Quero! — respondi levado pela emoção, sem saber o que era o além.

— Então pule no túmulo. Agora!

— Confia — disse um dos outros Guardiões.

Olhei incrédulo para os Guardiões.

— Como?

— Pule! Agora!

Os Guardiões sacaram e apontaram suas espadas em minha direção. Começaram a se aproximar, me encurralando em poucos centímetros à beira do túmulo.

Sem opção alguma, com uma das espadas já na minha garganta e as demais pressionadas contra meu peito, caí.

CAPÍTULO 49

A cova era um pouco mais funda que minha altura, de piso de terra batida, com algumas gavetas aos lados para acomodar os caixões. Algumas estavam vazias e outras fechadas.

Os Guardiões começaram a caminhar devagar, circulando a cova, repetindo algumas frases em latim, sem olhar para baixo. Levantavam uma leve poeira que encobriu um pouco da minha visão já rala prejudicada pelo varar da madrugada.

— Tirem-me daqui — pedi com a voz embargada.

Nenhum deles olhou para baixo.

— Por favor! Por que estão fazendo isso?

Nenhum deles olhou enquanto continuavam repetindo as frases e caminhando ao redor do túmulo.

— O que querem de mim?

Hassan se abaixou e me encarou nos olhos.

— Por que está com medo, Guardião? Teme morrer?

— Sim — respondi.

— Após a morte continuará vivo, apenas estará em outra realidade. Ou ainda não entendeu que existem infinitas realidades no Universo?

Os Guardiões arrastaram uma laje de concreto que fechou

totalmente a abertura do túmulo, me deixando na mais absoluta escuridão e silêncio. Em poucos segundos fiquei sufocado, sem ar...

E então, apaguei.

CAPÍTULO 50

Acordei deitado no chão, sem me lembrar direito onde estava. A terra ácida do chão já tinha entrado um pouco na minha boca, que salivava. Sentei-me devagar. A tampa da cova estava aberta, trazendo ar fresco e mostrando o céu estrelado. Mas não havia Guardiões por ali. Só ouvia o barulho da minha própria respiração.

Aos poucos fui recuperando minha lucidez e lembrando o como cheguei até ali. Fui abandonado naquele lugar sombrio, fúnebre e gelado. Fui atirado para junto dos mortos. Sozinho, não saberia como voltar para a casa de Hassan. Fiquei em pé dentro do túmulo fundo tentando imaginar o que faria dali em diante. Estava completamente sozinho, e o local totalmente silencioso. Por algum motivo desconhecido, talvez por não estar mais encurralado pelos Guardiões e livre para partir, senti-me em paz.

Ideias estranhas começaram a percorrer minha mente e um leve terror penetrou em minhas veias, deixando-as geladas. Mas... e se eu estivesse morto? Seria isso que me esperava após a morte? Mas tudo, com exceção do meu estado de paz, parecia tão igual... O que existia antes, continuava existindo. "Após a morte continuará vivo, apenas estará em outra realidade" — lembrei-me do que disse Hassan. E a morte me parecia real...

Ouvi alguns passos lentos se aproximando do túmulo, pisando no cascalho e levantando poeira que era levada pelo vento gelado.

— Sente que está perto da morte, Guardião? — perguntou Hassan ainda fora de minha visão.

Ou eu estava vivo, ou Hassan tinha me encontrado do outro lado da vida.

— Eu sinto, mas ainda não é a minha hora.

— Sábias palavras, Guardião. É dono de sua vida nesta realidade, porém o momento de transformação para outra realidade não é escolhido por você. Menos ainda escolhido por um de nós. Venha, pois é hora de se afastar da realidade dos mortos. Você ainda tem o que viver neste mundo.

∴

Os cinco Guardiões me puxaram pelo antebraço para longe dos mortos.

Cheguei à superfície tremendo e sujo de terra. Me senti nascendo de novo, resgatado por um milagre de uma realidade paralela, fria e solitária.

Antes que eu pudesse entender o que acontecia, os Guardiões formaram um círculo ao redor do túmulo aberto. Iluminados pelas velas nos túmulos ao redor, debaixo do céu estrelado, frio e uma lua já distante e próxima ao horizonte, eles começaram o diálogo simulado.

— A morte não pode ser temida por um Guardião — disse Hassan —, pois é através da morte que se revela o mistério do número cinco, o número da transformação. Enquanto a maioria das pessoas tem horror à morte, o Guardião deve se acostumar com sua energia e estudá-la, pois é através dela que se consegue o poder sobre a realidade. É através da transformação que mergulhamos na face oculta e esotérica do Universo que, por transcender a realidade, o homem que usa apenas a percepção trina não consegue penetrar.

— Antes que entenda o poder da morte, deve estar ciente que a forte energia envolvida nela não pode seduzir um Guardião. Um Guardião deve estudá-la, seguro de que ela virá, porém deve empenhar seus esforços para preservar a vida. A causa e o propósito da existência das coisas é velado sob o impenetrável número dois, fazendo com que seja desconhecido a qualquer um o momento em que algo deve morrer. Assim, um Guardião jamais deve tentar controlar o poder da morte sob pena de ser pego subitamente por ela, menos ainda deve precipitar algo em sua direção.

— Quando esteve sozinho, enterrado hermeticamente naquela cripta, a um palmo de distância dos mortos, o que sentiu sobre a vida, Guardião?

— Que ela é instável, passageira e vulnerável — respondi ainda sentindo calafrios em minhas veias por tê-la tocado.

— A realidade humana é forjada como um castelo de areia. Um único grão tirado do lugar certo desfaz toda a estrutura.

— O que pensou quando escreveu as cartas? Sobre o que meditou?

— Que não fiz nada pelo mundo. Que minha passagem por aqui foi vazia.

— E o que prometeu fazer?

— Fazer mais pelo mundo.

— Você, assim como todos os outros Guardiões que passaram por esta cerimônia fúnebre, prometeram a transformação. Transformar antes de tudo a si mesmos, abandonando suas vaidades e evitando permanecer na inércia. Prometeram combater a ignorância sobre si mesmos e, de certa forma, prometeram combater as mazelas do mundo que, de forma negligente, fingiam não ver para que não se sentissem responsáveis por tais desgraças. Pois digo que tudo é uma só coisa. No final somos todos um só organismo, todos somos parte do mesmo absoluto. O que afeta um, afeta todos os outros. A desgraça do próximo é a desgraça de toda a humanidade.

— O que sentiu quando leu a carta deixada por seu pai?

— Que ele estava comigo.

— Sentiu que seu pai, embora tivesse deixado nossa realidade para entrar em outra, ainda vive aqui de alguma maneira. Ele deixou você, e mesmo que ele não esteja mais vivendo nessa realidade, sua obra persiste, pois ele transformou a realidade quando esteve aqui entre nós. Ele deixou marcas no mundo, em sua mente e em seu coração. Estas jamais se apagarão. A morte é a maior transformação que um ser humano pode ter contato. É a transformação definitiva de uma vida nesta realidade para outra. A morte é uma porta pela qual se passa e da qual não se volta mais. Porém ele se foi, sua obra não. As almas se vão, a obra fica.

— A morte é um mito, infelizmente. Por isso seu contato com o próximo mistério da Lei do Absoluto, o mistério do número cinco, começou pela morte, para que sentisse sua força e, superado o terror inicial, veja o resto do conhecimento sobre este número com mais tranquilidade. A morte é apenas um dos mistérios guardados pelo relacionamento causado pela decomposição do absoluto em cinco.

Por mais contraditório que pareça, o terror trazido pela aproximação da morte trouxe sem seguida uma sensação de poder, de como se nada depois daquilo pudesse mais me afetar, e que dali em diante eu era senhor absoluto do meu destino. A explicação disso seria dada pelo restante da instrução que se aproximava.

— A decomposição do absoluto em cinco cria muitas coisas que são a essência de nossa existência. Elas revelam o poder do homem sobre a Criação. Todas essas coisas existem ao mesmo tempo. Uma não existe sem a outra.

Hassan se ajoelhou e deu cinco pancadas espalmadas no chão. Em seguida, virou as palmas das mãos para o alto, olhou para o céu e disse:

— Que Deus e a glória do Criador dos Mundos nos auxiliem na transmissão desse sagrado segredo ao seu novo obreiro da paz. Que Eles o ajudem a fazer bom uso deste conhecimento.

— Atenção, Martin, para a instrução do número cinco.

— Quando o absoluto é decomposto em CINCO, é criado o INDIVÍDUO. É neste processo que um ser se desprende da divindade absoluta e ganha uma jornada com origem, caminho, momento e destino únicos. Neste processo são criados todos os homens e tudo o que é individual na natureza, como todos os corpos e partículas do Universo. Neste processo, o coletivo se transforma em indivíduo, o etéreo se torna tangível, o que era esotérico se torna físico e o que era energia se transforma em massa. Tudo isso pelo simples fato de não poderem mais compartilhar o mesmo espaço-tempo que os outros. Neste processo são moldados o arbítrio e o destino.

— Como efeito colateral da criação do indivíduo, são criados também a transformação, a evolução e a tangibilidade. O indivíduo nasce com o único propósito de evoluir, e a evolução acontece através da transformação. Tudo isso, INDIVÍDUO, TRANSFORMAÇÃO, EVOLUÇÃO e TANGIBILIDADE, estão naturalmente ligados. Ao se extinguir um, extingue-se todos os outros. Nascimento, crescimento, amadurecimento, envelhecimento e morte são naturais de todo indivíduo, seja um ser humano, uma cidade, um planeta, uma galáxia, uma célula ou uma partícula atômica. E o efeito da transformação é a mudança da realidade. Por isso dizemos que o número cinco representa o poder e a vontade, que pode mesmo que temporariamente, controlar todos os outros.

Um dos Guardiões pegou um giz e fez um círculo no chão no espaço de cerca de um metro que me separava do Mestre Hassan. Dentro do círculo, desenhou uma estrela apontada para mim.

— O que vê aqui, Guardião?

Pentagrama invertido

— Uma estrela com a ponta para baixo.
— Exato. Nós o chamamos pentagrama invertido. Ele guarda algumas propriedades metafísicas que, como Guardião, deve obrigatoriamente conhecer, pois além de revelar parte dos mistérios da evolução, essas propriedades metafísicas deverão guiar todas as suas ações daqui em diante. Esta é uma estrela de cinco pontas dentro de um círculo. O círculo, como sabe, representa o absoluto, e a estrela de cinco pontas em seu interior representa a decomposição do absoluto em cinco, que causa a transformação e controle da realidade.

— Para onde ele está apontado, Guardião? — perguntou Hassan.
— Para mim, Mestre.
— Ele está apontando para você porque representa a evolução individual. Representa o trabalho que você, e todos os espíritos, devem fazer sobre si mesmo para se tornarem seres melhores. Representa também o Universo manifestado, a Criação, a tangibilidade, a matéria, o indivíduo, a vontade, o arbítrio e o trabalho. Representa o que acontece quando a roda da evolução "gira" para o lado ativo. O pentagrama

invertido é o Big Bang da verdade, fazendo-a explodir à nossa frente, criando um Universo de caminhos para trilhamos em seu interior.

— Para que consiga a evolução individual perfeita, reta, sem desvios, é necessário que tenha as três virtudes que lhe exigimos muito desenvolvidas. Caso contrário, irá se desviar no caminho. O pentagrama invertido mostra o caminho criativo da luz, porém mostra também a bestialidade que o excesso pode trazer. Já deve ter notado que o pentagrama invertido pode se assemelhar a um animal de chifres, a besta das trevas que qualquer um de nós pode se tornar ao nos afastarmos dos ideais elevados. Quando esquecemos o propósito espiritual do homem, é fácil entrar no caminho dos excessos, e difícil de sair. É o perigo do ganancioso que esquece de sua origem espiritual e faz dos bens materiais a sua verdade, tornando-se escravo deles. É o perigo do egoísmo que faz o ser humano se esquecer que é fruto de uma unidade coletiva e assim perde a bondade, mergulhando-o nas trevas da avareza. É o perigo do cientista que, iludido com a vastidão da matéria, se perde nos menores da fenomenologia comportamental e assim perde também a capacidade de compreender o propósito pelas quais as coisas existem. Em suma, o perigo representado pelo pentagrama invertido é o esquecimento do espírito por quem se deslumbra e se entrega à matéria e sua individualidade inata. Deve, sim, aproveitar o que a vida na matéria e como indivíduo te oferecem. Deve, sim, buscar ser feliz neste meio físico, pois nisso há um propósito em sua evolução, mas não deve se tornar escravo dele.

— Mas nada de ruim acontecerá em sua evolução individual neste mundo, ao qual foi designado para seu próprio bem, se usar as três virtudes que lhe exigimos em sua entrevista que, caso não se recorde, são: sabedoria, força e beleza. Ou, em outras palavras, desenvolver sua inteligência, vontade e amor em tudo o que faz e ideias e propósitos elevados.

Um dos Guardiões me conduziu até o outro lado da estrela, colocando-me no lugar onde antes estava o Mestre Hassan.

— O que vê agora, Guardião?

Pentagrama estrela

— Vejo a mesma estrela, porém com a ponta para cima — respondi.
— Para onde a estrela aponta agora já que não está mais onde estava, Guardião?
— Ela aponta para o túmulo.
— Pois é isso que representa a estrela com a ponta para cima: a maior aspiração de todas! Completar a evolução! Retornar para a origem! Voltar ao absoluto! Ou seja, a morte! Ela está com a ponta para cima porque representa a evolução orientada ao passivo. Este é o caminho da abnegação, que busca a reintegração do ser à uma saudosa verdade ou estado original. É uma evolução puramente espiritual através do desprendimento não só do que é o Universo físico e tudo o que ele nos oferece, mas principalmente a abnegação de suas próprias vontades em prol de uma vontade maior. É muito simples entender a virtuosidade deste caminho, pois é o que a maioria das religiões prega e, assim, já está familiarizado.

Enquanto eu estava mergulhado em meus pensamentos, refletindo em qual ponto desta evolução eu me encontrava, Hassan se aproximou e colocou a mão suavemente sobre meu coração. Senti o toque sobre meu peito já gelado e úmido com o sereno da madrugada.

— Agora é necessário que reflita, que repasse em sua mente tudo o que aprendeu.

Um dos Guardiões me levou novamente até a beira do túmulo, me fazendo ver novamente o desenho riscado no chão como um pentagrama invertido. O contemplei por alguns segundos, mas logo outro Guardião colocou uma venda em meus olhos. Pressenti que não seria algo bom que aconteceria ali.

— Agora veja o que aprendeu com os olhos da mente e do coração.

Fizeram silêncio por alguns minutos enquanto eu, como bom estudante, tentava, vendado e postado de costas para o túmulo, repassar o conhecimento em minha mente.

— Reflita sobre o que lhe ensinamos sobre os dois caminhos da evolução: o ativo do trabalho ou o passivo da abnegação. Pense sobre qual deles seguirá daqui em diante. Terá de decidir entre eles agora. Deverá escolher um lado. Se escolher corretamente, ainda será um Guardião.

Obviamente que eu sabia que o caminho espiritual continha verdade. Mas também o caminho do trabalho, o "ativo", era virtuoso. Construir o bem da humanidade, construir equipamentos ou sistemas para facilitar a vida as pessoas, construir uma escola que pudesse servir milhares de crianças ou ser o professor que inspiraria tantos outros, ser médico ou enfermeiro e curar as pessoas, ser um advogado e defender a justiça, ser um empresário e construir algo com um propósito ou administrar um fundo destinado aos que mais necessitam, ser um comerciante e abastecer as famílias. Tudo isso também tinha, sem dúvida, seu papel benéfico no mundo. Era o mundo material que o Criador tinha colocado para mim. Mas se o caminho espiritual fosse o meu destino, eu o aceitaria, pois sabia que é o único caminho que não era em vão.

— Qual deles é o caminho dos Guardiões, Martin? Qual caminho irá seguir daqui em diante? — perguntou Hassan ainda com a mão em meu coração.

— O caminho espiritual, Mestre.

— Pois se acha que esse é o melhor caminho, que colha os frutos de sua escolha!

E então, sem o menor aviso, o Mestre empurrou meu peito com força e me atirou para dentro do túmulo. Meu corpo mergulhou, desprotegido e vulnerável, rumo ao fundo daquela cova sombria e tenebrosa.

CAPÍTULO 51

Vendado e sem tempo para reagir, caí de costas desesperado, esticando meus braços, tentando me segurar. Mas enquanto meu corpo mergulhava, minhas mãos só encontraram o vazio. Durante aquele segundo de queda, senti o dissabor de minha escolha. Não tive tempo de me explicar. Não entendi por que fui atirado ao túmulo sendo que fiz a escolha certa. Antes que tocasse o solo, caí sobre um pano esticado, que estava preso às paredes da cova e impediu meu impacto no chão. Os Guardiões continuaram o diálogo enquanto eu ficava deitado, próximo ao fundo da cova, vendado e sem reação.

— Em sua decisão, Guardião, foi vencido pelo maior perigo de todos, que é escolher apenas um lado da verdade. Não pode buscar somente a evolução espiritual, pois a evolução espiritual não é o caminho, mas sim a consequência. Não há caminhos frutíferos no passivo. Não é opção para o espírito se retirar do desprazer de sua realidade como se suas mazelas e dissabores não existissem. Como lhe dissemos, não é o homem quem escolhe a hora de sua morte. Assim como não é o homem quem escolhe o momento de se desprender totalmente do que é material. O caminho está na junção do que simboliza os dois pentagramas. Deverá trabalhar, incansavelmente, sobre si mesmo e sobre o meio onde está inserido, pois foi inserido ali com o propósito de fazer a diferença, de levar a luz onde há trevas. Por isso, trabalhe. Se trabalhar com afinco e preservar as três virtudes que lhe exigimos, estará ao mesmo tempo edificando a sua virtude, dando bons frutos para os outros e seguindo em sua evolução espiritual.

— Sempre se lembre das três virtudes que lhe exigimos. A primeira delas é a força, a vontade, o coração e o empenho, qualidades necessárias para que trabalhe incessantemente em busca da construção. Esta qualidade é representada no pentagrama invertido. A segunda é a beleza, a moral e ideais elevados, qualidades imprescindíveis para que não se deslumbre a cada vitória, que não se iluda com valores materiais, mas sim que veja os valores espirituais que as conquistas materiais trazem consigo. Esta qualidade é a que é representada pelo pentagrama estrela. A terceira coisa que lhe exigimos foi sabedoria e inteligência, que governam as duas anteriores. É necessária para que siga equilibrado entre as duas anteriores que coexistem e se dependem mutuamente na busca pela evolução. Essas três qualidades são imprescindíveis, pois um homem com altas aspirações e inteligência, mas sem empenho, falará belas coisas, mas será no fim um manipulador corruptível, pois por conta própria nada será capaz de produzir. Um homem com empenho e inteligência, mas sem valores elevados, produzirá apenas para si mesmo, tornando-se uma besta inescrupulosa e deixando um rastro de destruição e injustiças em seu caminho. Já um homem com altas aspirações e empenho, porém com pouca inteligência, trabalhará incansavelmente, mas pouco de bom construirá. Assim, trilhando seu caminho, vencendo os desafios que lhe forem colocados e mantendo as três virtudes ativas, gerará benefícios espirituais em tudo o que fizer.

— Não lhe digo que não nascem humanos predestinados a trilhar exclusivamente o caminho espiritual. Se as circunstâncias lhe conduzirem para o caminho da evolução espiritual, aceite-a, pois ali também está algo onde deve evoluir. Mas como dissemos, nunca julgue estar pronto, nunca precipite as coisas para seu fim. Deixe que ele chegue naturalmente. Quando chegar o momento você será arrastado para ela, sem escolha, assim como é arrastado para a morte. A verdade do absoluto é a única que sabe quando o ciclo de evolução está completo, pois a dinâmica do existir (2) é antecessora à realidade (3), e assim seu propósito não nos é perceptível, exceto pela atração que desperta e nos move em sua direção. Mas é certo que o ciclo da evolução (5) se extingue por conta própria quando completo. O Guardião, deve, a todo momento, vigiar e perseverar para preservar a vida, mas estando ciente que a morte chega, e que quando ela chega deve aceitá-la, resignado certo de que cumpriu sua missão com valor.

— Após encerrar o ciclo do cinco, evoluído e com seu propósito extinto, o indivíduo atinge seu propósito final e morre. Desfaz-se, recompondo-se ao potencial absoluto e consequentemente deixa de existir no Universo, existindo apenas como parte de uma verdade maior, imperceptível, potencial, macrocósmica e espiritual.

— Esta verdade maior à qual o indivíduo se integra após completar o ciclo de transformação é representada pela Estrela de Davi. Esta estrela é símbolo do macrocosmo que une todas as coisas físicas e espirituais, representado por um círculo do absoluto e duas realidades entrecruzadas, uma ativa física e outra passiva espiritual. Uma alusão simbólica, é claro, pois essa realidade absoluta é impenetrável ao homem.

Estrela de Davi

Pela segunda vez, fui levantado do túmulo. Tiraram minha venda. À minha frente, uma mancha de fogo azul, que queimava suave e rasteira.

— Por último, Guardião, antes que seja terminada sua instrução sobre o número cinco, faz-se necessário que entenda o porquê nos denominamos Guardiões da Estrela. A Estrela de David e os pentagramas que lhe apresentamos são estrelas que guardam segredos transcendentais, que ligam o mundo real ao mundo imponderável. Guardar o conhecimento sobre o que elas significam é o mesmo que guardar a Lei do Absoluto. Para um mero curioso, Guardião da Estrela pode soar um nome de tolos e lunáticos, mas para quem é iniciado nos segredos como você, tem um significado transcendental.

— Em alguns momentos — comentei — achei que no nome Guardião da Estrela tinha a ver com estrelas de verdade. Quer dizer, os astros que brilham nos céus — comentei um pouco decepcionado.

— Isso é o que você pode saber agora, Guardião. Como disse, o conhecimento será aberto aos poucos, à medida que esteja pronto para absorvê-los e que prove o seu valor. Agora olhe para o chão, Guardião. Contemple este símbolo. Contemple esta Estrela Guia.

O fogo já estava mais fraco. Agora eu via que debaixo das chamas de fogo azul havia um desenho riscado com giz branco, uma estrela de cinco pontas, só que diferente das anteriores.

Estrela Guia

— Este símbolo representa seu novo grau. Agora que já viveu o vazio absoluto, experimentou a dúvida da existência, viu a realidade que é forjada em sua percepção e experimentou a morte, você deixa de ser um aprendiz e conquista seu primeiro grau conosco, o grau de Guardião Cavaleiro da Estrela Guia. Este símbolo será, daqui em diante, o símbolo que carregará em sua mente e em seu coração, até que conquiste um novo grau. Esta estrela, diferente dos pentagramas, é uma estrela sem divisas em seu interior, pois entre nós não pode haver diferenças, e é amparada pelo fogo do amor e da ação que une todos os Guardiões.

— A partir de agora você é um Guardião da Estrela Guia, e assim será reconhecido fraternalmente entre nós. Para que se identifique com um Guardião da Estrela Guia, deve conhecer a frase secreta que contém seu mistério.

Hassan se aproximou e sussurrou em meu ouvido:

— "Que o Criador dos Mundos lhe deseje a morte".

Repeti a frase para garantir que tinha aprendido.

— Lembra-te da tua morte para empregar bem a tua vida. Lembra-te que quando o Criador lhe desejar de bom grado a morte, é porque cumpriu sua missão com sucesso. Agora recebeu mais uma chave de nosso segredo. A chave do número cinco. Ela é a porta para a realidade espiritual que vai começar a perceber, não só pelo seu coração, passivo, que age em aspiração à estrela, mas também pela razão, ativa, que age em semelhança ao pentagrama invertido.

Hassan apagou o fogo que contornava a Estrela Guia desenhada no chão, recolheu as velas espalhadas ao redor do túmulo e colocou-as num saco preto. Mas, antes de ir, me fitou nos olhos, colocou suas mãos corpulentas sobre meus ombros e me lembrou:

— A próxima vez que entrar num cemitério, pode ser para ficar. A próxima vez que sair, pode não ser pela porta da frente, mas sim por um túnel espiritual debaixo da terra. A única certeza que tem na vida é que um dia isso irá acontecer. Um dia deverá prestar contas da vida física que lhe foi emprestada. Aproveite bem a oportunidade de transformar seu espírito que lhe é dada a cada dia, Guardião! A realidade física é apenas uma ferramenta da realidade espiritual. Tudo em nossa vida acontece em função do espírito. Honre o grau de Guardião Estrela Guia que lhe foi dado pelos outros Guardiões. E mais importante: honre a vida na Terra que lhe foi emprestada pelo Criador.

Abandonamos o cemitério no mais absoluto silêncio. Podia ver no horizonte que o nascer do Sol já se aproximava.

∴

Chegamos à casa de Hassan com o Sol já firme. Encontrei Aiyla na varanda, com a expressão vazia, olhando o horizonte distante. Não era comum vê-la de pé tão cedo. Subi as escadas e me aproximei devagar para não assustá-la. Quando me viu, enxugou as lágrimas e se virou para as montanhas do outro lado do Mar da Galileia, para que eu não visse o seu rosto.

CAPÍTULO 52

Com a iniciação e as instruções, me sentia cada vez mais dotado de algum tipo de poder sobrenatural. Antes teria receio de me aproximar de uma mulher chorando para que não fosse responsável pelo aumento de sua dor.

— Em que está pensando? — perguntei me aproximando com delicadeza, parando ao seu lado e olhando para o mesmo lugar no infinito que ela olhava.

— Estou bem — Aiyla respondeu sem vontade. — Como foi o passeio com os Guardiões?

— Não me parece bem. Por que olha para tão longe? O que quer ver? — Olhei para seus olhos. Decidi encarar suas lágrimas de frente.

— Acho que me perdi em algum lugar distante. Desde que chegou aqui, eu não sou mais eu. Talvez eu tenha me perdido no pátio da Capela de São Pedro. Quando me beijou, acho que levou meu coração junto com você.

Me senti um criminoso, irresponsável, leviano! Como poderia ter sido vencido por minha paixão e traído ao mesmo tempo os corações de Aiyla e Sarah?

— Sei o que está pensado, Martin. Não precisa me dizer nada. Não sou boba.

— O que eu estou pensando, Aiyla? Nem eu sei dizer o que eu estou pensando.

— Você tem alguém na América, não tem?

A sinceridade brutal me assustava ao mesmo tempo em que fazia me sentir com uma pedra de gelo cravada no meio do meu peito. Eu queria Aiyla, mas não deveria tê-la. Seria como roubar uma joia preciosa da coroa da rainha. A joia poderia estar em minhas mãos, mas já não teria o mesmo valor. Aiyla era uma flor do deserto. Fora de lá, morreria. O mesmo aconteceria comigo. Por mais que estivesse enfeitiçado pela magia do deserto, daquela família e dos Guardiões da Estrela, aquele não era o meu lugar. Não conseguiria viver minha vida na mansidão do deserto. E ela também não saberia viver fora dali, imaginei.

— Sei que não foi para me enganar — retomou Aiyla com o peso da dor em sua voz. — Mas você roubou meu coração, Martin! O que eu vou fazer agora? O que eu faço com tudo isso que sinto dentro de mim? Como eu fico aqui depois que você se for? Como vou viver querendo saber onde você está, como se sente, imaginando com quem está, para quem está sorrindo? Como vou viver sabendo que seu coração bate por outra pessoa? Como vou conseguir viver sabendo que você está feliz por aí? O tempo nunca vai transformar o que eu sinto por você. Você vai embora, mas vai ficar em meu coração para sempre.

Queria dizer que cheguei em sua vida para ficar e que seu coração podia ficar feliz. Queria dizer que aqueles momentos no pátio da igreja e naquela esquina de Mikha'el foram apenas o prenúncio de uma vida mágica que duraria para sempre. Queria poder sair pelas ruas de Israel gritando para quem quisesse ouvir, e para quem não quisesse, que a amava. Mas sabia que não era isso que eu deveria dizer.

— O que sinto por você é real, Aiyla. É a única coisa que sou capaz de te dizer agora. Sobre o futuro, eu não sei — menti na última frase.

— Eu acho que a única coisa que posso fazer agora — ela disse — é agradecer pelos momentos felizes que tive e tentar guardá-los em meu coração para sempre, pois sinto que nunca mais conseguirei amar ninguém novamente. Se eu quiser amar novamente, será somente através das lembranças desses momentos. Você será sempre a minha Estrela Guia, minha Estrela da Manhã, que vai brilhar no meu céu, seja dia ou seja noite.

Quis abraçá-la e fazer passar sua dor, mas hesitei. Não poderia lhe dar meu calor e então machucá-la ainda mais. Aiyla percebeu minha hesitação e foi para sua cama descarregar suas lágrimas em um lamento silencioso.

Herdei a vista do horizonte. O sol que nascia por detrás dos montes da Síria, fazendo-os brilhar diante do Mar da Galileia, foi a única fagulha de luz que tocou minha alma naquela manhã fúnebre. O sol que conseguia afastar o gelo da madrugada não foi capaz de afastar o frio que imperava dentro de minha alma. Depois de ter tocado a morte durante a madrugada e ter destruído o coração de Aiyla na manhã seguinte, senti que nada mais conseguiria me trazer felicidade na vida.

— Temos que aprender a morrer e a nascer todos os dias — disse Hassan às minhas costas.

Olhei assustado para ele, envergonhado pelo que tinha feito com Aiyla.

— Não precisa se explicar, garoto. Eu sei como são as coisas. Mas não deixe que as tempestades da vida o façam pensar que o sol nunca mais virá. Ele vem. Ele nasce e morre, todos os dias. A vida é como as estações do ano. Há épocas de frio, há épocas de calor. Há épocas em que as flores nascem, e há épocas em que elas caem. Tudo se move o tempo todo. As coisas da vida vão na mesma velocidade em que vem. Não fique lamentando o que já foi, pois senão não verá quando o novo chegar. O que foi, já foi. E é necessário que vá para dar lugar ao novo.

Espero que em breve entenda melhor este fluxo e esteja disposto a se transformar a cada dia. Permita-se errar, pois só assim sentirá a glória do acerto. Este é o maior segredo da felicidade, garoto: aprender a renascer todos os dias, e saber que está aqui para experimentar. Está aqui para simplesmente viver!

Não sei por que fiz aquilo, mas abracei Hassan como se fosse meu pai. E ele fez o mesmo, sentindo como se eu fosse seu filho. De certo modo, eu o era.

— A noite foi dura para você, Martin. É assim para a maioria dos Guardiões, em especial aos filhos de Guardiões. Também recebi uma carta de meu pai, e vi Sayid chorar lendo a minha. Mas, como disse, tudo na vida são ciclos. Me entreguei e vivi o que tinha que ser vivido naqueles momentos. O humano mais virtuoso não é aquele que não tem medo de errar, mas sim aquele que tem medo de perder a oportunidade. Isso me traz um conforto de não ter perdido a oportunidade de viver o momento. Em tudo o que fiz na vida, eu estava presente ali, de corpo e alma, sem vergonha de viver a felicidade e a dor. Embora esteja com seu coração doendo, deve saborear esta dor, pois é assim que o Universo quer que viva este momento. A dor é o preço da liberdade, e deve ser grato por isso. Seja honesto, tolerante consigo mesmo, e aceite a dor. Simplesmente seja humano.

Acenei com a cabeça, concordando.

— Vou tentar — respondi.

— Não tente! Não duvide de si! Só faça! Não tente controlar tudo. Aceite que é humano. Aceite que todos os dias vai ganhar e perder. Só viva!

Hassan conseguiu arrancar um sorriso do meu rosto.

— Acho que a tarde de hoje irá ajudar a melhorar seu ânimo. Ainda terá a instrução de mais um número, o SETE. E será hoje à tarde.

— Hoje? Já?

— Mas é claro! Para que esperar, não é? Além de tudo, alguns Guardiões que estão há mais de um mês aqui precisam voltar para casa. Assim como você voltará em breve para a América.

CAPÍTULO 53

— Não é possível que ninguém saiba de nada! — esbravejou Curtiss após bater o telefone e se levantar.

O general ligou para a Central de Inteligência, pedindo o registro das últimas ligações com origem e destino às casas de Martin e Sarah, coisa que já tinha pedido para Jefferson fazia alguns dias, mas que, por algum motivo desconhecido, ainda não estava devidamente impresso e colocado numa pasta à sua mesa.

Vinte minutos depois, o soldado bateu à sua porta com a pasta em mãos.
— É a mesma que entregamos ao major Jefferson todos os dias pela manhã, general.
— Há alguma ligação do Oriente Médio nestes arquivos?
— Não, senhor, general.
— Pois caso haja alguma me avise imediatamente, soldado. Venha até meu gabinete direto — disse baixando o tom de voz. — E não fale nada ao major Jefferson.
O soldado ficou paralisado, olhando para o general.
— Isto é uma ordem, soldado!
O soldado bateu continência e se retirou.

CAPÍTULO 54

Eram aproximadamente 16 horas quando pegamos a estrada rumo à Cesaréia. Hassan viajou sentado ao meu lado, falando algumas amenidades e contando suas aventuras quando jovem por aquelas bandas. Mas subitamente o rumo da conversa dobrou a esquina.
— O que está achando de tudo até aqui, Guardião?
— Incrível! Mas ainda não sei o que fazer com o que aprendi.
— Conseguiu entender tudo?
— Acho que entendi o principal. Mas muitas coisas me escaparam.
— O mais importante é que entenda a essência para que então medite profundamente sobre tudo o que aprendeu. A cada ano, a cada visita ao conhecimento, entenderá melhor o que lhe foi ensinado até que um dia poderá se tornar um mestre de alguém. Antes de partir para a América, saberá a exata localização do Templo de Salomão. Nos reunimos durante o solstício de verão e inverno, onde poderá ter acesso à nossa biblioteca, discutir com outros Guardiões e, se tiver sorte, trabalhará na iniciação de um novo Guardião.
— Então não terei acesso ao conhecimento fora daqui?
— Só em sua mente e em seu coração, Martin. Por isso é fundamental que a cerimônia de iniciação seja do jeito que é. Ela precisa penetrar no íntimo de seu espírito para que, em suas meditações, consiga regredir aos momentos em que lhe foi dada luz do conhecimento do absoluto. Por isso também que, para conhecer a Lei do Absoluto, todos devem ser iniciados, para que tenham o segredo impresso em seu espírito.
— Mas porque não abrem o conhecimento para todos?
— Desde o início dos tempos o segredo é mantido guardado, transmitido em ordens iniciáticas, apenas de forma verbal. Isso acontece desde tempos em que o conhecimento caiu nas mãos de pessoas

poderosas, que usaram sem controles e quase destruíram os humanos. Mas isso é anterior ao que é conhecido na história, ainda antes do Egito Antigo.

— Entendo — respondi aceitando a inflexibilidade da resposta.

— Porém, o criador da Sociedade de Salomão no formato e com o nome que temos hoje, o sábio Rei Salomão, disse que gostaria que essa fosse a última morada secreta da Lei do Absoluto. Ele queria que, no dia em que o homem fosse livre de pensamento e — pasme — o poder do povo reinasse sobre o poder dos reis, a Lei do Absoluto voltasse novamente para o conhecimento do povo. Seu pai dizia que a humanidade já poderia conhecer este segredo, pois os países democráticos já são a maioria do mundo. Mas a maioria dos Guardiões ainda resiste e acha que a humanidade ainda não tem estrutura moral para saber usar o conhecimento para o bem. E por apenas um voto, a Sociedade não aprovou a divulgação do segredo. Por isso não pode escrever nada sobre a Lei do Absoluto.

— E os manuscritos do meu pai? Devo destruí-los?

— Não. Absolutamente não. Eu os examinei com cuidado, e neles não há nada sobre a Lei do Absoluto. Há apenas números primos ordenados dentro da Tabela Periódica dos Elementos. Com esse manuscrito em mãos, ninguém vai descobrir nada sobre a Lei do Absoluto. Para isso precisaria ser iniciado tal qual você foi. Somente as instruções dão acesso ao conhecimento. Sem elas, o manuscrito de nada serve. Depois pergunte para seu amigo brasileiro o que ele descobriu. Verá que não entendeu nada. No máximo ficou perplexo com a predominância dos números primos na natureza. Há pessoas perto dele agora mesmo se certificando que ele não entendeu — e sorriu, irônico. — Mas sobre a Lei do Absoluto — retomou Hassan — nada pode falar. Não pode escrever sobre o absoluto e relativo, sobre as decomposições primas, e sobre as leis de cada número primo. Menos ainda sobre a existência da Sociedade de Salomão, revelar quem são seus membros ou a localização do Templo de Salomão. Também não deve escrever sobre as palavras e sinais secretos que usamos para nos identificar mutuamente. Também nada deve falar sobre o que os Guardiões da Estrela conversam dentro do Templo. Lá a palavra é livre de julgamentos. O segredo se limita a isso.

— Mas e os militares? Eles não sabem de nada?

— Não sabemos. Seu pai achava que sim, pois teve acesso a dados de alguns projetos, que davam a entender que conseguiam manipular a matéria, fazendo-a deslocar pelo tempo e pelo espaço em qualquer direção, manipulando os eixos que eles chamam de swivels, que seriam na verdade as decomposições primas aplicadas no átomo. Mas não temos certeza. Sobre outras nações, talvez os russos, os alemães ou os franceses.

— Agora eu entendo o tamanho do problema. Tenho certeza então que a Força Aérea conhece a Lei.

— De fato, Martin, o que quase impediu você de entrar na Sociedade de Salomão foi a certeza que seguiria o voto do seu pai para abrir o conhecimento da Lei do Absoluto para a maçonaria. Ele acreditava que isso era realmente necessário para manter o conhecimento a salvo. Tivemos então que fazer um acordo, que a Lei do Absoluto seria mantida em segredo por no mínimo mais 16 anos, até que você fosse maduro o suficiente para dar a sua própria opinião, sem a forte influência dos desejos de seu pai.

— Eu voto com você, garoto! — disse Philip dando uma piscadela, sem tirar os olhos da estrada. — Vamos levar tudo para as Lojas Maçônicas!

— Gostaria muito de estar presente na votação do solstício de inverno de 2018 — disse Hassan. — Será um debate muito interessante. Mas acho que minha vida não chega tão longe. Esperar 16 anos é muito para mim. Mas até lá, garoto, teremos muito tempo para conversar sobre isso. Por enquanto, estou feliz em ter cruzado o ano 2000.

— Veja só — disse o Mestre apontando para o mar que começava a aparecer no horizonte. — Já estamos quase chegando. Já teve alguma experiência além do tempo e do espaço, Martin?

CAPÍTULO 55

Paramos em frente a uma casa "assobradada" numa rua sem saída de um bairro luxuoso ao norte de Cesaréia. As paredes externas eram cobertas por pedras amareladas, quase da cor do deserto. Descemos do carro e fomos até o portão. No jardim havia algumas pequenas oliveiras bem podadas e alguns vasos de terracota com pés de romã que lembravam a casa de Hassan em Mikha'el. Hassan afastou algumas plantas e tocou a campainha. Um cachorro saiu em disparada latindo em direção ao portão. Logo em seguida uma senhora de cabelos brancos e com dificuldade para caminhar começou a gritar para que o cachorro se calasse, mas ele não obedeceu. Ao se aproximar do portão, a senhora colocou os óculos que estavam pendurados em seu pescoço por um cordão. Reconheceu Hassan e abriu um grande sorriso.

— Tem muitos amigos, não é Hassan? — perguntei.

— Nós temos, Martin. No mundo todo. Centenas. Sempre há pessoas dispostas a nos ajudar.

— Só podia ser você, Hassan! Vir até aqui sem avisar e ainda assim me tirar um sorriso? Espere um pouco que vou segurar essa fera.

A senhora destrancou o cadeado, pegou o cachorro pela coleira e o arrastou até um lugar atrás da casa enquanto ele patinava tentando se soltar e correr em nossa direção. Finalmente ela conseguiu prender o gigante numa corrente de ferro.

— Podem entrar — ela disse fazendo um sinal com as mãos para nos apressarmos.

Hassan entrou na frente e a abraçou.

— Como está a minha irmã? — perguntou a senhora.

— Samira está sempre bem. Nunca reclama de nada.

— Ela sofre calada... Não quer te trazer mais um problema. Fique perto dela, Hassan. Promete? Você tem a Sociedade, mas ela só tem você e Aiyla. Não subestime o coração dela. Sayid ainda vive nele. — E se virou para nós. — Você eu conheço! — disse enquanto abraçava Philip. — Mas este garoto ainda não. — Ela soltou Philip e abriu os braços para me abraçar. — É este o americano que foi iniciado? Aquele que Aiyla me disse?

— Nossa! Vocês conversam demais, não? Deixe-me fazer meu trabalho — disse Hassan. — Sim, é ele mesmo. Nosso novo Guardião, Martin, da América.

— Coitadinho! Tão novinho! — A essa altura, ela já me apertava com a mesma força que havia pego seu cachorro pela coleira. — Eu sou Samiya, tia de Aiyla. Seja bem-vindo. O que vamos fazer com ele, Hassan? O de sempre?

— Sim, o de sempre! — confirmou o Mestre.

— Pois bem, então entrem!

Entramos na casa e nos sentamos num confortável sofá em frente a uma janela imensa que dava vista para o Mar Mediterrâneo. Admirava a vista com tons de puro azul do céu e do mar enquanto o cheiro do chá inundava a sala. Eu ainda tentava entender o que estávamos fazendo ali. Imagens de Jesus, Buda, Ganesha e infinitos tipos diferentes de mandalas, pirâmides, pedras, cristais, olhos gregos, apanhadores de sonhos, incensos e velas ocupavam todos os lugares possíveis da sala.

Ela nos serviu uma xícara de chá enquanto me olhava tentando ler meus pensamentos.

— Não tem a menor ideia do que veio fazer aqui, não é, Martin?

— Não mesmo.

— Por que não contam a ele? Vocês acham que ele vai ficar com medo se souber o que acontece aqui?

— Assim é mais divertido — disse Philip. — A surpresa faz parte do jogo.

— Que bobagem, inglês! Martin, não se preocupe. Tenho certeza de que essa é a parte mais interessante dos conhecimentos de vocês. Senhores, tomem seus chás e vão passear na praia. É minha hora de conversar com o garoto. Há uma trilha nova no fim da rua que passa sobre os aquedutos antigos. A praia fica mais perto de lá.

Os dois engoliram o chá tão rápido que Hassan até queimou a língua. Bateram em retirada rumo à praia que era rasgada por um vento gelado.

Samiya acompanhou pelo canto da janela os dois caminharem até sumirem de sua vista e então colocou uma toalha dourada sobre a mesa de centro. Sentou-se no sofá do lado oposto da mesa. Puxou uma caixinha de madeira não sei de onde. Abriu-a e de dentro tirou um baralho. Começou a embaralhar as cartas e consegui ver que cada uma delas tinha uma figura diferente.

— Conhece o tarot, Martin? — disse enquanto alinhava as cartas que eram um pouco maiores que suas mãos.

— Só de ouvir falar.

— Pois bem. Existem vários tipos de tarot. Este é um hermético. Acho ele mais direto, cru e assertivo, mais "preto no branco". Como é a sua primeira leitura, quero ser bem precisa. Quero os fatos realmente importantes.

Ela parecia falar com as cartas enquanto as embaralhava. Sussurrava algumas coisas em hebreu. Depois de alguns dias em Israel, já conseguia reconhecer o idioma pelo som.

— Vamos ver o que esta coisa que você conhece só de ouvir falar tem a dizer sobre você. Este é o primeiro contato que tem com qualquer tipo de oráculo, certo?

— Certo — respondi com dúvida se a leitura de minhas mãos por Aiyla era um oráculo ou não.

— Por algum motivo que desconheço, os Guardiões pedem para eu te dizer que "agora precisa se integrar ao que quase tocou ao se aproximar da morte".

Ela pediu para eu dizer meu nome completo, local e data de nascimento enquanto dava o último embaralhe as cartas. Mandou que eu segurasse o baralho por alguns segundos. Depois foi puxando as cartas, uma a uma, e colocando-as sobre a mesa com as faces para baixo em grupos de três, formando cruzes.

— A primeira consulta a um oráculo que faz na vida é a mais importante de todas, pois aqui se abrem as maiores questões da sua vida. Em consultas futuras, verá apenas coisas menores ou questões mais pontuais.

Ela começou a falar na medida em que ia virando cada uma das cartas.

— Você sabe qual seu propósito de vida?

— Seria um engenheiro, mas agora sou um Guardião da Estrela da Sociedade de Salomão.

— Pois é melhor começar a pensar sobre isso, pois será colocado diante dele antes do que pensa. Está à sua porta. Tem algo a ver com esta viagem que está fazendo agora. Deverá tomar uma grande decisão sobre o que vai fazer com o que ganhou aqui. Terá de superar grandes dores para continuar o trabalho que está começando agora. É um trabalho a longo prazo. Vejo em você as coroas da instrução e do conhecimento. Não um conhecimento qualquer, mas do "grande" conhecimento, aquele que os líderes religiosos e espiritualistas carregam. Mas também há clareza, há uma ordem exata das coisas na sua mente. Se combinar os dois, pode chegar muito além do que imagina agora. Diz aqui que pode chegar aonde quiser — falou apontando para a carta do Mago. — Pode passar por um período escuro de muitos anos, mas se passar por ele há uma grande luz no seu caminho. Você nasceu com a energia da Estrela Guia, da Estrela da Manhã e da verdade. Encontrar esta estrela, carregá-la e fazê-la brilhar para os outros é sua missão.

— Não consegue ser mais específica? Que decisão é essa?

Ela virou mais algumas cartas.

— O oráculo não diz isso. Mas mostra que é algo grande, pois só saíram Arcanos Maiores. Ele mostra a carta do Eremita, que tem luz suficiente para cruzar a escuridão que se apresentará à sua frente. Tem tudo para passar por isso, e encontrar-se novamente no final. É um caminho solitário, mas ao mesmo tempo de muita iluminação. Ninguém o verá passar por ele. Deve confiar. Você foi escolhido para algum tipo de tarefa, uma das bem grandes, a qual em breve saberá qual é. Não desista, porque se não desistir, você conseguirá. É o que diz. Vê? — Apontou para a carta do Mundo. — Por enquanto ainda está se desenhando, mas se mostrará em breve. Se você acha que sua vida mudou nesta viagem, é porque não tem ideia do que acontecerá no futuro. Há pessoas de longe te procurando, e isso vai mudar como será seu caminho. Fique atento, é o que o oráculo diz. Ele diz isso e coloca um ponto final na sua leitura.

Como se ouvisse algo além das cartas, ela maneou a cabeça, fazendo um "sim" e puxou uma única carta.

— 39. A idade é 39. É a última coisa que dizem.

— Mas eu tenho 22, e não 39.

— Então tem uma longa jornada pela frente até achar o seu propósito, Martin.

Como se algo fosse dito em seus ouvidos, a cunhada de Hassan fechou subitamente o baralho e o guardou na caixa. Ela ainda sorria com o que foi sussurrado quando pediu que eu a acompanhasse até a cozinha.

— Venha, vou te servir um café americano.

Ela se levantou e eu a segui. A cozinha era pequena comparada à sala, mas muito bem equipada. Uma parede cheia de utensílios pendurados, uma mesa de granito com vários eletrodomésticos prontos para uso e um armário cheio de mantimentos me mostrava que ela era uma mulher precavida.

— Mora sozinha? — perguntei em dúvida se era elegante fazer aquele tipo de pergunta.

— Sim, eu moro. Meu marido faleceu há cinco anos. Desde então vivo sozinha aqui, com meus livros e cartas. Alguns dias ouço música. Em outros prefiro ouvir apenas o sussurro do vento ou assistir as ondas do mar.

— Não pensa em se casar novamente? — perguntei arriscando meus bons modos.

— Meu tempo para isso já passou, querido. Agora vivo só com meus pensamentos. Nasci para amar apenas uma vez na vida. E Ademiir foi meu único amor.

Por um momento, seu rosto se iluminou e seus olhos brilharam como os de uma menina ainda completamente apaixonada. A chaleira apitou trazendo-a de volta ao presente.

— E por falar em amor, como está Aiyla? — perguntou.

CAPÍTULO 56

Enquanto Samiya colocava a água fervendo no coador, tentei encontrar uma resposta sobre Aiyla. Em teoria, eu nem teria por que conversar com ela. Menos ainda deveria saber como ela estava. Ela percebeu minha demora e me encarou, me fazendo olhar sem graça para o chão.

— Bem — respondi.

Ela esperou o café terminar de coar e preparou duas xícaras cheias até quase transbordar. Pediu que pegasse a minha e a acompanhasse. Fomos até a sala e ela colocou um CD com música pop americana.

— Foi Aiyla quem gravou este CD quando passou as férias comigo aqui, no verão passado.

— Sério? Não imaginei que ela ouvia isso.

— Sim. Ela adora estas músicas. Deveria conversar mais com ela. Acho que vocês têm muito em comum.

— Acha mesmo?

— Sim, eu tenho. Dê mais atenção a ela que você vai se surpreender. Ela sabe mais e é muito mais madura do que parece.

Algumas batidas apressadas revelaram Hassan e Philip atrás da porta de vidro. Voltaram do passeio na praia tremendo de frio. Samiya pediu que entrassem e serviu uma xícara de café para cada um. Eles agradeceram e pediram que eu os esperasse no carro. Obedeci, mas não sem antes ser agarrado e abraçado pela tia de Aiyla. Peguei as chaves do carro e desci, preocupado em não encontrar o cachorro grandalhão. Os Guardiões chegaram alguns minutos depois, seguidos pela senhora que trancou o portão e libertou o cachorro.

Sem demora, me levaram de carro até uma outra praia a um ou dois quilômetros dali. A noite começava a chegar e com ela um frio gelado e uma garoa fina. Temi novamente que fizessem algo comigo. Talvez me fazerem entrar no mar gelado.

Paramos em um bar à beira mar. Ele tinha uma boa estrutura, com um pequeno restaurante e dezenas de mesas protegidas do vento e do frio por vidros. Mas por conta da época do ano, estava quase vazio.

Hassan conversou algo com a recepcionista e nos mandou sair em direção à areia. Um homem nos seguiu e colocou uma mesa com três cadeiras a poucos metros de onde as ondas conseguiam chegar. Outro homem levou algumas bebidas quentes e as deixou sobre a mesa. Por mais que estivesse frio, garoando e ventando, eu estava feliz por receber uma instrução em um lugar público. Estar à vista de todos era um alívio depois de ter passado horas vendado e trancado em um cubículo no primeiro dia, e de ser jogado em um túmulo — duas vezes — no segundo.

Hassan juntou as cadeiras, fazendo um pequeno triângulo fechado.

— Faz ideia porque o trouxemos até aqui, Martin? Sabe o que este lugar tem a ver com sua próxima instrução?

— Imagino que é relativo a algo que "quase toquei quando vi a morte" na instrução anterior.

— Muito bem. Samiya fez seu trabalho — disse Hassan levantando a gola da jaqueta até perto de suas orelhas se protegendo do vento frio. — Depois de criar o Universo e a atração, e então criar as realidades e a percepção, e depois então criar os indivíduos, a evolução, a forma e a tangibilidade, o que acontece com o absoluto? O que ele poderia fazer pelo Universo? — perguntou o Mestre.

— Não imagino — respondi.

— Vibra! — respondeu Philip, esfregando as mãos irritado com o frio.

— A palavra correta é "integra-se" — corrigiu Hassan, soprando seu chá quente.

Philip ficou sem graça.

— O absoluto vai se desdobrando até o mais ínfimo fenômeno, dando ao Universo características cada vez menores e mais ricas. Pela decomposição em sete ganha granularidade que o permite evoluir a forma, tornando-o capaz de se integrar com outras unidades de absoluto, fazendo assim com que uma unidade de absoluto se conecte e se integre às outras, ou seja, que "veja" outras.

— O número sete é abundante na natureza — disse Philip. — Consegue nos dar alguns exemplos de onde o vê?

— Sete cores. Sete notas musicais — respondi.

— Não só isso — completou Hassan, mexendo o saquinho do chá que já começava a esfriar. — Também nos sete chacras e nos sete níveis de energia atômicas que, no final das contas, permitem que um átomo se conecte a outro, criando assim uma substância física. Obviamente que isto não é uma simples coincidência.

— A decomposição do absoluto em sete tem o propósito da

INTEGRAÇÃO. Esta integração se manifesta de inúmeras maneiras, tais como em CONEXÃO, VIBRAÇÃO e RESSONÂNCIA. Por mais que a vejamos de diferentes maneiras, é sempre o princípio da integração que é criado com a decomposição em sete. Às vezes se comporta como conexão entre átomos que cria as substâncias, às vezes como vibração das moléculas que cria o som e o calor, às vezes como vibração do espaço que cria luz. Os antigos diziam que o sete une a Terra aos Céus. Isso porque a vibração conecta as maiores e as menores coisas. Ela conecta o conhecido com o desconhecido, o tangível com o intangível, fazendo com que tudo, além de atração, percepção, forma e tangibilidade, seja também vibração. Por isso está aqui, num lugar onde várias criações da natureza se integram. O céu, a terra, o mar, o rio que desemboca ao norte, os rochedos e ilhas que emergem do oceano, a vegetação às nossas costas, o sol e, com o ocaso, a lua e as estrelas se integram e se influenciam mutuamente em dimensões além da forma. Elas operam em perfeito equilíbrio, não só no meio físico, mas também em outras esferas que, por ora, ignora. Foi isso o que quase tocou quando se aproximou da morte: a integração de todas as realidades e verdades.

— Quase sentiu o que está além da realidade física — continuou Philip. — O oráculo lhe disse como está desenhado seu caminho em direção à sua verdade pessoal. Há uma atração que o move em direção à sua verdade desde que foi criado. Tudo está conectado e integrado. Esse caminho é alterado a todo momento, pois a cada decisão que toma, ele tem de ser reorganizado, transformado, mudando sua realidade para que os problemas e felicidade em sua vida o direcionem para seu destino. Através da ressonância de seu espírito com o Universo, este caminho vai sendo preparado antes mesmo que o viva. Não há exceções no Universo, nem mesmo para você. Se foi criado, também tem um propósito e uma atração que o une a ele. Esta atração influencia todas as dimensões paralelas criadas pelas decomposições primas. Mesmo que só perceba o presente, e mesmo que o futuro lhe pareça aglutinado, mesmo que tenha o poder de transformar apenas o que está em suas mãos que é o seu momento presente, a vibração une seu passado, presente e futuro. E é isso que o oráculo consegue ver: todas as ligações ocultas. O oráculo reverbera o acordo vibratório universal, e assim, pode mostrar seu passado, presente e futuro.

— Guardião, esta foi sua última instrução. Reflita. Absorva. Sinta. Se for o seu desejo e estiver dentro de suas possibilidades, poderá retornar aqui durante os solstícios de verão ou inverno. Nos encontraremos novamente no Templo e discutiremos sobre as reflexões que teve, além de ouvir o que os outros Guardiões têm a dizer. Poderá ver outras faces da verdade que ainda não percebeu. Além do que aprendeu nas instruções, pense também no que ouviu no oráculo porque, por detrás de nossas portas do Templo fechadas aos olhos dos curiosos, há muitos mais segredos do que consegue imaginar neste momento. Todas as cerimônias as quais passou são apenas o início de uma escada mística que, como Guardião da Estrela, subirá e atingirá os céus. Caberá agora a você utilizar as ferramentas que lhe passamos para nos ajudar a desvendar um pouco mais sobre os mistérios do absoluto.

O vento gelado da praia parecia cortar nossos rostos como se fosse uma navalha fina. Hassan deixou o dinheiro na mesa debaixo da xícara de chá e, sem falar mais nada, fomos até o carro e partimos rumo a Mikha'el. Durante aquela uma hora de trajeto, passei mais tempo pensando do que ouvindo. Hassan e Philip perceberam que eu estava mergulhado em um turbilhão de pensamentos, mas preferiram me deixar quieto.

Mas o que eles não perceberam era que logo após a primeira esquina, quem passou a ocupar meus pensamentos era Aiyla. Como era doce sua voz. Como eram ternos seus olhos. Como eram quentes seus lábios. Como era virtuoso seu coração. Por mais que tentasse encontrar algum motivo para dizer que Aiyla não era perfeita, eu não conseguia. A única coisa que eu poderia dizer, talvez, era sobre sua ingenuidade por ter se apaixonado por mim, um estrangeiro, viajante, com o coração ainda aprendendo a bater por alguém. Mas quem nunca ficou preso nas teias do amor, mesmo que tudo à sua volta dissesse que não era a coisa certa a se fazer? Mas até em seu erro ela era perfeita, pois a coragem de se entregar ao coração é a maior das virtudes que um ser humano pode ter! É um ser humano que simplesmente admite que é humano e vive isso. "O humano mais virtuoso não é aquele que não tem medo de errar, mas sim aquele que tem medo de perder a oportunidade" — disse Hassan. Ela tinha uma alma leve, descomplicada, honesta e corajosa! Aiyla era uma flor do deserto perdida no meio da vastidão de areia comum dos homens. O que eu vivia em Mikha'el era um sonho. Tudo tinha valido a pena, para mim. Mas como me culpo por ter roubado seu coração e tê-la mergulhado no abismo da dor! Sinto muito que, junto com o amor, tenha lhe trazido a dor, porque não é assim, inconsequente e descuidado, que o amor deve ser.

Cheguei à casa dos Abdallah quando já estava escuro. Meu corpo ainda doía de frio. Às vezes meus músculos e dentes eram tomados por espasmos que eu quase sempre conseguia controlar. Fui direto para o meu quarto e tomei um banho quente e demorado. Alguém deixou comida e chá quente sobre a mesa perto da cama, que comi rapidamente com pressa para mergulhar debaixo dos cobertores e dormir.

Dormi com a alma leve e com o sono pesado.

Acordei na manhã seguinte com preguiça de me levantar. Divaguei um tempo sobre o porquê de Aiyla ter cruzado meu caminho. Como disse Philip, tudo estava conectado. Se ela foi arrastada para cruzar meu caminho, deveria haver um motivo. Eu estava feliz por sentir o que sentia. Simples assim. Sobre o que faria quando voltasse para os Estados Unidos, resolveria depois.

— Martin, posso entrar? — Aiyla bateu à porta do meu quarto, já entrando e fechando novamente a porta, deixando somente uma pequena fresta aberta, suficiente para a luz da manhã entrar.

CAPÍTULO 57

Como tinha acabado de acordar, estava com os cabelos desarrumados e vestia somente uma camiseta branca e uma bermuda. O cobertor amarrotado soltava pequenos fiapos que, flutuando levemente e iluminados pela fresta de luz, inundavam o quarto com sua dança despretensiosa.

Aiyla sentou-se ao meu lado, cabisbaixa, já se desculpando pelo dia anterior:

— Me desculpe por sair chorando daquele jeito. Você não tem responsabilidade alguma pelo que sinto. Nunca me prometeu nada. Então não tenho o direito de te trazer esse peso. O que eu sinto é responsabilidade minha. Não era isso que meu coração queria te dizer, mas prometo que não vou mais te importunar.

Eu precisava saber o que estava em seu coração. Não conseguiria viver em paz carregando outra dúvida em meu peito. Precisava saber se o coração dela queria dizer o mesmo que o meu, que me amava.

— O que seu coração quer me dizer, Aiyla? Não é isso o que importa? A voz do coração?

— Ele diz que a chance de encontrar o amor está me escapando por entre os dedos, escorrendo como a areia do deserto — disse trêmula e transpirando enquanto pegava a minha mão.

— Pois o meu coração está dizendo a mesma coisa — respondi enquanto ela fechava os olhos, me abraçava e mergulhava sua cabeça fundo no meu peito.

O calor que senti subir me derreteu por dentro. O perfume de seus cabelos inundou meu peito e me fez lembrar do cheiro das damas da noite quando ela me beijou de surpresa. O toque de suas mãos acariciando meu pescoço foi a faísca. Explosão. Levantei seu rosto e a beijei, como se minha vida dependesse disso. Combustão instantânea. Arranquei o véu de seus cabelos e a envolvi tão forte para que aquele momento não escapasse por entre os dedos. Experimentei seus lábios, seu suor e seu calor de todas as maneiras que consegui. Enquanto meus lábios se perdiam em seu pescoço, minhas mãos procuravam o corpo que se escondia embaixo daquela roupa. Ela só me beijava e apertava meu corpo contra o dela. Por um segundo, parei.

— Não pare. Preciso sentir o amor ao menos uma vez na vida — ela disse sem abrir os olhos e tirando minha camiseta.

Então tranquei a porta e sentimos o amor um do outro, e mais uma vez entrei naquela dimensão sem limites no tempo e no espaço. Só que dessa vez a realidade paralela estava inundada de um fogo terminal, como se fosse a última oportunidade de elevar a temperatura de minha alma até os céus.

∴

Alguns minutos depois, estávamos deitados na cama, entrelaçados um no corpo do outro.
— Martin, preciso ir. Se me virem aqui, estou morta. Talvez você também.
Ela se levantou e começou a se vestir. Fiz o mesmo, sentado na cama. Ela me encarava com o olhar. "O que faremos agora?", era o que seus olhos diziam.
Mais uma vez queria dizer que a amava, que ficaria com ela para sempre e que faria de tudo para vê-la feliz. Isso era o mínimo que ela merecia ouvir. Mas uma vida me esperava na América. Também tinha Sarah, a qual eu não sabia se conseguiria olhar nos olhos novamente. Isso se ela já não tivesse desistido de mim, pois meu coração já tinha desistido dela.
Diante de meu completo silêncio, Aiyla disse:
— Eu sei.
Chorei copiosamente diante daquela menina-mulher. Um choro de impotência e dor. Eu havia entrado nos Jardins do Éden. Visto suas cores. Tocado suas folhas. Respirado seu orvalho. Mas nunca mais poderia colocar os pés ali.
Sem dizer nada, ela me abraçou por alguns segundos enquanto eu chorava envergonhado como um menino, e depois partiu fechando a porta, me deixando sozinho no quarto.

CAPÍTULO 58

Encontrei Hassan tomando o café da manhã.
— Acordou tarde hoje, Mestre?
— Bom dia, Martin! Sim, estava bastante cansado. Estas últimas semanas foram muito intensas, não foram? Minha vida mudou muito desde o último solstício. Em menos de um mês, colocamos a carta na porta de seu quarto. Depois disso, tudo mudou. Você chegou, Sayid partiu, você foi iniciado e teve as primeiras instruções. Tudo virou pelo avesso rápido demais. É uma dessas fases da vida em que somos obrigados a nos transformar. Pela primeira vez em muitos anos, estou com

a sensação de missão cumprida. Claro que a partida de Sayid para o oriente eterno dói demais, e quando você for embora, vai doer muito também, mas fico feliz em ter passado o conhecimento novamente para um americano, o qual tenho como filho em meu coração.

Hassan revirou os olhos, parecendo se lembrar de memórias distantes.

— Espere um pouco — disse o Mestre.

Ele se levantou e mergulhou porta adentro rumo aos seus aposentos. Deixou a cortina de miçangas vermelhas balançando suave. Acompanhei seu balanço como um pêndulo de relógio. Os fatos se moviam rápido demais para que eu pudesse entender. Hassan voltou sorridente com um pequeno caderno preto, que era mantido fechado por um elástico. Sentou-se e depositou o caderno em minhas mãos.

— Presente para você, Martin.

— O que é? — perguntei enquanto soltava o elástico e abria o caderno.

— Eu gostaria de ficar com isso, mas algo me diz que renderá melhores frutos em suas mãos.

Folheei o caderno e estava cheio de anotações feitas a lápis e canetas de diferentes cores. Todas as páginas estavam datadas. Era um caderno com anotações de mais de cinco anos. Havia algumas linhas que não se cruzavam e números anotados próximos a elas, como os do manuscrito de meu pai. Algumas coisas escritas em árabe prenderam minha atenção por alguns segundos. Aquele caderno parecia uma fonte inesgotável de enigmas.

— São as anotações de Sayid — disse Hassan. — Espero que lhe ajudem quando estiver estudando na América.

— Que lindo, Mestre. Mas tem certeza de que não quer ficar com ele? São lembranças de Sayid.

— Acho que servirá melhor a você do que a mim. E ele é um pouco seu também. Foi seu pai quem deu para Sayid há alguns anos. Talvez encontre anotações dele também, já que Sayid revisava com ele toda vez que vinha aqui.

— Mas tem algum segredo? Será que posso andar com ele por aí?

— Não se preocupe. Já revisei tudo. Está tudo codificado. Nenhum profano entenderá o seu conteúdo. Somente quem foi iniciado e tem acesso às chaves primas. Leve-o e leia-o em paz.

Continuei a folhear o caderno. Um desenho em particular chamou a minha atenção. Já o tinha visto algumas vezes. Era um desenho que me fascinava, que estava em tudo na natureza, mas que nunca ninguém conseguiu explicar o motivo.

— Não aprendi sobre isso aqui, Mestre. — Virei o caderno, mostrando o desenho para Hassan. — Tem a ver com o conhecimento do absoluto?

— Mas é claro que tem, Guardião. Tudo tem a ver com o absoluto. O Rastro do Criador também tem, obviamente.

— Rastro do Criador? Eu conheço como "Sequência de Fibonacci".

— Ah, sim. O "nome novo". Fibonacci. Acho que é assim que o chamam de alguns anos para cá. Para os Guardiões é, e sempre será, o Rastro do Criador.

— Não tive isso em minhas instruções. Ou perdi algo?

— Mais um motivo para que leve este caderno consigo. Ele tem reflexões importantes. Você viu isso sim, no número dois, mas indiretamente.

Tentei resgatar algo do fundo de minha memória, mas o anzol voltou vazio. O Mestre veio em meu socorro.

— O ativo (-), ao se decompor, desdobra-se em ativo e passivo, porém o passivo (+) inverte sua natureza, passando a ser ativo. Se fizer as contas em quantas partes e quantos relacionamentos há em cada desdobramento, chegará ao Rastro do Criador e à Proporção Divina, ou "Proporção Áurea", que é seu "nome novo". Essa espiral representa uma das maneiras em como vemos a Criação de todas as coisas no Universo ao se desdobrar do absoluto. É como o "G" da maçonaria.

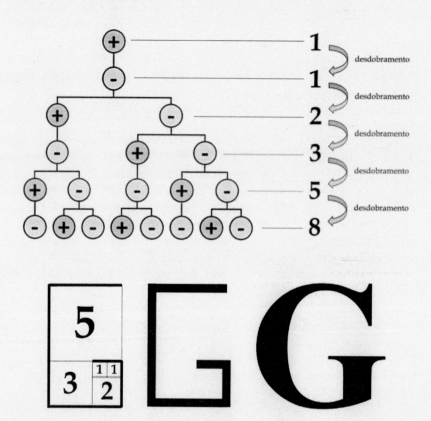

Hassan pegou o caderno de minhas mãos por um segundo. Folheou-o e logo encontrou o que queria.

— Veja isso. É um resumo do que aprendeu até aqui.

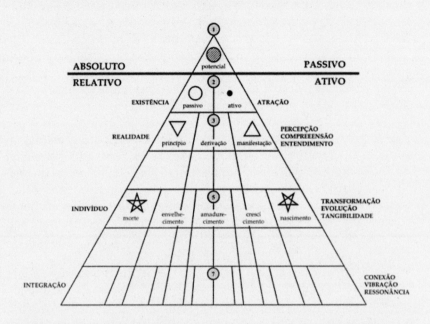

De um segundo para outro, as anotações de Sayid deixaram de ser apenas um conjunto de enigmas e passaram a brilhar em minha mente. Aquele conhecimento reluzia como ouro. Com essas informações, eu já conseguiria — eu acho — decodificar o manuscrito de meu pai.

Pedi que Hassan esperasse enquanto fui buscar o manuscrito no quarto. Quando voltei, o Mestre já tinha comido metade do bolo. Comecei a comparar os diagramas e estava tudo ali. Os números primos e os swivels. Já tinha encontrado e recebido minha herança, a Lei do Absoluto e um lugar entre os Guardiões da Estrela. Só faltava agora levar o conhecimento para casa para concluir os planos de meu pai.

Este é o mapa para sua herança.
Deve buscá-la e trazê-la para a Casa ∴

Pela primeira vez, reparei que "Casa" estava escrito com letra maiúscula.

— Acho que deveria começar a fazer suas próprias anotações neste caderno — disse Hassan, interrompendo meus pensamentos. — Numericamente falando, é um dia interessante para se começar: 10/01/2002. É um número simétrico. Em quarenta dias, será 20/02/2002. Se muito aconteceu nos últimos vinte dias, imagine em mais quarenta!

O Mestre suspirou admirado com as coincidências da vida e deu seu parecer sobre aquele último mês:

— A vida é mesmo irônica, não é, garoto? Você perdeu seu pai, eu perdi meu filho, mas com isso instrui você como se fosse meu filho, e você recebeu o conhecimento que seu pai queria passar para você. Você, que quase saiu daqui sem nada saber, além do conhecimento, acabará levando consigo também as anotações que revelam o que Sayid pensava.

— É verdade, Mestre. Um dia gostaria de entender o destino. Gostaria de entender o propósito de tudo isso — concordei.

— Um dia te daremos ferramentas para isso, Martin. Acho que passarei o próximo ano tentando entender qual o propósito que há nisso tudo. Talvez só vendo um pouco mais além, conseguirei entender. Todas as circunstâncias são muito estranhas. Ainda há coisas que não se encaixam. Que você nasceu predestinado à Lei do Absoluto eu sempre soube. Mas porque as coisas aconteceram assim, tão bruscamente, como se o destino não pudesse ser parado e quisesse que estivesse aqui imediatamente agora, é um mistério absoluto, ainda não desdobrado o suficiente para minha mente enxergar.

— Mestre — mudei de assunto —, o conhecimento vai somente até o número SETE, ou há algo além? Fiquei com a sensação de que não me disseram tudo. O que está neste caderno me prova isso. Além disso, queria saber o que que decompõe o absoluto? Ele não tem vontade própria, tem?

— Sempre há algo além, Martin. Sabe que não há fim. Mas não há instruções específicas para os outros números, pois o conhecimento não está completo. Há somente fragmentos, insuficientes ainda para montar uma instrução completa. E sobre o que decompõe o absoluto, isso está antes dos números primos.

— E terei acesso a estes conhecimentos?

— Sim, terá. Eles são pesquisados há milênios, por isso temos muito material. Durante as Cruzadas, perdemos alguns Guardiões e alguns manuscritos também. Mas há a lenda de que Salomão conhecia outros números além do SETE. Pelo menos até o DEZESSETE, e que tudo está codificado nos ornamentos do Templo do Salomão onde, inutilmente até agora, tentamos decifrar o que é.

— Nunca encontraram estes manuscritos perdidos?

— Não. Nunca.

Pensei por alguns momentos.

— Mestre, e se os manuscritos de meu pai ou estes de Sayid tiverem alguma informação sobre estes outros números? Quer dizer, e se ele conseguiu descobrir algo com o que aprendeu no Projeto Swivel? Ele pode ter encontrado algo. E se ele encontrou, será que não conseguimos encontrar também?

— Hum — Hassan inclinou a cabeça e subitamente sorriu. — Não me atentei a isso, Martin. Por isso é bom ter jovens que nos desafiam. Talvez tenha algo aí. É uma chance. O que sugere?

— Não poderíamos voltar ao Templo de Salomão e, não sei, talvez procurar as informações do manuscrito nos símbolos escritos nas paredes? Eu vi tudo muito rapidamente lá dentro. Mesmo que eu fique eras estudando, acho que não vou conseguir associar.

Os olhos de Hassan brilharam como os de uma águia, que vê sua presa e mergulha para capturá-la. Um sorriso maroto apareceu em seu rosto. A euforia tomou conta de sua voz.

— Isso seria muito interessante, Martin!

Hassan gargalhou e disse:

— Vamos fazer! Vou falar com os outros Guardiões e vamos reunir a Sociedade de Salomão amanhã mesmo. Vamos aproveitar que estão todos aqui.

— Isso! Mesmo que a gente não descubra, eu posso continuar estudando ou tentar procurar mais algum material do meu pai nos Estados Unidos.

— E você, Martin? Parte quando para a América? — perguntou Hassan, tomando um gole de café logo em seguida. — Está decidido em partir?

Por algum motivo achei que o interesse de Hassan em minha partida estava mais relacionado à minha ligação com Aiyla do que com minha partida de fato. Finalmente, não menti:

— Não sei se vou conseguir viver com saudades deste lugar, Mestre. Mas tenho de ir já nos próximos dias. Devem estar sentindo a minha falta. Tenho uma vida "artificial" me esperando no ocidente. Acho que vou logo depois de visitarmos o Templo.

— Pois bem! Amanhã voltaremos ao Templo de Salomão!

Mais alguns dias era tudo o que eu precisava. Meu coração me mandava ficar ali mesmo. Talvez fosse o suficiente para colocar a cabeça em ordem.

— Será que alguém pode me levar ao centro da cidade, Mestre? Estou precisando comprar algumas coisas pessoais.

— Mas é claro. Vou pedir para Philip.

CAPÍTULO 59

A velha caminhonete branca dirigida por Philip nos levava até Tiberíades enquanto ele tentava me convencer a entrar na maçonaria.

— Ninguém mexe conosco — ele disse. — Os que tentaram, não

conseguiram. Talvez seja bom para manter os militares amigos de seu pai longe de você. Ou não acha que assim que chegar na América terá que dar explicações do que houve depois que te levamos do restaurante?

Fiquei mudo por alguns segundos enquanto sentia calafrios imaginando os olhos de Curtiss me encarando.

— Tem um plano? — perguntou Philip.

— Ainda não.

Paramos a caminhonete em frente ao supermercado no centro. Philip nem se deu ao trabalho de desligar o motor.

— Pensaremos em algo. Agora vá rápido, garoto! Não entendo nada do que está escrito nestas placas e nem sei se posso estacionar aqui. Se quando sair eu não estiver por aqui, é porque a polícia passou e tive que circular. Nesse caso, me espere que eu já volto, certo?

— Está bem — respondi, saindo do carro com pressa.

— Espere! — gritou Philip. — Tem dinheiro?

— Tenho sim. E tenho meu cartão de crédito também.

— Use dinheiro. Pode estar sendo monitorado.

— "*Yes, sir*" — respondi.

Entrei na loja e fui procurar os artigos pessoais. Passei por um telefone público. Voltei devagar, pensando em como fui tolo em não ter dado notícias antes. Não saberia como explicar para minha mãe, Lala ou Sarah como desapareci no México. Mas acho que a notícia que em poucos dias eu estaria de volta deixaria todos felizes.

Comprei uns poucos créditos no caixa, o que me dariam alguns segundos de conversa. Disquei o telefone de casa. O telefone demorou para chamar. Achei que não estava funcionando, mas finalmente consegui. Após alguns toques, alguém atendeu. Era Lala.

— Alô.

— Alô, Lala? Sou eu!

— Martin, seu idiota!!! Onde você está?

— Tenho pouco tempo. — Não era uma boa frase para se dizer ao telefone depois de duas semanas desaparecido.

— Meu Deus? Onde você está? Está tudo bem?

— Sim, está tudo bem. Volto em alguns dias.

— Onde você está? Por que fugiu assim? Você fez algo de errado no México? Está preso? Pode me contar.

— Nada de errado. Só vim atrás de algumas coisas do papai. Mas não posso falar onde é.

— Mas, seu idiota...

— Não se preocupe. Está tudo bem.

— Como assim, "está tudo bem"? Você sumiu. Estamos todos desesperados. Até a Força Aérea veio aqui. Curtiss nos telefona todos os dias. Mamãe está em frangalhos achando que pode ter acontecido o pior com você. Ela mal se recuperou do papai e você some assim! E aquele seu maldito amigo Cleber não quer falar onde você está. Ele diz que não sabe, mas eu sei que ele sabe.

— Está tudo bem. Volto em alguns dias. Agora, tenho de desligar!

Desliguei o telefone quase sem fôlego. A atendente do caixa me olhava espantada. Talvez eu tivesse falado alto demais. Então, com toda a naturalidade do mundo, concluí minhas compras, paguei com dinheiro e entrei na caminhonete de Philip que ainda estava ligada e exatamente no mesmo lugar.

— Por que demorou tanto, garoto? Tudo isso para comprar um desodorante?

— Estava tudo em hebreu, por isso demorei para achar.

Philip olhou para o desodorante e viu que era de uma marca americana, com letras bem grandes e em inglês. Inconformado com a minha estupidez, disse ao mesmo tempo em que colocava a caminhonete em movimento rumo a Mikha'el:

— Que geração mais lerda! Que Deus nos proteja!

CAPÍTULO 60

O soldado bateu à porta do general em sua sala no Pentágono.

— Entre, soldado!

— General, interceptamos uma ligação do civil para casa. Ele está em Tiberíades, Israel. Entramos em contato com a Inteligência Israelense para que o siga discretamente e descubra onde tem base fixa.

— Isso! — vibrou o general por detrás de sua mesa, pulando tão rapidamente da cadeira que quase caiu.

— O que fazemos agora, general?

— Mande preparar meu avião. Partiremos imediatamente!

Curtiss circulou pela sala, esfregando as mãos sem conseguir conter o sorriso.

— Agora quero ver aqueles ratos fugirem novamente — pensou em voz alta o general. — Vou descobrir o que esses maçons querem com os swivels. Devem estar entregando tudo para terroristas. Só pode! Assim que nossos homens chegarem, dispense os israelenses. É assunto Americano. Quero saber de cada passo que aquele menino dá. Agora, já pode avisar o major Jefferson.

CAPÍTULO 61

Na manhã seguinte, o sol brilhava forte e o vento soprava gelado.

Depois de passar boa parte da tarde e da noite tentando entender os desenhos do caderno de Sayid — praticamente só os desenhos, pois a maioria dos textos estava em árabe e tive de deixar de lado —, entrei no mesmo carro de sempre e encontrei novamente Philip no assento do motorista. Hassan, ao meu lado no banco de trás, perguntou se eu estava com os manuscritos de meu pai. Conferi o bolso de minha jaqueta e confirmei que sim. O Mestre pediu para Philip levantar os vidros para que "nossos pensamentos não fossem ouvidos".

Enquanto os vidros escuros subiam, olhei para o lado de fora e vi Aiyla me encarando do alto da varanda com seu doce sorriso. Sorri de volta enquanto a via entrando na casa, usando a ponta de seu hijab vermelho para limpar a maquiagem borrada pelas lágrimas que doíam ao sair de seus olhos. Nosso tempo em Israel estava terminando. A dor da impotência só não é mortal porque o coração também sabe que é necessário respeitar a verdade do outro. E assim, Aiyla me viu partir, sabendo que meu coração logo voltaria para a América.

Hassan se aproximou de meu ouvido e passou a localização do Templo de Salomão, uma sequência de números de latitude e longitude que tive de repetir diversas vezes durante o caminho para garantir que tinha memorizado.

— A partir de agora você é também responsável pela segurança do nosso Sagrado Templo — informou Hassan.

— Preste atenção no caminho. É mais fácil do que decorar esses números — disse Philip. Hassan riu feliz como um menino.

O Mestre estava diferente naquele dia. O carro avançava pelas ruas de Mikha'el enquanto ele acompanhava a paisagem, esboçando sorrisos e uma expressão de paz. O Mestre não dizia nada, mas a cada canto em que parava seu olhar, seus pensamentos se perdiam distantes, como se estivesse lembrando de algo feliz que aconteceu ali, e então sorria. Parecia recordar a leveza e inocência da infância. Por alguns minutos, não vi mais o Grão-Mestre dos Guardiões da Estrela, mas sim um menino Hassan, que cresceu, doou sua vida e seu amor aos Guardiões e à guarda do grande segredo da Lei do Absoluto. Quantas histórias aquele homem não tinha para contar? Um pai que perdeu um de seus filhos, mas que mesmo assim estava ali, pronto para defender o segredo. Será que algum dia eu me tornaria um homem tão forte quanto ele? Será que um dia me tornaria um Mestre? Não só um Mestre Guardião, mas sim, um mestre de minha vida? Não sabia o que aconteceria dali em diante, mas sabia que eu tinha nascido em berço de ouro para a vida esotérica. Já que meu pai não estava mais por perto, não poderia ter visto um exemplo melhor: um homem que vivia numa cidadezinha no meio do deserto era, humildemente, o guardião do que poderia ser o maior, mais poderoso e perigoso segredo da humanidade.

Hassan me pegou olhando para ele algumas vezes. Depois de

algumas cruzadas de olhares, virou-se com seu sorriso e respondeu ao que eu estava prestes a perguntar:

— A vida é ao mesmo tempo longa e curta, Martin. É longa porque ela muda muito. Nada do que eu pensava que aconteceria em minha vida quando tinha a sua idade aconteceu. Resolvi encarar a vida de coração aberto, e então foi tudo ainda melhor do que poderia imaginar. Cada uma dessas esquinas de Mikha'el tem uma história para contar. Mas a vida também é curta porque, quando estamos prestes a aprender a lidar com ela um pouco melhor, ela já está se encaminhando para o fim. É uma dicotomia. Ou você é jovem com energia, mas não sabe exatamente o que fazer com ela, ou já está experiente, mas lhe falta um pouco de energia para fazer. Sob este aspecto, a vida é o número cinco. — Deu uma piscadinha. — Quanto antes souber ouvir seu coração, mais tempo de felicidade terá. Foi isso o que eu aprendi. Essa é a grande lição da minha vida. Minha felicidade começou quando conheci Samira. Ela roubou meu coração, e a única maneira de tê-lo de volta era ouvindo o que ela me dizia. Com o tempo, aprendi que ela ouvia meu coração antes de mim mesmo. Elas sempre têm razão.

Dessa vez sem rodeios, chegamos rapidamente à estrada de cascalho que dava acesso ao Templo. Ao contrário do que eu pensava, o Templo ficava dentro de uma montanha, e não enterrado abaixo do solo.

O segundo carro com os Guardiões da Estrela parou logo atrás do nosso. Ambos estacionaram discretamente, quase camuflados, atrás de um pequeno bosque.

Seguimos por uma trilha entre pedras esbranquiçadas contornando a montanha enquanto alguns Guardiões verificavam se alguém não estava nos observando. Saímos da trilha e atravessamos uma passagem estreita espremida no meio de duas pedras de uns três ou quatro metros de altura. Depois, dentro que parecia uma entrada de uma caverna, uma porta de madeira empoeirada com um cadeado quase enferrujado foi aberta. Entramos todos na escuridão e a porta foi trancada por dentro. Alguns segundos depois, alguém achou o interruptor e um corredor estreito foi iluminado com luzes esparsas e bem fracas. Descemos o corredor com algumas dezenas de degraus que mergulhavam no interior da montanha erma.

Paramos em uma antessala. Um dos Guardiões entrou por uma porta bem pequena e desapareceu enquanto colocamos nossas capas negras de Guardiões da Estrela. Alguns minutos depois, o Guardião voltou vestido com uma capa vermelha e anunciou:

— Grão-Mestre, está tudo preparado! Solicito vossa autorização para a entrada dos Guardiões no Templo.

— Podemos dar início — disse Hassan.

Um dos Guardiões me passou as primeiras instruções sobre o ritual de entrada e de como me comportar lá dentro.

Entramos pela mesma porta e chegamos numa segunda antessala que dava de frente para as Portas do Templo, que estava fechada. Sob as ordens de Hassan e execução do sinal secreto, as portas foram vagarosamente abertas enquanto era tocada uma música apropriada. Diferente de minha iniciação, as luzes estavam apagadas e o Templo iluminado por velas espalhadas pelas paredes. Entramos seguindo a ordem hierárquica. Eu fui o primeiro a entrar. Tomei assento no local dos recém-iniciados, sem pompa alguma. Os demais Guardiões foram entrando e ocupando seus respectivos assentos conforme determinava o ritual da Sociedade de Salomão. Após a entrada de Hassan, um dos Guardiões trancou a porta por dentro.

Hassan prosseguiu com a cerimônia de abertura dos trabalhos e leituras obrigatórias, que envolviam a repetição de algumas informações que havia recebido na iniciação, e outras novas, uma homenagem a todos os Guardiões que não estavam mais vivendo na Terra, e pedia ajuda ao Criador dos Mundos para que os trabalhos se desenvolvessem com sabedoria. Após algumas considerações burocráticas de outros Guardiões, sem importância alguma, Hassan assumiu novamente a palavra e retomou o assunto que era o motivo da sessão extraordinária: a Lei do Absoluto.

— Guardiões da Estrela Aprendizes, da Estrela Guia e Mestres, a Sociedade de Salomão está reunida hoje para analisar o resultado da pesquisa do Mestre Guardião Martin, o pai, que deixou este mundo, mas nos deixou um legado, o resultado de sua pesquisa científica que se relaciona com a Lei do Absoluto. Seu filho, agora também Guardião da América, Martin Jr., é o portador deste legado. Porém, antes que este trabalho seja apresentado aos Guardiões por seu filho, quero recordar aqui, em linhas gerais, o conhecimento que temos sobre os números onze e treze, para que isso sirva de ponto de partida. Pode nos ajudar, Guardião da Inglaterra?

— Sim, Mestre!

Philip se levantou de seu assento no Sul e se deslocou até o pavimento mosaico no centro do Templo de Salomão, percorrendo um caminho imaginário que era obrigatório para os Guardiões quando circulavam no interior do Templo. Postou-se diante do altar e fez a saudação dos Guardiões ao Olho-Que-Tudo-Vê. E então começou a explicar o conhecimento dos Guardiões sobre os números onze e treze.

— Neste Sagrado Templo, temos representados os segredos dos números dois e três. O um é o absoluto. O dois está representado por este pavimento mosaico no chão. Assim como a malha oculta de atração sustenta todo o Universo através da atração, o pavimento mosaico sob nossos pés representa a força dual que nos sustenta a partir do oculto. O três está em todos os objetos que estão à altura de nossos olhos, pois representam a realidade perceptível. O cinco não é encontrado em nada físico do Templo, pois hipoteticamente está representado em nós, Guardiões, os indivíduos que ocupam e protegem o Templo. Já o número sete liga a Terra aos Céus, por isso sua simbologia está representada acima de nossos olhos, na abóbada do cosmos pintada no teto. Segundo o Mestre Salomão, vencida e percepção material que limita de nossa realidade, devemos procurar nos céus e em sua linguagem metafísica, as respostas para o número sete. O mapa dos céus é uma das linguagens de Deus conosco.

Philip se dirigiu até debaixo de uma constelação de onze estrelas pintada no teto, perto da coluna zodiacal de peixes.

— O número ONZE fala sobre a COMUNICAÇÃO, de como as unidades do Universo passam informações para outras, copiando ou imprimindo parte de si mesma a quem se relaciona com elas.

Philip se deslocou até a parte Sul do Templo, passando novamente pelo caminho imaginário e, apontando para um conjunto de treze estrelas pintadas no teto do templo, na direção da coluna zodiacal de escorpião, continuou:

— Já o número TREZE fala sobre a COMUTAÇÃO, muitas vezes confundida erroneamente com DESTRUIÇÃO. Com a decomposição em treze, os elementos do Universo são capazes de trocar partes entre si, entregando parte de si e recebendo partes de outras.

Um estrondo grave balançou as paredes do Templo. Todos olharam para o Guardião que cuidava da música, porém este levantou as mãos, argumentando que não sabia o que estava acontecendo.

Os Guardiões trocaram olhares em silêncio. Um novo estrondo, dessa vez mais forte, balançou o Templo, derrubando a espada flamejante e alguns outros objetos ao chão. Uma a fina poeira começou a ruir do teto, desmanchando algumas estrelas.

— Verifique o que está acontecendo — ordenou Hassan ao Guardião Árabe.

O Guardião abriu a porta apressado, mas seguindo as formalidades que o ritual determina, e saiu para a antessala. Ouvimos uma explosão vinda de mais perto. Em seguida, uma série de explosões, cada uma mais próxima que a anterior, e fumaça verde. Muita fumaça.

— Invasão de profanos! — gritou o Guardião Árabe entrando correndo e cruzando o Templo em direção a Hassan, deixando cair sua espada sobre o pavimento mosaico no meio do caminho. — Fechem o Templo!

CAPÍTULO 62

Eu estava imóvel, sentado em minha cadeira, ao Norte. Por um segundo, pensei se aquilo não era uma encenação de alguma instrução. Um bloco de pedra se desprendeu do teto e caiu no chão, perto de Philip. As luzes foram acesas. O terror já tomava conta das expressões dos Guardiões. Em poucos segundos, o salão foi inundado por uma fumaça rasteira e verde. Todos seguimos o Guardião Árabe e corremos em direção ao Oriente, de onde o Mestre Hassan acompanhava tudo apavorado. Os fuzileiros americanos, vestindo máscaras de gás e com seus fuzis de mira laser colocando seus pontos vermelhos em nossas testas, começaram a entrar e a ocupar uniformemente o interior do Templo enquanto se comunicavam pelo rádio. Nenhum dos Guardiões se mexeu um milímetro sequer. Um dos fuzileiros, carregando uma espécie de ventilador, correu para o meio do Templo e ligou a máquina. Em alguns segundos, a fumaça verde foi sugada e desapareceu. Dois homens mascarados, mas sem fuzis, entraram e pararam no centro do Templo Sagrado. Começaram a olhar em volta, tentando entender que lugar estranho era aquele cheio de símbolos e inscrições incompreensíveis aos não iniciados.

Um dos homens tirou a máscara:

— Então é aqui que se escondem, seus ratos malditos!

— Curtiss!!? — eu disse, espantado. Os olhos dos Guardiões se voltaram para mim por um segundo antes de se virarem novamente para o general.

O Mestre se levantou do Trono de Salomão e ameaçou ir em direção ao general, mas foi impedido pelas espadas dos Guardiões enquanto uma dezena de pontos lasers passaram a flutuar sobre sua testa.

Enquanto Hassan estava paralisado sob a mira dos fuzis no Oriente, Curtiss caminhou pelo salão, observando os detalhes da arquitetura. Olhou o chão em mosaico preto e branco, cada uma das doze colunas zodiacais e a réplica do firmamento pintada no teto.

— Então é isso? — perguntou o general começando a levantar o tom da voz. — Fazem tanto segredo por essa porcaria? Por esse lugar velho com essa decoração de mau gosto?

Hassan permanecia calado. Seus lábios apertados exprimiam revolta. Seu olhar, se pudesse, esmagaria o general.

— Mas que tipo de demônios vocês escondem aqui? É com esse monte de baboseira esotérica que querem dominar o mundo? É com isso que acham que podem controlar os segredos da natureza?

O general caminhou até o Oriente. Os olhos de Hassan o fulminaram. Só os Mestres podiam pisar ali. Curtiss parou a menos de meio metro de Hassan e o encarou nos olhos por alguns longos segundos.

— Você deve ser o chefe deste lugar demoníaco, não é?

— Sim. Eu sou. E você não tem o direito de estar aqui! Saia imediatamente, profano!

— Acho que posso ficar, se eu quiser — o general respondeu sorrindo com ironia e apontando para os fuzileiros.

Curtiss deu as costas para Hassan, desceu do Oriente e começou uma caminhada observando os detalhes do Templo.

— Belo planetário! — disse apontando para o teto que representava o céu no momento da criação do mundo. — A coluna é grega ou romana? Não me parece nenhuma delas — e apontou para os entalhes na cúpula de uma das duas colunas que guardavam a porta do Templo. — Estou sendo vigiado? Que medo! — disse apontando para o Olho-Que-Tudo-Vê, que brilhava sobre o trono de Hassan. — Sabem jogar xadrez? — disse apontando para o piso mosaico. — Vocês veneram esta caixa de ouro? O que tem aqui dentro? — disse batendo no altar do centro do Templo, que a essa altura já estava descoberto, revelando uma arca dourada adornada com insígnias angelicais. — Quanta estupidez! — Curtiss ditou seu veredicto enquanto sorria com deboche. — Não é possível que se reúnem aqui para ficar venerando para este monte de idiotices, seus satanistas! Quero saber onde estão os números primos. O que fazem com eles? Para quem os entregam?

O general subiu novamente ao Oriente.

Subitamente imobilizou Hassan com uma chave de pescoço e o arrastou até o centro do salão enquanto o Mestre se debatia, tentando inutilmente se desfazer do golpe do general. Curtiss atirou o Mestre ao chão, chutou suas pernas, e então chutou também seu estômago e seu rosto, enquanto o Mestre tentava por puro instinto se proteger com as mãos das botas covardes do general.

— Diga-me, seu verme! O que escondem aqui? — disse Curtiss, chutando o rosto do Mestre mais uma vez.

Hassan tentou falar algo, mas com a boca cheia de sangue, não conseguiu.

Curtiss levantou o Mestre por sua barba ensanguentada e levou sua boca até perto de seu ouvido direito.

— O que disse, rato do deserto? Não consigo te ouvir.

— Está tudo aqui diante de seus olhos! "Decifra-me ou te devoro!". Esta é a lei! — balbuciou o Grão-Mestre com os dentes cheios de sangue.

— Meu Deus! Agora acho que fiquei com medo! Seu bando de malucos.

O general soltou as babas do Mestre, deixando-o cair quase desfalecido ao chão.

— E vocês, seus covardes? — Curtiss encarava o grupo de Guardiões encurralados no Oriente. — Não vão ajudar seu chefe? Não vão me contar o que escondem aqui? Ou preferem vê-lo morrer? — Curtiss deu outro chute no rosto do Mestre, fazendo seus lábios se arrastarem na poça de seu próprio sangue.

— Covarde! — gritou Philip!

— Martin, meu querido amigo! — disse Curtiss com voz branda. — Venha até aqui. Achei que seria seu pai quem me traria até esse lugar tenebroso. Mas ele não quis nos contar e acabou, sem querer, não ficando vivo. Aí vem o destino e me traz você. Venha até aqui honrar a sua pátria e me conte o que se faz aqui, garoto!

Fui até o Mestre. Ajoelhei-me diante dele e vi que ainda estava respirando. O Mestre virou seu rosto de lado e olhou no fundo dos meus olhos, querendo me dizer alguma coisa, mas engasgado com seu próprio sangue, nada conseguiu falar.

Um pedaço do teto caiu ao meu lado. Olhei para os Guardiões no Oriente. Os fuzileiros também começaram a se entreolhar. Logo outro bloco caiu no Oriente, quase atingindo os Guardiões. Curtiss se precipitou sobre mim, puxou minha capa negra e me levantou pelo colarinho enquanto eu tentava me livrar balançando minhas pernas e empurrando seu rosto com as mãos.

— Conte-me, garoto! O que esconde aqui? — disse o general com aqueles olhos azuis espremidos e furiosos.

O segundo homem desarmado tirou a máscara e veio me socorrer. Era Jefferson que, com sutileza, me tirou das mãos de Curtiss e me levou para o Ocidente, colocando-me sentado perto da porta do Templo. No caminho, um bloco de pedra caiu ao meu lado e outros começaram a cair junto com a poeira do teto, que começava a se desmanchar. Um deles atingiu a cabeça do fuzileiro que vigiava o meio da porta, fazendo-o cair desacordado no chão.

— E vocês aí, não dizem nada? Ou querem todos morrer aqui hoje? — gritou Curtiss, furioso, apontando para os outros Guardiões enquanto o Templo era tomado por uma nuvem de areia e pela chuva de pedras que vinha do teto fazendo o chão tremer. — Vamos! Contem-me logo! O que esconde aqui, seus vermes!?

O major Jefferson me arrastou para fora do Templo enquanto os fuzileiros se entreolharam querendo abandonar o local, que começava a ruir. Ao cruzarmos a porta, Jefferson deu a ordem aos fuzileiros:

— Abandonar o local!

Curtiss olhou para trás e viu Jefferson e eu já do lado de fora do Templo. Os fuzileiros, seguidos de Curtiss, começaram a correr para abandonar o local. Dois Guardiões pegaram Hassan desacordado e o colocaram nas costas de um terceiro enquanto os outros seguiam os militares e corriam para fora do Templo. Mas só houve tempo para que dois fuzileiros cruzassem a porta antes que as colunas que guardavam a entrada desabassem e impedissem a saída. Curtiss, os Guardiões e os demais fuzileiros estavam presos dentro do Templo. Uma das colunas caiu sobre a caixa dourada que formava o altar, abrindo-a e revelando duas tábuas de pedra em seu interior.

— Meu Deus! A Arca da Aliança? Não pode ser! — disse Jefferson, paralisado diante das portas do Templo de Salomão.

Tentei voltar para o Templo que desabava, mas Jefferson, junto com os dois fuzileiros que conseguiram escapar antes da queda das colunas, me pegaram pelos pés e braços e me arrastaram escadas acima, me forçando a abandonar o interior da montanha enquanto eu gritava de desespero. A entrada do Templo desabou, fechando completamente a passagem e levantando uma nuvem de fumaça enquanto o teto também desabava fazendo o interior da montanha se transformar em uma pilha de escombros, impedindo de se ver o que acontecia lá dentro. Ouvi alguns tilintares de espada e tiros.

Fui atingido por uma das pedras que desabava e minha cabeça começou a sangrar. Estava um pouco desorientado, mas consegui sair acordado da montanha. Os fuzileiros me carregaram até o helicóptero negro que já estava ligado com as hélices girando, esperando o retorno da tropa.

O major Jefferson fez um sinal ordenando que o helicóptero decolasse imediatamente sem esperar ninguém. O piloto parou por um segundo e pediu confirmação da ordem, apontando para o espaço vazio no helicóptero onde deveria estar Curtiss e o restante da tropa de fuzileiros.

— Levante! Agora! — esbravejou Jefferson fazendo o piloto puxar o manche com toda a força.

O helicóptero levantou voo e, em meus últimos segundos de lucidez antes de desmaiar pela hemorragia, consegui ver o monte onde o Templo de Salomão estava enterrado e escondido implodir e levantar um cogumelo de fumaça, destruindo a herança milenar de Salomão.

∴

A viagem no helicóptero foi uma mistura de pesadelo, dor, desespero, impotência e alucinação. Até que, quando já não sabia mais o que era real e o que era pesadelo, sob ordens de Jefferson, um fuzileiro abriu uma maleta, retirou uma seringa e aplicou algo em minha perna. Era a última coisa da qual me lembrava.

CAPÍTULO 63

Minha cabeça estava prestes a explodir. Meu corpo parecia girar como se eu tivesse bebido demais. Ainda não entendia onde estava. A luz feria meus olhos. Demorei alguns segundos para conseguir abri-los completamente.

— Ainda está sob sedativos, Sr. King — disse uma moça ao meu lado. — Não tente se levantar, senão a dor de cabeça vai piorar. Descanse.

Me lembrei. Aos poucos, eu consegui entender o local onde estava. Era um quarto de hospital, cheio de aparelhos com luzes coloridas e apitos. No canto havia balões coloridos e flores brancas. Mas porque eu estava ali ainda não fazia ideia. Alguns flashes saltavam da minha memória, mas não tinha certeza se algo do que lembrava era real e nem a ordem em que tinham acontecido. Talvez estivesse delirando um pouco. Via uma pedra bruta rolando sobre um chão xadrez.

— Você bateu a cabeça, garoto. Não se preocupe que não foi nada tão grave. Logo estará bem e liberado para ir para casa — disse a mesma voz da moça um pouco depois.

O "garoto" e a "casa" começaram a resgatar as memórias. Agora, sozinho no quarto, debaixo de uma enxurrada de imagens ainda sem nexo e cronologicamente desordenadas que chegavam sem filtros à minha mente, fui lembrando de Aiyla, Sarah, Sayid e Hassan. Vi o Templo desabando com Curtiss e os Guardiões. Mas ainda tinha uma certa dúvida sobre o que era real ou alucinação. Por alguns momentos até pensei se meu pai estava realmente morto e se aquilo não tinha sido um terrível pesadelo. As dúvidas acabaram cerca de uma hora depois, quando Jefferson rompeu a porta do quarto sem cerimônias.

— Martin, como está se sentindo? — perguntou o major puxando uma cadeira e sentando-se ao lado da cama, olhando para meu rosto atento às minhas menores expressões. Era uma pergunta retórica, obviamente. Ele sabia muito bem tudo o que acontecera, e só foi concordando com a cabeça à medida que eu conseguia ordenar meus pensamentos e explicar. Esquivei-me do assunto da Sociedade de Salomão, dos Guardiões e das instruções. Apenas disse o que havia acontecido quando a tropa do general Curtiss, o que incluía o próprio major Jefferson, invadiu o Templo e destruiu tudo, cometendo a maior atrocidade contra aqueles benfeitores da humanidade que, até então, estavam imunes aos crápulas do tipo do general Curtiss.

— Eu sinto muito que tudo isso tenha acontecido, Martin. Aquele era um lugar de beleza indescritível. Jamais vi igual. Mas o que aconteceu antes de chegar até ali? Onde ficou todo este tempo em que esteve desaparecido?

— Isso não posso dizer.

— Por que não?

— Porque eu prometi. Mas o que isso lhe interessa?

— Prometeu para quem?

O que aquele militar canalha queria saber sobre Israel? Já não bastava ter destruído tudo? Agora queria os segredos?

— Por que quer saber tanto o que aconteceu lá? Já não basta o que fez? Agora quer saber também o que está em minha mente? Você não...

— Acredite ou não, Martin — Jefferson me interrompeu diante da revolta e indignação que começava a invadir minhas palavras —, tentei impedir ao máximo, dentro de minhas possibilidades e responsabilidades, a chegada de Curtiss até você. Ele achava que vocês vendiam algum tipo de segredo para algum país adversário. Mas pelo que vi, o que vocês faziam lá não tinha nada a ver com isso. Tinha?

— Mas é claro que não! Você está louco? Jamais entenderia!

— Por que não? Por que não tenta me explicar então?

— Sou obrigado? Aliás, onde estou? Estou preso?

— Não. Não está preso. Está no Centro Médico Militar, em Washington D.C. Porém, se tentar ir embora agora vamos lhe impedir, pois você só pode sair daqui quando estiver recuperado. Somos responsáveis por você.

— Então estou preso de certa forma.

— Se sua família autorizar, pode sair, Martin. Eles devem chegar em alguns minutos. Mas não quero lhe causar mais problemas. Sinto muito por tudo o que perdeu.

— Jamais saberá o que perdi, major. Na verdade, jamais saberá o que todos nós perdemos. Não tem ideia do mal que causou à humanidade.

Jefferson quis dizer algo. Eu vi em seus olhos. Mas sua boca não se abriu. O major colocou o quepe, baixou a cabeça e rompeu marcha porta afora. Senti um pequeno remorso enquanto observava a porta fechar lentamente. Mas ao inferno com ele. Era mais um militar sujo como Curtiss que só sabia resolver problemas apontando armas e apertando gatilhos.

Antes que a porta se fechasse, Sarah, Lala e minha mãe entraram correndo pelo quarto. Eu simplesmente não sabia o que dizer a elas. Minha mãe entrou e me abraçou chorando.

— Meu querido, como tive medo de te perder. Não conseguiria perder o outro homem da minha vida — disse mamãe enquanto Lala e Sarah me olhavam com cara de poucos amigos.

— Sabemos que foi o manuscrito do papai, Martin — disse Lala.

— Se não fosse, como você viria parar em um hospital militar? — perguntou Sarah.

— Vamos, pode nos contar o que aconteceu — Lala começou a me fuzilar. — O que tinha naquele papel?

— Onde você esteve? — perguntou Sarah.

Olhei ao redor para me certificar que não tinha ninguém perto. Mamãe me soltou e deu um passo para trás querendo ouvir a resposta. Pedi que fechassem a porta. Lala obedeceu.

Dei a única resposta que poderia dar:

— Se você souber o que houve, pode parar num lugar muito pior do que este hospital. É melhor que não saiba. O que te digo é que papai foi um homem muito maior do que pode imaginar.

As três ficaram me olhando esperando mais informações. Não abri a boca.

— Mas você está bem, querido? — perguntou mamãe se colocando na linha de fogo entre as meninas e eu. — Como está se sentindo? O médico disse que se estiver bem, podemos ir embora hoje.

— Então eu estou muito bem — respondi.

∴

Após algumas horas recebendo carinho de minha mãe e olhares indignados de Sarah e Lala, saímos do hospital. A manhã de domingo, gelada e com céu fechado, parecia querer me expulsar daquela cidade. Mesmo com a medicação, eu ainda estava com dor de cabeça. Mas a dor no meu coração era muito maior. Pegamos um táxi para o aeroporto. Enquanto ele cruzava as ruas largas, planas e limpas de Washington D.C., eu só consegui sentir mais solidão. Meus irmãos Guardiões da Estrela estavam aniquilados e eu não podia dizer nada para ninguém. Sobre Aiyla, nada sabia. Meu futuro estava novamente destruído. Tive de engolir a seco a dor, do mesmo jeito que engoli a dor da morte de meu pai. Nada mais podia ser feito. O táxi passou em frente ao Pentágono. Senti arrepios e revolta. Mamãe pegou em minha mão.

— O canalha também está morto — eu disse. — Agora, nada mais pode ser feito.

Chocadas, as três trocaram olhares. Elas entenderam que o canalha era Curtiss.

— Será que o senhor poderia parar o carro por alguns minutos? — minha mãe perguntou ao taxista, que pareceu curioso e parou o carro na estação de metrô em frente ao Pentágono.

Mamãe mandou que elas esperassem no carro e me pediu para descer. Caminhamos alguns metros pela grama aparada até a grade preta que separava a estação do Pentágono.

— O que houve, querido?

— Não posso dizer, mamãe. É melhor assim.

— Pergunto o que houve com seu coração. Notei que não conseguiu encarar Sarah nos olhos. Você conheceu alguém?

Maneei a cabeça confirmando. Meu peito doía. Algumas lágrimas escorreram e quase congelaram meu rosto com o vento frio que soprava de frente.

— Por tanto tempo, quis saber o que acontecia por detrás dessas paredes — eu disse olhando para o prédio do Pentágono. — Queria saber quais eram os segredos que esse prédio escondia e quem podia me explicar quem era papai. Mas agora, nada disso me importa mais. Sei que o melhor dele não estava aqui.

— Preferi nunca saber o que acontece aí. Ainda prefiro — respondeu mamãe. — O que me importava era o coração de seu pai. Não sei o que ele fazia aqui, mas ele não conseguia me enganar. Eu sei que ele era um homem bom. E fico muito feliz que agora vejo que você é muito parecido com ele. Seja lá o que aconteceu, sei que tentou fazer o bem. Talvez tenha sido irresponsável, porque se teve de ser resgatado pelos militares, quer dizer que sua situação era complicada, e provavelmente nem estava nos Estado Unidos. Mas, já que está aqui, fico feliz que tenha encontrado suas respostas. E fico feliz que alguém tenha finalmente tocado o seu coração, porque essa era a única dúvida que eu tinha sobre você, se depois da morte de seu pai, você deixaria alguém entrar nele.

Minha garganta deu um nó. Eu tinha perdido tudo. Os Guardiões e Aiyla. E não podia dizer nada para ninguém.

— A única coisa que posso te dizer, querido, é que fui feliz. E fui feliz porque sempre segui meu coração. Quando perdi seu pai, é claro que fiquei arrasada, mas não estava arrependida, pois vivi tudo o que a vida me ofereceu, até a última gota. Não perdi as chances de ser feliz. Nem as grandes nem as pequenas chances. Espero que não perca as suas.

Abracei-a forte e demorado como jamais tinha feito na vida.

— Vou esperar no carro. Venha quando estiver pronto — disse mamãe, me deixando sozinho em frente ao prédio de cinco lados.

Tentei imaginar quem eram as pessoas que estavam por detrás de cada uma daquelas janelas. Quais eram seus planos? Por que uma daquelas janelas tinha que ter se metido com os Guardiões? Quis condená-los ao inferno. Mas me lembrei que meu pai era um deles. Do mesmo modo que havia grandes virtudes no Oriente Médio, também havia virtudes por trás daquelas janelas. Assumi minha ignorância e, como minha mãe, decidi não saber. Entender que meu pai foi um Guardião me bastava. Nisso estava toda a sua verdade.

∴

Quando chegamos em Clearwater, Cleber estava me esperando na porta de casa já fazia algumas horas. Sarah não teve a mesma paciência e decidiu ir embora. Quase pedi para ela ficar, mas no último instante achei melhor não dizer nada. Não seria justo prendê-la. Meu coração já não a via mais.

Pedimos duas pizzas para o jantar. Enquanto minha mãe sorria aliviada com os olhos úmidos, Lala tentava pescar os olhares entre Cleber e eu. Mas fui um bom ator naquela noite. Enganei até meu amigo.

Na manhã seguinte, acordamos sem pressa e tomamos o café da manhã. Cleber nos levou dirigindo até a república em Miami. Bastou eu entrar e fechar a porta do carro para receber a avalanche de perguntas. Resisti poucos minutos. Eu precisava falar com alguém, e este alguém seria ele. Omiti algumas informações. Na verdade, só não lhe contei a localização do Templo, sobre a decomposição do absoluto em números primos e sobre o que cada uma das decomposições fazia.

— Mas e o manuscrito?

— Não existe mais — respondi me lembrando deles pela primeira vez. Acho que os analgésicos me deixaram com os pensamentos preguiçosos.
— Nem a carta que seu pai lhe escreveu?
— Nada. Não tenho mais nada.
— Mas não pode escrever sobre o que aprendeu?
— Absolutamente nada. O que lhe contei é até demais.
— E toda essa história de seguir o coração? Não vai fazer nada sobre isso, mané? Não estou falando de Sarah. E pelo que sei, sua missão era trazer sua herança para casa. E onde você está agora?
— Em casa — respondi.

CAPÍTULO 64

Era sexta-feira e o relógio do computador já marcava seis da tarde. Eu costumava passar as tardes no laboratório de informática da faculdade programando "brincadeiras" de cruzamentos de números primos com os números da Tabela Periódica para ver se chegava a alguma revelação. Às vezes brincava com Fibonacci e a Proporção Divina também. Nem percebi o tempo passar. Festas eram coisas que eu não gostava de perder. E estava atrasado para uma das boas, de frente para a praia, na casa de um colega de classe em Fort Lauderdale.

Senti que deveria prestar mais atenção aos gráficos de números primos combinados com Fibonacci que meu programa tinha gerado. Algo óbvio me escapava, mas estava perto. Aquele seria o dia da revelação. Revisei novamente os números e linhas, mas nada. As mensagens no celular me apressando para a festa não me deixaram em paz. Seja lá o que os gráficos escondiam, teria de ficar para o dia seguinte. Com a cabeça mais fresca, talvez fosse mais fácil. Salvei uma cópia do programa no disquete e outra na minha pasta na rede. Fui o último a sair do laboratório.

Desliguei algumas máquinas que esqueceram ligadas, apaguei as luzes, encostei a porta e caminhei apressado para o estacionamento já quase vazio. Procurava as chaves do carro no fundo da mochila quando uma voz conhecida tirou minha concentração.

— Martin?

Senti calafrios. Não era aquela voz que eu queria ouvir.

— O que faz aqui, major Jefferson? Estava me vigiando?

— Vigiando? Mas é claro que não, Martin. A Força Aérea já se esqueceu quem é você e sua família. Não se preocupe.

— Não sei se acredito no senhor, major. O que faz aqui então?

O major parecia estar sozinho. E estava à paisana e de mãos vazias. Ao menos se vestiu para não parecer hostil.

— Realmente você não entendeu nada. Não é, garoto? — disse Jefferson se aproximando a menos de um metro de distância. — Eu sou parecido com seu pai.

— Parecido como? Nem está de uniforme — retruquei contradizendo o major. Que audácia a dele se comparar com meu pai.

— Não vim aqui a trabalho. Estou no meu dia de folga. Vim para conversar.

— Acho que não tenho nada para falar com o senhor, major. Já lhe disse isso.

— Sim, você disse. Mas estava pensando se estaria interessado em ver uma coisa.

— Ver o quê?

— Me acompanha? — disse apontando para um carro pequeno com placas do Tennessee, provavelmente alugado, estacionado atrás dele.

Literalmente travei. O major percebeu.

— Olha, Martin. Estou aqui para te ajudar. E não voltarei. Esta é a última vez que te procuro. Pode estar desperdiçando a chance da sua vida.

Duvidei. Mas a verdade é que escapei vivo da incursão de uma dezena de fuzileiros em Israel. Jefferson, desarmado e sem uniforme, já não me parecia tão assustador.

Sentei-me no banco do carona e Jefferson, totalmente calado, começou a contornar as ruas rumo ao centro de Miami enquanto o sol ia embora. Menos de dez minutos depois entramos uma rua esprimida entre dois prédios que dava acesso a um estacionamento gramado que estava vazio. Deixamos o carro no estacionamento, subimos um andar de escadas por fora do prédio e chegamos à uma porta de ferro.

— Martin, o que você verá aqui, precisa permanecer em segredo. Promete?

— É claro que prometo — respondi desdenhando um pouco do major. Depois de ter visto os segredos do Templo de Salomão, o que aquela porta de ferro no meio de prédios de escritórios poderia esconder de tão interessante?

— Foi bem difícil conseguir autorização para te trazer aqui. Tive de convencer bastante gente e dar muitas explicações. Preciso que realmente não conte nada. Nem para seus melhores amigos. Tudo bem?

— Mas é claro, major. Tudo bem. — Eu já estava sem paciência.

— Para ver o que verá hoje, tem de ser analisado em sua conduta e caráter. Me comprometi pessoalmente que você era uma boa pessoa.

— Tudo bem, major. Não vou contar nada. — Irritado.

— Pois bem. Já que prometeu pela terceira vez, podemos entrar. Clic.

O tempo pareceu parar enquanto o major girava três vezes a chave e destrancava a porta de ferro.

— Vamos, entre! — disse o major já do lado de dentro.

Entrei enquanto o major trancava a porta no escuro e andava até o outro lado da sala.

— Venha até aqui, Martin.

Caminhei até sua voz. Ele me pegou pelos ombros e me posicionou de frente para outra porta.

— Agora espere um pouco. Não se mexa.

O major destrancou e abriu a segunda porta à minha frente. Ele atravessou um salão comprido iluminando seu caminho com uma pequena ponteira de laser vermelho.

— Está pronto, Martin?

— Sim, major.

— Dê três passos à frente, Martin.

Obedeci.

— Pois que está pronto, que se faça a luz!

Primeiro, no fundo do salão e acima de um trono, um triângulo azul de hastes douradas com um olho dentro se iluminou. O que estava acontecendo? Aquilo era um trote? Como o major poderia saber do Olho-Que-Tudo-Vê?

Depois, no centro do salão, uma luz em coluna se projetou sobre o chão, iluminando um piso mosaico preto-e-branco perfeitamente simétrico e tão brilhante que refletia invertido o Olho-Que-Tudo-Vê para quem estava fora do salão.

Em seguida, uma luz leve iluminou o teto dando visão a um céu cheio de astros que tinha o Sol flamejante sobre o Olho e um céu escuro recheado de estrelas, planetas e luas sobre onde eu estava.

Por fim, iluminaram-se as colunas do templo, exatamente como as do Templo de Salomão. Doze colunas zodiacais e mais duas colunas de bronze na porta de entrada.

Eu estava parado e perplexo entre elas.

— Venha, Martin. Pode entrar. Acho que nada disso lhe é estranho, não é?

— Mas como, major? Que lugar é esse?

— Nem desconfia? — perguntou com aquele olhar de quem espera revelar o maior segredo do Universo.

Eu desconfiava, mas preferia não arriscar.

O major apontou para o chão à minha esquerda. Lá havia uma pedra bruta, e ao seu lado, um malho e um cinzel. Sobre a pedra, um par de luvas brancas, bordadas com um símbolo dourado que eu conhecia muito bem.

— Maçonaria?

CAPÍTULO 65

Sentei-me na cadeira ao lado da pedra bruta. Peguei as luvas com o símbolo maçônico bordado em dourado, o esquadro e o compasso entrelaçados com um "G" no centro. Jefferson sentou-se ao meu lado e me deixou alguns segundos pensando. Aquilo era impossível. Como eles conheciam o Templo de Salomão? Do outro lado do salão, vi uma pedra cúbica e mais alguns outros instrumentos de pedreiro que não existiam no Templo de Salomão. O esquadro, o compasso, o malho, o cinzel, a régua, o nível e o prumo, cada um deles colocado em uma posição do salão destoavam do que eu vi em Israel.

— A verdade está em todo lugar. Basta que o homem a procure — disse o major enquanto eu ainda não acreditava no que estava vendo.

— Como vocês tem tudo isso aqui? Como sabem do Templo de Salomão?

— É uma longa história, Martin. Ela começou na Idade Média, durante as Cruzadas, quando, em nome da Igreja Católica, os Cavaleiros Templários saíram da Europa para conquistar tesouros e construir igrejas no Oriente Médio. Mas em algum momento, diz a lenda, eles encontraram o Templo de Salomão, e nele encontraram segredos tão grandes que acharam que nenhum rei ou igreja seria digno de tê-los. Estes segredos deveriam ser passados entre homens de grande virtude e bom coração. E assim, criou-se entre os construtores de templos uma fraternidade que se reunia dentro dos barracões de construção, os alojamentos, as "lojas". A evolução disso é o que hoje chamamos de maçonaria. Durante séculos estes homens foram perseguidos pela igreja e pelos reis, e por isso precisavam se reunir em segredo. Mas agora as coisas são diferentes, e pode-se encontrar templos maçônicos em todos os países do mundo. Todos!

— Então vocês conhecem a Lei do Absoluto?

Jefferson me olhou com estranheza.

— Não podemos dizer que conhecemos as leis das coisas. Mas estamos dispostos a aprendê-las. As instruções dadas pelo Cavaleiros Cruzados dizem que nos símbolos copiados do Templo de Salomão encontramos codificado todo o sistema para a evolução moral do homem. E é nisso que todo maçom emprega seus esforços, cada dia mais lapidando suas virtudes, saindo da pedra bruta e tornando-se uma pedra cúbica. Temos 33 graus de conhecimento, que poderá percorrer em busca de sua evolução espiritual. Esse é o propósito de nos reunirmos aqui.

— Nos reunirmos? Então você é maçom?

— Sim, eu sou. Seu pai e eu fomos iniciados no mesmo dia e chegamos ao grau de mestre no mesmo dia também. Éramos da mesma loja em Nova York. Quer dizer, eu ainda sou.

— Então você é amigo do meu pai? Por que não me disse antes?
— O que isso mudaria, Martin? Quero que esteja aqui por seu próprio coração, e não porque é o que seu pai queria.

Sorri sem jeito. Jefferson continuou:

— A carta que seu pai deixou te indicando para ingressar na maçonaria está conosco na Grande Loja. Mas mesmo que esta carta não existisse, eu lhe convidaria. Não pensa em se unir a nós e dar seguimento à sua evolução espiritual? Quem sabe não encontra aqui esta Lei do Absoluto que disse?

Levantei-me e percorri o templo maçônico sem pressa. Era quase tudo igual ao Templo de Salomão, porém em escala menor. Até mesmo a posição dos assentos era a mesma. A única diferença eram os símbolos de pedreiros espalhados por todos os cantos.

— Os templos variam em tamanho, mas tem basicamente os mesmos elementos — disse Jefferson pegando as duas ferramentas sobre a pedra bruta. — Esses aqui, por exemplo, são o malho e o cinzel. Eles são os símbolos do ativo e do passivo, que são usados para criar a pedra cúbica, tirando-a da forma bruta. Simbolizam o trabalho do homem sobre si mesmo que deixa de ser um ser grosseiro para se tornar um ser espiritualizado. Este pavimento quadriculado no chão, preto-e-branco, representa a diversidade que permeia o Universo à qual, como seres evoluídos, devemos respeitar. Por estar no meio do templo, simboliza também a atração e a união de todos os maçons do Universo em prol da evolução da humanidade.

Não pude evitar. Um sorriso largo saiu de meu rosto. Meus olhos estavam brilhando. Meu coração voltou a sentir o calor da verdade.

— Já entendeu o que encontrará aqui — afirmou o major. Ele me levou até o centro do templo, me colocou debaixo da coluna de luz sobre o pavimento mosaico, ofereceu sua mão direita e perguntou: — Será que me daria a honra ser seu padrinho na maçonaria? Gostaria de ser um de nós? Aceita ser iniciado maçom e aprender os mistérios de nossa Augusta Ordem, e entrar para nossa Casa?

CAPÍTULO 66

Era véspera do solstício de verão, 20 de junho de 2002. Aterrissamos, Cleber e eu, no aeroporto de Tel-Aviv assim que o sol se pôs no horizonte trazendo consigo o Shabat. Era quase oito da noite e o termômetro ainda marcava 30 graus, muito diferente do frio de alguns meses antes. Quando o ar soprado do Mediterrâneo invadiu meu peito, senti como se fosse o perfume de Aiyla. Não tinha como não me lembrar de quando o vento soprou invertido no deserto e descobriu seus lábios, levando seu olhar tímido a se esconder no chão. Não tinha como não me lembrar de seu sorriso quando segurou minhas mãos para ler meu destino. Tampouco conseguiria esquecer de seus lábios quentes e de seu corpo entregue sobre o meu debaixo dos cobertores naquela manhã fria quando a toquei pela última vez. Sobre as lágrimas que escorreram de seu rosto quando partia rumo à destruição do Templo e dos Guardiões, preferi não pensar no que significavam.

Pedi um táxi direto para o centro da cidade enquanto Cleber se preocupava em deixar sua câmera pronta para uma eventual boa foto no caminho. Conseguimos vaga no primeiro hotel que tentamos, que era um pouco caro, e por isso dividimos o quarto. Comemos algo no quarto mesmo e saímos para andar à beira mar. Praticamente só havia turistas, já que os nativos estariam de volta somente no sábado depois do sol se pôr. Sentamos num banco colocado na areia bem perto do mar. Lembrei-me de Hassan me dando a instrução sobre o número sete, enquanto Cleber se apresentava para duas turistas canadenses e puxava conversa. Em poucos minutos, elas estavam sentadas no nosso banco contando sobre as dezenas de países que visitaram até chegar ali e lamentavam não encontrar bebidas para deixar a noite mais agitada e que por isso nós dois teríamos que dar um jeito de deixá-las animadas. Alguns minutos depois, Cleber me chamou de canto:

— Vamos lá, cara. Anime-se! Despedida de solteiro! Faz tempo que você não se diverte! Você merece!

— Não estou interessado. Pode ficar com as duas — respondi enquanto as ondas do mar traziam e levavam minhas memórias.

Ele tirou uma foto das garotas para me lembrar mais tarde de como eu fora estúpido. Despedimo-nos delas e partimos de volta ao hotel.

— Esta Aiyla tem de ser a garota mais bonita do mundo — disse meu amigo enquanto apertava o botão para acionar o semáforo de pedestres.

— Ela é a única garota do mundo — respondi.

— Olha só o que você jogou fora... — Ele ligou a câmera e mostrou a foto. — Vai se arrepender depois.

∴

Acordamos junto com o sol e pegamos um táxi até Mikhaël. Eu não tinha o endereço, mas conseguia levar o taxista até a casa de Aiyla depois que ele chegasse ao Mar da Galileia. Ele aceitou.

Enquanto meu amigo tirava centenas de fotos e entrava numa conversa animada com o taxista sobre futebol e as centenas de Copas do Mundo de futebol que o Brasil tinha vencido, eu tentava encenar em minha mente o que faria quando a encontrasse. Mas o que será que ela sabia sobre o fim da Sociedade de Salomão? Só então percebi que, para ela, de um dia para outro, todos tinham sumido. Os Guardiões saíram e nunca mais voltaram. Eu comecei a tremer e meu estômago embrulhou. Tudo bem que eu tinha de continuar a faculdade até as férias de verão para não perder a bolsa, e meu novo passaporte demorou a sair, mas me arrependi de ter demorado alguns meses para voltar. Cheguei a publicar meu nome, telefone e e-mail na internet esperando contato dela ou de algum Guardião sobrevivente. Dormi com o telefone ligado ao lado do travesseiro e verifiquei os e-mails todos os dias, mas nada! E se fosse tarde demais? E se seu coração já tivesse outro dono? E se sua mãe me proibisse de vê-la? Ela não me via como culpado pela morte de Sayid, mas e se ela me culpasse pelo sumiço de Hassan? Como eu contaria o que tinha acontecido?

Chegamos ao Mar da Galileia onde a chuva pegou Sayid e eu de surpresa. Guiei o taxista até a rua dos Abdallah. A essa altura, Cleber só me observava calado. Vi de longe a árvore do Rei Salomão e pedi que o táxi nos deixasse em frente. Paguei com uma gorjeta mediana para não chamar a atenção e ele partiu. A árvore estava cheia de folhas desta vez. Cleber ligou a câmera esperando o grande momento do reencontro. Pedi que desligasse. Ele obedeceu sem reclamar.

Fui até o portão que estava trancado com uma corrente e um cadeado. Consegui avistar a varanda e a entrada para a cozinha, mas todas as portas estavam fechadas. A casa abandonada, ocupada apenas pelo mato que crescia feroz, fez esgotar as últimas dúvidas de que nada mais havia da Sociedade de Salomão. Não havia mais nada ali. Tudo tinha acabado. Nunca mais a encontraria. Como tinha sido tolo em ter demorado tanto. Como meu coração doía.

— Acho que não tem ninguém aí — disse Cleber com pesar na voz. — Devem ter se mudado. Podemos tentar a casa da tia dela. Sabe chegar até lá?

— Mas é claro! Só podem estar lá. Mas é meio longe. Vamos ter de pegar outro táxi e procurar. Só sei a cidade, não sei exatamente onde é.

Que sorte a minha. A tia de Aiyla me adorava e sabia que meu destino passaria por um período turbulento. Certamente me ajudaria com Aiyla, caso eu precisasse.

— Ok. Então vamos procurar um taxista animado e disposto a rodar sem destino! — disse Cleber colocando sua mochila nas costas e caminhando rumo à estrada. — Enquanto vamos para lá, posso te dar algumas dicas de como falar com ela. Você está muito nervoso, cara. Nem parece o mesmo que conhece os segredos do Universo.

Enquanto seguíamos rua abaixo, avistei o Monte Arbel que se erguia magnífico à beira do Mar da Galileia com suas paredes altas, íngremes e douradas. Seu interior guardava um dos maiores segredos da humanidade havia milhares de anos, sem que as pessoas desconfiassem de nada.

— É ali? — perguntou meu amigo sabendo que tinha desvendado o mistério.

— Sim. É ali. Mas agora são só ruínas.
— E veio até aqui para perder a chance de ver o que aconteceu?
Ele estava certo. De novo.

Caminhamos por mais de duas horas com as mochilas nas costas sob o sol escaldante sem trégua. Seguimos pela estrada que levava até Tiberíades e ao chegar na vila de Madalena, começamos a contornar o Monte seguindo depois pela trilha para turistas sem encontrar ninguém pelo caminho. Fui um pouco na frente e Cleber foi me seguindo. Era difícil falar com tanto peso para levar e tantos metros para subir. Depois de um ou dois quilômetros de subida, tivemos de sair da trilha e pular uma cerca de arame eletrificado que por sorte estava desligada. Consegui reconhecer o local, mas foi impossível localizar a porta de entrada debaixo de tantos escombros de pedras com dezenas de toneladas. Escalamos as pedras para chegar ao topo da montanha. No topo, apenas uma depressão revelando que o Templo que estava ali debaixo havia implodido, sem sinal de que alguém passara por ali fazia algum tempo.

No topo do Monte Arbel, Cleber sentou-se sobre uma pedra e tomou um generoso gole de sua última garrafa d'água. Me ofereceu o resto enquanto admirava a vista para o Mar da Galileia, que repousava como uma silenciosa testemunha dos segredos que rodeavam aquela região.

— Não me admira que esteja apaixonado por este lugar. É lindo. Agora entendo tudo o que viveu por aqui. É mágico. É místico. É encantador.

Devolvi a garrafa de água quase vazia.

— Porém — concluiu meu amigo —, assim como as outras histórias que se passaram por aqui, a sua também está enterrada. Ninguém jamais saberá o valor do tesouro que estas terras escondiam. Mesmo que conte, ninguém conseguirá entender. Só sabe quem viveu. Talvez seja melhor assim, Martin. Por algum motivo, tudo volta ao pó.

Minha única opção foi concordar.

— Mas sobrou uma coisa — ele disse.
— O quê?
— Sobrou você, oras. Você não é um Guardião? Você tem de continuar com a Sociedade de Salomão. E agora, como único Guardião, deve decidir o que fazer com o que o destino deixou em suas mãos.

CAPÍTULO 67

Descemos as trilhas do Monte Arbel pouco depois do meio-dia. Combinamos de almoçar antes de seguir para a casa de Samiya em

Cesaréia. Por sorte conseguimos um táxi que tinha acabado de deixar um casal de turistas na entrada da trilha. Ele nos recomendou um restaurante quinze minutos ao norte, que era à beira do Mar da Galileia, onde poderíamos, além de comer, descansar um pouco. Pareceu uma boa ideia e aceitamos. Cleber não dava descanso à sua máquina, tirando fotos de todos os centímetros quadrados que conseguia.

— Já foi à Igreja de São Pedro? — perguntou o taxista ao meu amigo. — É um local sagrado. Foi onde Jesus multiplicou os peixes e os pães. Pode tirar boas fotos por lá.

— Nunca fui. É longe?

— É no caminho. Bem perto do restaurante. Posso deixá-lo lá, depois podem seguir para o restaurante a pé.

Eu não estava acreditando. Depois de despedaçar meu coração duas vezes na casa de Aiyla e na busca ao Templo, eu teria de voltar para o lugar onde tinha roubado o coração Aiyla. Tentei fazê-los mudar de ideia, mas não houve tempo. Cleber concordou animado, sem me perguntar nada.

— Mas é claro que vamos — ele disse. — Não vim até aqui para perder as oportunidades.

O taxista nos deixou no estacionamento da igreja desejando boa sorte ao meu amigo no jogo do dia seguinte. Meu amigo agradeceu enquanto eu descia do táxi já com um nó na garganta. Enquanto ele avançava deslumbrado pelo pátio rumo à igreja, eu fui em direção ao Mar. Senti a comoção dos cristãos que ficavam impactados pensando no que se passou com seu Deus naquela região há dois mil anos. Mas no meu caso, a história sagrada se interrompeu poucos meses antes, quando o Templo de Salomão foi destruído. Embora a luz que eu buscava em Israel fosse diferente da dos cristãos, ela estava igualmente reduzida às ruínas que remetiam a tempos gloriosos que não voltariam mais. Mas, como o milagre de Cristo que fez multiplicar os alimentos, eu teria de fazer desdobrar de mim a vontade de continuar. Ao ver aquelas ruínas, ao ver que mesmo dois milênios depois a Sua mensagem estava viva, eu não tinha a opção de desistir. Acho que meu ciclo de transformação tinha se encerrado e, de alguma maneira mística, na Igreja de São Pedro, diante do mesmo banco em que alguns meses antes eu mergulhara pela primeira vez nos lábio de Aiyla, uma súbita vontade de dar continuidade a tudo aquilo que eu aprendera com a Sociedade de Salomão tomou conta do meu espírito.

Clic.

Acho que o Universo estava ouvindo meus pensamentos e meu coração. O tempo pareceu parar para ouvir minha decisão de continuar com a Lei do Absoluto. Ou talvez o tenha parado por outro motivo...

O vento soprou invertido. Senti o perfume.

Vi uma miragem à beira do Mar da Galileia, sozinha, de costas, olhando para o infinito. A miragem se virou e me olhou de volta, passando direto por meus olhos e parando dentro de minha alma.

— Martin? — ela disse. Consegui ler seus lábios.

— Aiyla?

Corri desesperadamente em sua direção passando por cima de tudo o que havia no caminho. Tinha de alcançar a miragem antes que ela desaparecesse e se perdesse para sempre. Ela correu de volta em minha direção, deixando seu véu vermelho voar em direção ao Mar. Não sei por quanto tempo corri. Talvez segundos. Talvez séculos. Consegui ver cada um de seus movimentos. O brilho em seus olhos, o véu que voou e revelou seu sorriso, as pedras do caminho que ela esparramou quando tentava ir mais rápido, o fôlego que começava a lhe faltar e seus braços que se esticavam em minha direção querendo me tocar a dezenas de metros de distância. Eu só queria alcançá-la e tê-la em meus braços. E quando a toquei, mergulhei no paraíso novamente. Quis consumir sua alma, apertando-a contra meu peito e meus lábios, tentando trazer em um único momento todo o amor que eu sentia.

— Eu te amo! — eu disse quase sem fôlego.

— Eu também te amo! — ela disse enquanto segurava meu rosto com suas duas mãos, não acreditando que eu estava ali.

— Mas como? Como sabia que eu estaria aqui? — perguntei.

— É solstício de verão — ela disse, balbuciando. Suas mãos estavam trêmulas. — Eu vim até aqui para rezar, porque foi aqui que te entreguei meu coração. Vim pedir ao seu Deus Cristão que cuidasse bem de você. Mas você está vivo! Como? Mais alguém está vivo?

— Só eu, Aiyla. Sinto muito.

Ela fez um "sim" meneando a cabeça e espremendo os lábios querendo segurar seu choro. Mas não resistiu. Chorou e me abraçou por longos minutos.

∴

Sentamo-nos nas pedras perto do Mar. Ao longe, sentado no muro da igreja e sorrindo, Cleber nos observava com sua câmera nas mãos. Contei à Aiyla tudo o que houvera e o que eu queria fazer. Não poupei nada. Ela resistiu corajosamente. Sentiu tristeza e chorou. Mas não sentiu raiva. Não julgou. Não condenou ninguém. A cada fato, ela parecia menos menina e mais mulher. Quando terminei, ela tirou sua sapatilha, se levantou e caminhou até a beira da água, levantando sua saia para que não molhasse, e colocou seus pés na água que parecia quente.

Ela olhava o horizonte atrás do Mar da Galileia, assim como Hassan fazia todas as manhãs em sua varanda quando procurava sua Estrela da Verdade. Fiquei parado ao seu lado, olhando para o mesmo infinito.

— O que estiver pensando em fazer, eu te apoio — ela disse.

— Não será fácil, Aiyla. Não sei se conseguirei. Preciso construir tudo do zero. Posso doar toda minha vida e não sair do lugar.

— Não importa. Sei que mesmo não sendo fácil, você conseguirá. E sei que conseguirá sozinho, mas, se permitir, eu quero ir junto com você.

— Eu ficarei distante. Meu coração vai se dividir entre você e "isso".

— Eu sei que estou no seu coração assim como você está no meu. No invisível, não há espaços vazios. Eu sei que ocupo todo o seu coração.

— Meus pensamentos ficarão distantes.

— Eu estarei aqui quando eles voltarem.

— Não poderei te contar o que estou fazendo.

— Não importa. Eu confio em você. Só me importa te ver feliz. Se acha que precisa fazer, que é este o caminho do seu coração, eu estarei junto, não importa o que aconteça.

Acariciei seu rosto e a beijei enquanto o vento quente voltava a soprar do Mar da Galileia arrancando um suspiro de felicidade de seu peito, e arrancando também aplausos e assobios de Cleber.

— Você disse construir tudo do zero? — ela perguntou com sua cabeça descansando sobre meu peito.

— Sim. Não tenho nada. Apenas minhas memórias.

— Talvez eu tenha um certo caderno de anotações — ela disse se afastando e me encarando nos olhos, deixando-me boquiaberto.

— Está com você? O caderno de Sayid? — perguntei enquanto ela piscava e sorria marota.

— Sim, está. E por falar em ZERO, talvez eu saiba algumas coisas também. Quem sabe eu não possa ajudar?

CAPÍTULO 68

Consegui marcar um café da manhã com Jefferson num restaurante na Ocean Drive. Tive de esperar algumas semanas, pois ele não costumava vir até Miami. Nove da manhã era o único horário que ele tinha naquele dia. Peguei uma mesa na calçada para ver o movimento que era bem tímido, limitado a umas poucas pessoas caminhando em direção à praia e pássaros que se arriscaram pousando nos encostos das cadeiras procurando comida. Em poucos minutos ele chegou, num carro conversível branco, vestindo camisa florida, chapéu panamá branco e óculos de sol. Parou o carro do outro lado da avenida, colocou algumas moedas no parquímetro e atravessou a rua sorrindo e cantarolando. Ele me viu ao chegar à porta, driblou a recepcionista, veio em minha direção e me abraçou!

— Martin! Que saudades, meu amigo!

— Pois é, major. Já se foi quase um ano desde que me levou ao templo.

— Vamos, sente-se — ele disse. — O que tem feito? Já está formado? — Ele pegou o cardápio e alternava sua atenção entre as opções para o café da manhã e eu. — Estou faminto!

— Me formarei no próximo ano.

— Sua mãe deve estar orgulhosa — ele disse enquanto chamava a atendente. — Já sabe o que vai pedir?

Ele mal desconfiava da "encrenca" em que tinha me metido nos últimos meses.

— Ela está, sim. Mas ela acha que eu deveria namorar menos e estudar mais. Também estou trabalhando meio período. Mas está tudo bem. Ainda sou um dos melhores da turma.

— Que bom, garoto. Quem sabe não vêm trabalhar conosco na Força Aérea?

— A gente nunca sabe, não é?

A atendente chegou e anotou o pedido generoso do major. Para mim, apenas uma torrada com queijo.

— Diga-me, Martin, já tem uma resposta sobre a proposta que te fiz? Quando eu me visto assim, é para ouvir boas notícias.

— Sim. Já tenho uma resposta.

— Estou te ouvindo — ele disse tirando o chapéu e colocando-o sobre a mesa.

— A resposta é sim, mas... tenho uma condição. Uma, não. Na verdade, são duas.

Ele ouviu minha história desde que voltei à Israel, reencontrei Aiyla e a trouxe para os Estados Unidos. Ele parecia orgulhoso de minhas ações, embora um pouco incrédulo. Por fim, pedi que ele olhasse para o outro lado da rua. Aiyla acenou para ele, que respondeu um pouco tímido.

— Você é corajoso, garoto. Ou talvez seja maluco. Mas gostei do que fez. Você sabe bem o que quer.

— Tenho certeza do que estou fazendo — respondi.

— Tudo bem — continuou o major em tom sério. — O que me contou até aqui é lindo. Mas o que mais tem a me dizer? Qual é a sua condição? Ou melhor, quais as duas condições.

Contei-lhe a primeira.

— Tudo bem. Acho que essa é possível. E qual é a segunda?

Enquanto eu lhe contava a segunda condição, sua boca ia se abrindo perplexa. Tirou os óculos de sol e me encarou nos olhos sem piscar.

— É sério isso? — ele perguntou. — Você só pode estar brincando. Sabe que não é possível.

— É a minha condição — respondi. — Se não for assim, não faz sentido eu entrar.

— Tudo bem — ele parou para respirar. — Entendi — disse balançando sua camisa tentando se refrescar um pouco. Pegou o guardanapo e enxugou a testa.

— Isso é uma coisa muito séria. Precisa ter um motivo muito forte. Preciso que me diga por que nós faríamos isso? O que tem por detrás de seu pedido além de seus desejos pessoais?

A atendente chegou com os ovos mexidos com bacon do major e minha torrada com queijo. A fome dele passou quando comecei a lhe contar sobre a Lei do Absoluto, pois ele não tocava na comida enquanto me ouvia novamente boquiaberto. Não lhe contei como ela funcionava, apenas que a conhecia. No fundo, ele sabia que eu tinha aprendido algum segredo dentro do Templo de Salomão, mas não desconfiava que este segredo era "O Segredo" do Universo.

— Sua condição é bem difícil, Martin. Não digo que nunca foi feito — disse o major tocando seu café da manhã já frio pela primeira vez. — Mas não sei... isso depende de muita gente grande. Pode demorar, isso se conseguir.

CAPÍTULO 69

Seis meses depois, numa manhã ensolarada de sábado, vesti um terno preto e tomei o avião de Tampa para a capital, Washington D.C. Jefferson, também de terno preto, me esperava pacientemente lendo uma revista num café de frente para a Lafayette Square.

— É incrível estarmos aqui! — eu disse olhando pela janela. — Ouvimos tantas histórias sobre este lugar que, quando estamos perto dele, parece que algo mágico está acontecendo lá dentro. Fico imaginando sobre o que estão conversando nesse exato momento.

— Não consigo imaginar nada mágico que possa ser discutido na Casa Branca. Devem ser coisas apenas dos filmes. Mas acho que o lugar para onde vamos agora e os segredos que carrega consigo são mais interessantes do que pode encontrar na Casa Branca. Está pronto?

— Sim. Um pouco nervoso, mas pronto.

— Não se preocupe. Basta ser honesto.

Engoli um café com pressa enquanto Jefferson fazia questão de pagar a conta. Saímos e cruzamos a Lafayette Square. Seguimos caminhando cerca de vinte minutos ao norte pela 16th Street. Éramos os dois únicos de terno em Washington D.C. naquela manhã de sábado. Me sentia um agente do FBI. Algumas pessoas nos olhavam como se realmente fôssemos. Se soubessem que Jefferson era major da USAF e mestre maçom, talvez ficassem com medo. Aqueles imponentes 1,90m de altura eram proporcionais à sua bravura. Ali estava um homem casado, com três filhos, que havia saído do Bronx sozinho pouco antes de completar 17 anos. Ele vivera a miséria e o crime, mas também vira a prova de como a virtude pode brotar no meio do caos se houver homens dispostos a fazer o bem. Conseguira um emprego de cozinheiro num café no Queens e morava num quarto de cinco metros quadrados no fundo do restaurante. O dono do restaurante, um maçom irmão de militares, foi quem o convenceu a ingressar na USAF, onde ele viu as coisas mais incríveis deste mundo. "O Templo de Salomão era a mais maravilhosa" — ele disse — "mas as outras coisas eram inacreditáveis".

— Inacreditáveis de que tipo? — perguntei.

— Inacreditáveis do tipo assunto militar confidencial — respondeu quando chegamos ao nosso destino. — Aí está — disse Jefferson, parando e admirando o prédio à nossa frente. — Sinta-se honrado por entrar aqui. Eu mesmo nunca tive a chance. Será minha primeira vez. O que você disse imaginar que acontece na Casa Branca, eu imagino que acontece neste lugar.

— Então é aqui! A House Of The Temple! A mãe de todos os templos maçônicos da América.

— Sim, é aqui! Maravilhoso, não?

O acesso ao prédio tinha uma série de escadarias pelas quais se subia passando por entre duas esfinges que pareciam guardar o lugar, dando a sensação de que o mal não poderia passar por ali. No topo da escadaria havia uma parede com uma porta no meio. A porta era bem grande, mas que ficava pequena, se comparada à fachada. No topo do prédio estava o que realmente me impressionou: um templo sustentado por grossas colunas e por detrás delas, sobre um vitral, um triângulo irradiando luz dourada, protegido por uma águia bicéfala de asas abertas.

Subimos os lances de escada. O primeiro deles com três degraus, o segundo com cinco e o terceiro com sete. Eu contei. Cruzamos a porta. Jefferson mostrou um documento maçônico ao recepcionista que conferiu no computador e pediu que esperássemos num saguão com grandes sofás e decoração egípcia, pois o Supremo Conselho Maçônico já nos chamaria para a audiência.

Aguardamos por cerca de quinze minutos enquanto Jefferson colocava seus paramentos maçônicos: um avental retangular branco que ia de sua cintura até o meio das coxas estampado com o esquadro e compasso maçônicos, um colar azul com vários símbolos de ferramentas de pedreiros em dourado e um par de luvas brancas. Ele vestia os paramentos despreocupado, como se fosse a milésima vez que o fazia, enquanto seus olhos me encaravam, parecendo não acreditar no que estava prestes a fazer.

— Venerável Irmão Jefferson Williams — disse um senhor de cabelos brancos muito calmo e gentil —, o Supremo Conselho solicita sua entrada juntamente com seu convidado.

O senhor foi nos guiando pelos corredores que pareciam contar em suas paredes a história do conhecimento da humanidade. Desde minha primeira passagem por Israel, tinha começado a estudar um pouco. Várias pinturas com referências às épocas de ouro das sociedades egípcia, grega, romana e árabe, muitas obras renascentistas e algumas coisas muito antigas que me pareceram assírias ou talvez persas. À medida que eu passava pelos corredores, começava a ter certeza absoluta de que aquilo era bem sério. Seja lá quem estivesse por detrás daquilo tudo, não estava ali para brincar com o conhecimento, mas sim, glorificá-lo.

Por fim, passamos pela última porta e o senhor pediu que nos sentássemos nas cadeiras de frente para a bancada do Supremo Conselho. Alguns passos depois de cruzar o batente da porta, Jefferson fez uma reverência. Eu o imitei. Senti frio na barriga. Uma bancada com cerca de vinte pessoas acompanhou nossa entrada no templo. Sentei-me com as costas eretas como o Mestre Jefferson. Aquele lugar era, no mínimo, surpreendente. Ele tinha os itens arquitetônicos do Templo de Salomão, porém tudo era moderno. Era uma mistura de engenharia de traços perfeitamente retos permeados por arte do chão até o teto. Impossível de explicar. O pavimento mosaico era igual, mas os outros elementos como as colunas e os astros nos céus eram diferentes do Templo de Salomão, com traços mais limpos e simples, talvez propositalmente.

— Já esteve num lugar como este em Israel, não é, Sr. King? — perguntou o senhor do Supremo Conselho sentado na cadeira maior, que provavelmente era o Grão-Mestre.

— Sim, senhor. Era bem parecido — respondi olhando em seus olhos que, de um momento para o outro, me inundaram com segurança, equilíbrio e tranquilidade.

— Uma história bem difícil de se acreditar por qualquer um que não seja maçom, Senhor King. Porém, sabemos que o que nos diz é verdade. Aqui entre nós pode falar abertamente sem ser considerado um louco. Aqui todos nós buscamos a verdade, seja ela qual for.

— Sim, é fato que estive no Templo de Salomão e que aprendi seus segredos com a Sociedade que o protegia. Gostaria de ser admitido na Ordem Maçônica e compartilhar os segredos com os maçons.

— Antes que prossiga com seu pedido, queria que nos contasse com suas próprias palavras, por que deseja ser um maçom? E por que acha que os segredos que traz consigo terão um bom lar na maçonaria?

Aqueles homens me olhavam olhos nos olhos. Não sentia intimidação, mas sim um olhar profundo em busca da verdade. Era o mesmo tipo de olhar que o Mestre Hassan carregava.

— Meu pai era maçom. Apenas isso me bastaria para crer na maçonaria. Mas sei também, não só pelo o que o mestre Jefferson me contou, mas também pelo que aprendi entre os Guardiões, que o propósito da maçonaria é o mesmo que o meu, que é tornar feliz a humanidade pelo aperfeiçoamento do conhecimento e do espírito.

— Mas desconhece nosso funcionamento, Sr. King. E se encontrar aqui algo que vá contra seus objetivos, o que faria? Nos abandonaria?

— Certamente, senhor. Mas creio que isso não acontecerá.

— Pois bem — retomou o senhor, relaxando sobre a cadeira. — Não queremos lhe subtrair nenhum conhecimento sem que seja sua vontade. Mesmo que aceitemos a sua condição, não o pressionaremos para que revele aos irmãos maçons o conhecimento que obteve na Sociedade de Salomão. Deverá fazê-lo por sua própria vontade quando seu coração mandar. A palavra de um maçom nos basta. Mas precisamos ao menos saber a natureza do segredo que traz consigo, pois a condição que nos fez é muito séria. Já foi feito antes, mas para que seja feito novamente, precisa ser muito justificado.

— O que eu trago comigo é a explicação de como as coisas que estão neste templo representam a lei de funcionamento do Universo. O templo é uma codificação da Lei do Absoluto. Mas o conteúdo desta lei só poderei revelar depois de dezesseis anos, pois este foi um acordo entre os Guardiões. A Sociedade de Salomão não existe mais, por isso acho que aqui é um bom lar para este conhecimento. Porém, se minha condição não for atendida, significa que estou batendo na porta errada, pois este conhecimento deve estar ao alcance de todos que buscam a verdade com honestidade, independente da condição em que tenham nascido.

Percebi que causei um desconforto entre os membros do Supremo Conselho. Mas também alguns deles sorriram e se entreolharam, como se eu estivesse dado voz aos seus íntimos pensamentos. Outros me olharam incrédulos.

— Pois não é isso o que sempre procuramos, meus irmãos? — disse o homem à direita do chefe. — Não estamos aqui em busca da verdade? Não proclamamos aos quatro cantos do Universo que todos têm o livre direto de investigá-la? Não vejo em que o pedido do Sr. King vá contra estes princípios. Não dizemos que os mais jovens são o sangue que corre em nossa fraternidade e que devem sempre nos desafiar? Pode haver desafio mais nobre e justo que esse que ele nos propõe? Pode ser apenas o primeiro de centenas de milhares.

As conversas paralelas começaram. Antes que a reunião perdesse o controle, o chefe do Supremo Conselho pediu que aguardássemos do lado de fora enquanto eles deliberavam sobre o assunto.

Saímos e fomos levados de volta até o saguão.

Assim que ficamos sozinhos, Jefferson comemorou:

— Não acredito que teve coragem de desafiar um dogma de séculos. Que orgulho de você, garoto! Mesmo que não seja aprovado, quero que saiba que esse é o verdadeiro espírito do maçom. O verdadeiro maçom é aquele que sempre está à frente, rompendo fronteiras para que os outros o sigam, trazendo em silêncio a justiça e a igualdade ao mundo. Imagino que fará grandes coisas se tiver acesso aos nossos conhecimentos!

Dessa vez a espera foi de mais de duas horas. Pedimos licença para ir comer algo e voltar, mas o recepcionista recomendou que esperássemos pois o Supremo Conselho poderia nos chamar a qualquer momento. Enquanto isso, ele nos trouxe chá e alguns biscoitos. Aiyla me mandava sucessivas mensagens no celular querendo saber o resultado. Tentei acalmá-la enquanto Jefferson parecia mais nervoso do que ela.

Discutíamos sobre a qualidade de vida em Washington, quando o senhor de cabelos brancos apareceu no saguão pedindo que o acompanhássemos.

O Supremo Conselho já tinha tomado uma decisão.

CAPÍTULO 70

A parte fácil de ser um recém-formado é que sua mudança cabe no porta-malas do carro. Já as coisas de Aiyla precisaram de um pedaço do porta-malas e dos bancos de trás. Mas elas ficaram bem acomodadas na viagem de dois dias de Clearwater até Washington. Michelle, esposa de Jefferson, alugou uma casa perto de Arlington, a menos de vinte minutos do Pentágono, para ficarmos alguns meses enquanto não escolhíamos a nossa casa definitiva.

Era fim da tarde quando chegamos à casa, um pequeno sobrado de tijolos numa rua curva, bucólica e arborizada. Jefferson já nos esperava na porta com sua esposa enquanto os filhos brincavam no jardim.

— Prazer em revê-la, Aiyla — disse o major enquanto ela o abraçava.

— Muito obrigada por tudo o que tem feito por nós — Aiyla disse enquanto o soltava e ia abraçar Michelle. — Jamais teremos como retribuir.

— Não se preocupe, querida — respondeu Michelle. — É o mínimo que podemos fazer. O pai de Martin fez o mesmo por nós quando me mudei para os Estado Unidos.

— Vamos, entrem — convidou o major. — Trouxemos o jantar para vocês. E compramos algumas coisas para que não tenham de ir ao supermercado tão cedo.

— Vocês devem estar exaustos — disse Michelle entrando e fechando a porta.

— Um pouco — respondi.

— Espero que estejam prontos para amanhã — o major parecia ansioso.

— Eu estou nervosa — disse Aiyla abrindo o jantar, deixando o vapor do frango inundar a cozinha. — Isso era tudo o que eu queria da Sociedade de Salomão. Que bom que eu consegui isso aqui.

— Você nunca quis fazer por mim o que vai fazer por ela amanhã — Michelle desafiou Jefferson piscando de lado. — Mas agora vou pedir para Aiyla, e não para você.

— Bem, não vamos mais incomodá-los — Jefferson encerrou o assunto. — Vocês devem querer ficar sozinhos. Amanhã passo aqui às oito da manhã em ponto. Estejam prontos.

∴

Na manhã seguinte, acordei com uma mensagem de Cleber no celular dizendo que tudo tinha ocorrido bem na noite anterior, e que ele agora era um maçom devidamente iniciado dentro da Grande Loja Maçônica de Nova York. Minha primeira condição estava cumprida. Perguntou se eu gostava de beber sangue de bode, pois teria de beber. Respondi com risos. Enquanto isso, Aiyla conversava por telefone com sua mãe e tia, que ainda não estavam acreditando no que Aiyla estava prestes a fazer.

Jefferson chegou às oito da manhã em ponto e nos levou até a House Of The Temple. Quando o Supremo Conselho aceitou minha condição, havia feito também uma exigência, que eu deveria ser iniciado, morar e desenvolver meu trabalho em Washington. Aiyla e eu aceitamos.

Jefferson parecia se divertir com a expressão de preocupação de Aiyla, a minha segunda condição feita ao Supremo Conselho Maçônico: que ela também deveria ser iniciada na maçonaria. Jefferson estava orgulhoso de ser padrinho de dois iniciados no mesmo dia, dos três em menos de vinte e quatro horas. Além disso, ele era o único que conhecia que era padrinho de uma maçona.

Numa cerimônia com portas fechadas, com muitos visitantes de diversas lojas e de outros estados, que durou mais de três horas, e tão impactante quando minha iniciação no Templo de Salomão, saímos da House Of The Temple como um casal de aprendizes maçons, com a missão de dar sequência ao conhecimento da Sociedade de Salomão.

∴

Durante os dezesseis anos em que os Guardiões da Estrela decidiram manter a Lei do Absoluto em segredo, Aiyla, Cleber e eu passamos estudando os conhecimentos maçônicos, escrevendo textos e coletando todas as informações possíveis. A cada grau conquistado na maçonaria, a cada degrau que subíamos na escada mística de conhecimento, compreendíamos ainda mais a Lei do Absoluto.

Em dez anos, nós três chegamos ao grau maçônico 32, o penúltimo deles. Não achamos justo chegar ao grau 33 e completar a escada maçônica sem ter dado a Lei do Absoluto em troca à maçonaria. Decidimos esperar.

E então, no mesmo dia em que a queda do Templo de Salomão, a morte de Hassan e o fim da Sociedade de Salomão completou 16 anos, nós, os três iniciados, entregamos nas mãos Grão-Mestre todo o material que produzimos sobre a Lei do Absoluto. Enfim, a Lei do Absoluto chegou à "Casa ∴" que meu pai queria, a *House of the Temple*[8].

Agora a Lei do Absoluto era acessível aos que chegam ao grau 17 da maçonaria, o grau de "Cavaleiro do Oriente e do Ocidente", para que pudessem ser também Guardiões Cavaleiros da Estrela Guia e prepararem-se para ver o triunfo da luz sobre as trevas.

∴

A profecia feita por Aiyla sob as estrelas do deserto de Israel se cumpriu. Segui minha intuição. Após dezesseis anos de trabalho ao lado de Jefferson, deixei o trabalho no Pentágono e dedicava-me exclusivamente à maçonaria e ao ensinamento da Lei do Absoluto.

A profecia da vida de Aiyla, feita por sua tia Samiya nas cartas de tarot, e que eu só soube depois que fomos iniciados, também foi cumprida. Agora ela tinha dado a outras mulheres a oportunidade de ver a luz que antes ela mesma estava impedida de conseguir. Ela foi a primeira de muitas mulheres maçons que levaram a Lei do Absoluto a lugares que meu pai nem sonhava. Mas, diferente de mim, que decidiu dedicar-se apenas à Lei do Absoluto, ela preferiu continuar com sua carreira e é uma das curadoras do Museu Smithsonian em Washington.

CAPÍTULO 71

Era um domingo de setembro de 2018, e dessa vez o sol brilhava forte

---

[8] *House* — em português, significa "Casa". O triponto (∴) é usado pelos maçons para abreviações após assinatura ou nomes de locais.

sobre o Long Island National Cemetery em Nova York, onde repousava o corpo de meu pai. As árvores estavam carregadas de folhas verdes, vermelhas e amarelas que faziam sombras pinceladas por pontos de luz que atravessavam a copa das árvores e atingiam o gramado, balançando com o vento como se fizessem uma sinfonia de luz sobre os heróis que descansavam ali. Bem diferente da minha última visita debaixo de neve, pouco mais de dezesseis anos antes, o temor pelo futuro se transformou em felicidade pelo passado, pela confirmação de meu pai ter encontrado a verdade que procurava, e eu ter encontrado a minha junto com a dele. Onde quer que ele estivesse, certamente estava feliz.

Parei o carro perto de onde ele descansava. Com um buquê de acácias amarelas, o que não foi tão fácil encontrar, pois tinham que ser mesmo acácias amarelas, contornei as árvores que ainda estavam lá após todo este tempo, as únicas testemunhas do descanso do velho Martin. O céu estava totalmente azul e tudo incrivelmente tranquilo. Assustei alguns esquilos na árvore próxima ao túmulo, que ficaram me observando. Mal sabiam eles da verdade que se passa na vida dos humanos, que buscam as respostas além do mundo que se consegue ver.

Depositei o buquê em frente à lápide. Reparei no epígrafe, que foi encomendado por Jefferson: "Um soldado na busca da Verdade". Não me lembrava disso. Mas, se o li na época, não havia entendido seu real significado. As coisas chegam na hora certa. Fiquei pensando o quanto Curtiss estava sufocado naquele momento por tentar entender um segredo que certamente lhe fugiria ao coração. Menos ainda eu poderia saber que o conhecimento da Lei do Absoluto existia e que um dia chegaria até mim. Tentava ser forte mais uma vez e segurar as lágrimas, mas em respeito ao meu pai, não as impedi que escapassem de meus olhos. Só que elas escorreram bem rápido. Junto com elas, um sentimento de satisfação tomou conta de mim. Onde quer que estivesse, isso se não estivesse exatamente ali me observando, meu pai estaria satisfeito. O seu propósito estava cumprido. O segredo da Lei do Absoluto estava agora onde ele queria que estivesse.

Revi em minha mente o momento em que Curtiss apoiou suas mãos sobre a lápide e me disse: "Jamais fizeram o que ele fez". Fui até a lápide e lembrei do momento em que o general passou o dedo sobre sua aresta, retirando a neve. Instintivamente, repeti o movimento tirando o pó. Havia algo escrito ali. Esfreguei com mais força e percebi um relevo. Peguei um graveto do chão e comecei a limpar as fendas. Depois de terminado, consegui ver com clareza: "0 1 2 3 5 7 11 13 17" e uma Estrela Guia flamejante de cinco pontas igual à dos Guardiões.

— Os Guardiões da Estrela! — afirmei para mim mesmo, deixando escapar em voz alta. A revelação me deixou atordoado. — Zero? 1, 2, 3, 5... e vai até o 17? Meu Deus!

Lamentei por não ter o velho Martin ali para me instruir. Poderia ter poupado quase duas décadas de uma longa jornada. Ou ainda poupar a extinção da Sociedade de Salomão assim como fizeram os Cavaleiros Templários séculos antes, transformando-se em maçonaria. Mas ele não poderia ter me contado tão alto segredo. Ele fez o que pôde. Não sabemos o propósito dos caminhos das coisas, apenas podemos percorrê-lo da melhor maneira possível até que o próprio caminho decida não existir mais. Por mais que me doía o fim da Sociedade de Salomão, somente podia agradecer por a Lei do Absoluto ter encontrado novamente um lar digno e por, de uma maneira que ainda não compreendia, eu ter conseguido trilhar este caminho, descobrindo a Verdade de dentro para fora.

Voltei ao carro. Abri o porta-malas e consegui achar a mala de paramentos maçônicos dentro da mala de viagens. Desde que havia sido iniciado, nunca viajava sem os paramentos. Nunca se sabe onde podemos encontrar irmãos trabalhando em silêncio. Retirei um par de luvas brancas com o esquadro e compasso bordados em linhas graves e negras, com o "G" dourado ao centro. Voltei até o túmulo do velho Martin e depositei as luvas com suavidade, prestando-lhe minha homenagem. Agradeci a herança que recebera. Cobri as inscrições numéricas com um pouco de terra para que não ficassem à vista de simples curiosos. Tudo começou ali, naquele cemitério, centro místico da transformação. E ali também terminou!

E então, ouvi novamente aquele "clic" seco.

As árvores pararam de balançar, o silêncio era absoluto. Senti como se eu estivesse em outra realidade, mesmo estando fisicamente ali diante do túmulo. Tive a sensação de estar sendo observado. Posso jurar que ouvi alguém dizendo: "Ainda falta, Martin. Segue adiante!" — e que este alguém era meu pai. Olhei para trás e depois para todos os outros lados, mas só pude ver os esquilos fugindo como se alguém estivesse ali no meio das árvores, assustando-os. Olhei mais ao redor... quem sabe eu encontraria os homens de negro? Mas na verdade, não. Desta vez o único Guardião da Estrela vivo era eu mesmo.

Contemplei a lápide por mais alguns segundos, deixando cair a última lágrima de felicidade, e então, parti.

Enquanto dirigia o sedan com o sol brilhando no retrovisor, contemplando o ocaso rosa e anil, me peguei perguntando para mim mesmo:

— Será que o ZERO é a chave para o que está faltando? Será que Aiyla está certa? Elas sempre sabem!

Podia jurar que ouvia Hassan me provocando em minha mente: "Quer ir além? Quer entrar no Túnel?"

E quem pode dizer que há um lugar onde não podemos chegar?

Ah... a natureza humana... bem-aventurada por ter uma mente para nos dirigir e um coração para nos guiar! Assim podemos viver o agora, e ao mesmo tempo, sonhar. Assim podemos ver não só com os olhos, mas também ver além que a visão nos permite enxergar.

Que Deus me ajude!

FIM

Aponte a câmera do celular para o QR Code abaixo
e conheça mais livros visitando o nosso site.